讀者朋友，你好
謝謝你讀我的書
祝平安喜樂，
萬事勝意

八月長安 ♡

這麼多年

中

八月長安

Contents

Contents

三十三 食得鹹魚抵得渴

和于絲絲的同桌生活出乎意料地順利。

見夏不是個得理不饒人的女生，于絲絲更是個識相的女生，兩人井水不犯河水，除了彼此基本上不講話，一切正常。有時候後面的楚天闊發起一些話題，幾個人都會參與，于絲絲和陳見夏兩個人甚至能聊得熱火朝天，像一對好朋友。

然後上課鈴響，她們轉過頭，繼續沉默不言。

陳見夏爲自己驕傲——這種當面一套背後一套、完美控制情緒和表情的能力，她以前作夢都想要得到。

眞厲害。

陳見夏是不敢把這種心思講給任何人聽的，即使是李燃。李燃希望她強大些，卻不是以這樣的面目。

新學期開始的男子籃球聯賽在少男少女們潛藏的荷爾蒙上淋油點火，迅速燎原，燎出了無數班級群架。

很久以前閒聊時，李燃便說過對籃球沒興趣。他喜歡踢足球，即使學校條件不足，創造出條件也要踢：下課時踢球容易傷人，他就蹺課踢，只可惜隊友們大多不敢陪著胡鬧，最後只剩下他自己對著空門一腳接一腳地射門。有時候見夏使勁地探出窗外，能窺見操場的一角，看不到李燃，卻能看到一顆足球一次又一次地衝擊著球網。

夜裡她洗過澡了之後坐在床沿發訊息氣他：「可我還是喜歡籃球，我覺得比足球高明。」

「妳懂個屁。球類運動除了桌球就沒有高明的了。籃球的發明本來就是用來發洩男生過剩的精力的。競爭和高明在本質上是互斥的。」

陳見夏哭笑不得。李燃總是能冒出無數歪理邪說，非常不符合他遊手好閒壞學生的自身定位，也讓她無從反駁。

「互斥的概念還是去年我教你的。」她弱弱地反駁。

「好啊，那我現在去找妳，專程謝謝妳！」

見夏啞然，看了一眼錶，十點整。

「我要睡了。」她慢慢地打字。

李燃好久才回覆：「逗妳的。」

他們已經三個月沒有單獨見過面了。

李燃說許會過生日一起來吃飯，見夏說快考試了我得複習。

李燃說江邊的教堂重修了帶妳去看看，見夏說週末我得陪我媽去表姑家串門子。

「秋老虎」駭人，她一直穿著單薄的襯衫，還不是戴圍巾的時候，然而她還會時不時在夜裡拿出來，將臉埋進去蹭啊蹭。

見夏覺得這樣就夠了。她明白他的心意，珍惜他的回護和理解；他也懂得她的顧慮，兩個人默默守護共同的秘密，井水不犯河水，繼續著各自的生活，不是很好嗎？她還有俞丹、于絲絲、媽媽和弟弟要應付，她只有好好讀書這唯一的一條出路，不可有半步差池。

李燃的腦袋上就寫著「大錯特錯」四個字。她輸不起。

雖然每一次回絕李燃見面的請求時，心裡都會像打鼓一樣慌亂，也不知道是在難過什麼。

籃球聯賽籌備期間，楚天闊私下邀請陳見夏和于絲絲她們去看訓練，給男生們加油，于絲絲帶著女同學們次次響應，陳見夏從沒去看過——操場會放大她的形單影隻，有時候剛好和于絲絲、李真萍她們對站在球場兩側，衝擊感實在太強烈。

陳見夏沒覺得少了一個牽手上廁所的女生會有多難受，但受不了別人都覺得她應該難受。她只好入鄉隨俗，偶爾需要的時候，拉下臉求個短暫的陪伴，比如余周周。

今天就是需要借人陪伴的場合。見夏跑去七班，邀請余周周來看娘家一班的小組賽，一班對二班，世紀之戰。

等她到了七班門口，意外地發現余周周已經在走廊等著了。

「怎麼這麼積極？眞夠義氣。」她輕聲對余周周說。

余周周的表情有點奇怪，很爲難地抓了抓額角，「有人非要我去看他打球。」

「誰？」見夏無比驚訝，什麼人能喊動余周周？

走過去的時候比賽已經開始了。四場比賽同時進行，就數一班和二班的這一場動靜最大。二班不知道從哪裡弄來了飲水機的塑膠桶，敲得像是村長家要娶兒媳婦。陳見夏和余周周面面相覷，都加快了步伐。

剛擠進觀衆群，見夏就愣住了。

對面二班陣營裡個子高高的男生，不是李燃是誰。紅色的髮梢在陽光下彷彿著了火，燎得陳見夏心裡滾燙。

更顯眼的，是他身邊笑意盎然的凌翔茜。

余周周和大家齊聲喊著「一班加油」，沒人注意到陳見夏迅速地退縮到了人群之後。

穿過一顆顆後腦勺間的縫隙，她看到李燃和凌翔茜時不時親密交流，兩個人一起伴著熱鬧的鑼鼓聲喊「二班加油」，凌翔茜笑得格外明媚，梨渦淺淺，一口小白牙，比正午的陽光還刺眼。

陳見夏愣了一會兒，轉頭去看一班自己的啦啦隊：于絲絲帶著幾個女生一字排開站在椅子上，扯開了一條簡單的紅色布條，上面寫著「必勝」二字，用尖尖的嗓門徒勞地對抗著轟隆隆的鼓點。

她忽然間有點喜歡于絲絲了。

同樣的場景，陳見夏恨不能躲到角落去刮牆壁，于絲絲卻大大方方地唱起了對台戲。大字報、大合唱、凌翔茜的美貌……一輪又一輪的打擊，都不能打敗于絲絲。她是校園裡真正的戰士。

陳見夏卻越來越往後縮，茫然隱匿了蹤跡。

李燃一個外人，卻成功融入了二班啦啦隊的中心，喊什麼口號，什麼時候喊，都是他主導。楚天闊罰球的時候，二班噓聲一片，造成了很大干擾，一班立刻不高興地抱怨了起來。

「NBA罰球也一樣噓，你們自己班啦啦隊那麼遜，怪我們？」二班一個男生挑釁，全班哄笑。

「你再說一遍？你說誰遜？」于絲絲火大了，從椅子上跳下來，差點一步邁進場中，被其他人拉住。

反倒是凌翔茜第一個打圓場：「好好比賽，別火氣這麼大，別吵了！」

于絲絲一個眼刀橫過去，皮笑肉不笑，「一班二班的比賽，妳算哪個班的，跑這裡來顯示什麼存在感？」

針對李燃是危險的，針對凌翔茜就安全多了。平時于絲絲再怎麼議論凌翔茜，都脫不了妒忌的嫌疑，只有此刻，國仇家恨，民心所向，說什麼都正義凜然。于絲絲話一亮出來，一班同學紛紛聲援，凌翔茜脹紅了臉不知所措，李燃一擼袖子就要衝過來，也被二班同學壓制住了。

裁判是個剛畢業的體育老師，警示地各瞪了雙方一眼，吐掉口中的哨子，「能不能好好比賽？想惹事就禁賽！」

楚天闊連忙從籃板下跑過來，笑容滿面地向老師道歉，隨後轉向于絲絲，用口型表示：冷靜點。

于絲絲一下子乖順了下來，甜甜地笑了，說：「班長放心，不跟他們一般見識。」轉頭便趁著二班鑼鼓停歇，領著其他人大呼「一班必勝」。

凌翔茜的眼神一直跟著楚天闊的背影，嬌豔的臉色瞬間蒼白，勉強撐著得體的微笑。

陳見夏盯著凌翔茜的臉看了許久，忽然覺得很沒有意思。她伸出指尖戳了戳人群中的余周周，輕聲說：「我有點中暑，想回去了。妳繼續看吧。」

余周周瞟了一眼對面的李燃，瞭然。

「多喝水。」

「嗯。」

當透過窗戶看到一群人浩浩蕩蕩地往教學大樓走，陳見夏便放下數學講義走出教室去洗手間，往臉上撲了一捧水，裝作也剛從烈日下回來的樣子，正好和于絲絲碰上。

「我們班贏了嗎？」她主動搭腔，讓于絲絲很意外。

于絲絲皺眉，「妳沒去看？」

「看了，」見夏甩著手，「看到一半中暑了。」

于絲絲看了看見夏微濕的額頭，半天才憋出一句：「好了？」

「好了。」

兩人在洗手台前面對面站著，很傻。于絲絲率先錯開身，邊低頭洗手邊說：「二班下手眞陰險，我們班班長受傷了。」

見夏一驚，「打架了?!」

她想問的問題很多：怎麼打起來的？嚴重嗎？李燃也摻和了嗎？但于絲絲實在不是提問的好對象，陳見夏心神不寧，想趕緊給李燃打個電話問問，拔腿要走，又覺得不好。

「妳呢，妳沒事吧？」陳見夏問于絲絲。

于絲絲一愣，點點頭，似乎無法消化陳見夏的好心，想擠出個笑容，失敗了，她竟然也有笑不出來的時候。

見夏回到教室，在一片低氣壓中翻出自己的手機跑去走廊打給李燃，對方關機了。預備鈴響起，她還想撥第二遍，看見俞丹抱著課本和水杯迎面走過來，難得臉色發沉。

「鈴響了還不回教室？」俞丹喝斥。

陳見夏不安地坐好，本來想再硬著頭皮問問于絲絲，她和楚天闊被點名起立，加上體育委員，三個人吃了一頓排頭。

「我平時不太管你們，因爲覺得我們一班和別的班不一樣，孰輕孰重，你們心裡有數。打個籃球還能打成架，幾歲了？覺得自己有能耐，閉著眼睛也能進清華北大了？我帶過多少屆學生了，比你們優秀的很多，小時了了大未必佳，混三年最後連考前幾志願都費力的也有的是，以爲進了振華就保險了？玩瘋了？從今天開始，體育活動課全部取消。」

自打上高中以來俞丹第一次發火，一班集體垂了頭，但這群高材生挨罵時的表現和陳見夏初中同學大不相同，既不嘴硬反駁，也不心虛愧疚，臉上是齊刷刷的麻木不仁，低頭只是爲了掩飾。

以楚天闊爲首。

俞丹訓完話，把教室讓給了當節課的老師。下課鈴響，老師離開，班裡的人面面相覷，沒人動——下午第二堂便是體育課，實在有些尷尬。

最後還是楚天闊發話：「俞老師說體育活動課取消，那本來就是福利，大家應該反省，早點讓老師消氣。體育課是體育課，體育老師還等著呢，大家動作快點！」

人散得非常快，一班同學上體育課就沒有這樣積極過，見夏突然很想讓余周周見識一下這個場面，其實一班也有一班的骨氣，隱在麻木不仁的臉皮下，他們自己都未必發覺。

楚天闊卻請了假，叫陳見夏留在教室裡幫他對帳。一班的籃球聯賽之旅提前結束了，但是礦泉水、冰淇淋、海報這些東西是花了班費的，他需要計算好了報給俞丹。

「班長你沒事吧？」

「沒撞傻，」楚天闊指指眉骨處的繃帶，「下次照樣考第一。」

見夏高興起來，「你老在別人面前說勝敗乃兵家常事，眞應該讓他們聽聽你的眞心話。」

「爲什麼？」

「我跟妳不說假話呀。」楚天闊一邊數錢一邊說。

楚天闊揚起眉毛看她，帶動了傷處有些痛，轉瞬變成了齜牙咧嘴。

「你小心點！」見夏連忙道。

這一打岔，剛才的話題就沒有繼續。李燃還是關機，陳見夏只能向楚天闊打聽，「班長，你們怎麼打起來的？」

楚天闊笑了，「打球的時候肢體衝撞多，有火藥味很正常，就因爲一個判罰，兩邊觀衆突然就打起來了，我跟林楊都在場上。我們忙比賽，沒辦法一直安撫啦啦隊，否則一定勸得住。」

兩個隊長好好的，看比賽的倒急了。楚天闊拉架時候結結實實挨了好幾下，最後環顧戰場，他和二班班長林楊掛彩最多，群架主力們卻沒什麼事。

「就我們兩個班的人打，別的班沒參與吧？」陳見夏小心翼翼地問，楚天闊不解，「別的班爲什麼要參與？」

說完，他明白過來，意味深長地笑了。

「有沒有外班參與我不敢說，起鬨煽風點火的一定有，打架的時候我倒沒看見他，教務主任最後按住的都是我們兩個班上的人，放心吧。」

陳見夏鬆口氣，無力反駁楚天闊的揶揄，悶悶地坐在位置上，看他笑咪咪地用橡皮筋把班費餘款紮成一捆放進信封。

她陪楚天闊去給俞丹報帳，兩人慢吞吞地往樓下走。

「俞老師第一次對我們發火。」見夏說。

「沒什麼大事，學校也不會拿一班二班怎麼樣，牽涉的人太多了，何況，我們兩個班有特權。但既然出了事，她必須得發這個火，要不然算什麼樣子，別的老師會覺得她不負責任的。」楚天闊一針見血。

陳見夏想起楚天闊面無表情聽訓的樣子，她直覺那時他是有點生氣的，看來那一絲氣性跟俞丹無關。

「但你今天還是生氣了對吧？」見夏輕聲問，「凌翔茜在場邊那麼高調，卻不給你加油，你罰球沒中她還歡呼。」

楚天闊答得很快：「那是她自己的班級，我不覺得這有什麼問題。」

「我沒說有『問題』，也沒說這樣不對，你在偷換概念，」見夏較真了，「我是問你的感受。你不生氣嗎？」

「既然這樣做沒什麼問題，我就不生氣。我和她本來就不是非常親近的朋友，比不過自己班的同學。」

見夏扭過頭，看到楚天闊神色安然，嘴角還噙著笑。

「這話你自己信嗎，班長，」她也一針見血，「你不是說在我面前不講假話嗎？」這次嗆到了楚天闊。

「妳怎麼了？」他反問，「吃炸藥了？」

「我沒怎麼了，因爲我在你面前也不說假話，我當我們是朋友。」

陳見夏不知道自己怎麼了。她內心有一團無名火，發洩不出來，整個人都放肆了。

楚天闊竟然被這句話打動了。

他們穿過走廊和大廳，站在高高的玻璃幕牆前，太陽高懸，遠處商業區的高樓通體玻璃，明亮如劍。

「我一開始有點不舒服，但我猜得出，她今天是故意做給我看的。她想讓我生氣，生氣了就代表我在乎；而恰恰因爲我想明白了她的意圖，反倒不生氣了。」

陳見夏腦海中浮現出凌翔茜失落的眼神和失去血色的臉。

他生氣代表他在乎，她氣他代表她在乎。然後見夏想起了李燃。李燃又是爲什麼呢？是故意做給她看嗎？是爲了激怒她嗎？她實在沒本事像楚天闊一樣篤定。

「你跟她保持距離，也是因爲怕太早談戀愛被老師抓嗎？」她半是玩笑地問道。

「也？」楚天闊立刻抓到了這個字眼。

陳見夏臉紅了，「你回答問題。」

「不是啊，」楚天闊搖頭，有些悵然，「我說了我不知道。我面對她，不像面對妳這樣放鬆。」

「啊?!」

楚天闊再一次伸出手，彈了她的腦袋一下，大大方方地說：「別誤會。我可不喜歡妳。」

陳見夏這次連耳朵都紅了。

他掛著一臉戲謔的笑意拐向行政大樓，留下見夏一個人半張著嘴巴立在大廳。

陳見夏覺得楚天闊這個人眞是太可怕了。他好像總能想清楚自己要什麼，選了就不抱怨，不像陳見夏，一邊和李燃保持距離，一邊又霸道地見不得對方和任何人曖昧。可她是因爲喜歡啊。因爲喜歡才不講道理的，楚天闊連自己的心都能控制，怎麼會理解她。

楚天闊的身影消失在轉角，見夏看著看著，眼淚都快掉下來了。

「陳見夏妳什麼意思啊?我可不是第一次看見他對妳動手動腳了。」

見夏驚訝地轉過身，沒找到聲音的來源。

「妳有新對象就直說，別一天到晚又要見親戚又要複習功課的，騙誰呢?當我是傻子?」

李燃站在二樓的欄杆邊，非常大聲地衝她吼。見夏的第一反應是轉頭去看遠處的收發室，擔心附近有老師聽到。這個本能的舉動讓李燃笑得更加譏誚，立刻從欄杆邊消失了。

陳見夏火大了。

她撒腿就朝樓梯口跑，三步併作兩步地跨上台階，追著李燃的背影衝了過去。

「你還眞會倒打一耙，有精力當護花使者，還反過來誣賴我？我有新對象？那你算什麼，舊病復發？」

她連吵架都記得控制音量，萬一學校裡有人聽到就慘了。

「關妳什麼事？」李燃頭也沒回，「妳又不是我女朋友。」

陳見夏無言了。

她看著李燃越走越遠，有句話到最後也沒說出口。

可你送給我圍巾的時候，不是這麼承諾的啊。你從沒說過，北半球夏天的時候，圍巾就可以給南半球的別人戴。

她沒說。這樣追著人要承諾，太沒尊嚴了。

陳見夏第一次知道，原來人心疼的時候，心是眞的會疼的。

陳見夏自己去吃了麥當勞，掉了幾滴眼淚，剩了一盒麥克雞塊吃不下，就捧在手裡，漫無目的地在商業街上遊蕩。

一些知名品牌服裝店的門口總會有一個年輕女生，一邊表情漠然地拍手一邊大聲喊著「冬裝全場八折兩件七折三件折扣完再打折……」

她背著沉重的書包遠遠看著，想起王南昱和其他初中同學。

這樣的日子多辛苦，也沒什麼前途，陳見夏妳別想沒用的了，得好好念書，知識改變命運。

知識的確改變了她的命運，她上了振華，認識了李燃這個混蛋。

在麥當勞裡的時候，她試著寫練習冊，卻一道題目也做不下去。她生氣又委屈，不想讀書，就想吵個明白，腦海沸騰，對著空氣向他還擊。

偏偏手機沒有一丁點動靜。

明明不是她的錯，明明是他不講道理……

怪不得老師總說談戀愛影響成績。原來不是因爲甜蜜，而是因爲傷心。

陳見夏快九點了才不情不願地走回宿舍大樓，剛一進門，收發室的女老師就攔住了她。

「妳怎麼才回來？」對方一臉審視。

陳見夏有點慌。因爲上一次俞丹的囑託，宿舍管理老師看她比以前嚴多了。

「宿舍太悶，我去麥當勞自習。」

「哦，」女老師放下心，「整棟樓都跳電了，妳附近那幾間宿舍的水管還爆了。妳們不是一共三個女生嗎？她們房間有空床，妳今天晚上去擠一下。」

陳見夏一個頭兩個大。鄭家姝碎嘴又小心眼，之前俞丹險些抓包她和李燃，假模假樣地找鄭家姝詢問見夏的生活起居，鄭家姝可算抓住機會，沒少說她的壞話，每次在走廊裡看到她晚歸，總是擠眉弄眼，一身洗不掉的小縣城三八氣質。

陳見夏渾然忘記了自己也出身小縣城——反正她說的是氣質。

她走到自己宿舍，摸出手電筒看了看，幸好沒在床底堆東西，淺淺的一層水也沒造成什麼損失。拿著盥洗用品挪動到走廊另一頭的鄭家姝宿舍門口，她硬著頭皮剛要敲門，聽見裡面隱約的說笑聲。

「別跟我提她，把自己當省城人了，瞧不上我們。我們俞老師還跟我說，外地生要互相照顧，指名道姓說陳見夏心思細、心眼多，讓我多留意。」

見夏胸口劇烈起伏，敲門的手握成了拳頭，最後還是垂下來。

「我們俞老師說過喜歡我們這種樸實的學生，來振華爲了什麼？不就是爲了讀書的？我聽說陳見夏還當著老師的面嫌棄食堂不好吃。怪不得偷別人的CD隨身聽。」

二班女生立刻驚呼：「眞的假的？」

「當然是眞的，我沒跟妳講過嗎？我不可能沒跟妳說過！偷的就是我們副班長的。妳說有不有趣，她們現在還坐同一桌了！不過我們副班長也是活該，一天天淨炫耀，就她最懂，最有能耐。反正還是我們好，我覺得省城的學生都很浮躁，不好。」

原來鄭家姝不喜歡所有人。陳見夏聽著這番小學生水準的詆毀，反倒不怎麼生氣了。這一天裡，于絲絲是第二次和她同病相憐了。

陳見夏徹底沒有了求借住的勇氣。她折返回自己的宿舍，把盥洗用品從塑膠小桶中裝進袋子，背著書包下樓，對宿舍管理老師說：「我去我媽媽那邊住。」

宿舍管理老師知道陳見夏的媽媽和弟弟來了省城，點點頭，「也好，妳自己過去？小心點。」

陳見夏沒想去找媽媽和弟弟。弟弟對八中適應不良，天天在家裡鬧事，打死她也不想去湊熱鬧。她對省城越來越熟悉，膽子也大了，雄赳赳氣昂昂地帶著全部的一千兩百元現金，走向鐵路局旅館。她記得上次來找爸爸的時候在大廳看到過電子顯示螢幕上的房價，最便宜的房間一百八十八元一晚。

「滿房？」陳見夏不敢置信。

「開省代表大會呢，早滿了，」櫃檯的小妹眼皮都不抬，一邊翻著《當代歌壇》一邊「呸呸」地把瓜子殼吐在桌上，「妳去旁邊看看吧，有招待所。」

那個招待所陳見夏知道，半地下室，連著大浴池，都是些不正經的人，她怎麼敢住？

她愁眉苦臉地走回去。難道眞的要去找媽媽？

還沒走到門口，就遠遠看到路燈下杵著一個傻大個。見夏停步，冷著臉問：「你來幹嘛？」

「妳怎麼關機了？」李燃問。

「你不也關機了嗎？」

「中午打架的時候掉到地上摔壞了，我去買了個新的，」李燃舉起新手機晃了晃，突然明白了什麼，「妳給我打電話了？」

陳見夏冷著臉不回答。她不只打了電話，還一直期待他打來，不停解鎖查看，自己都覺得丟臉，索性關機了。

李燃繼續連珠炮似地問：「妳去哪裡了？怎麼這麼晚才回宿舍？」

「關你什麼事？你又不是我男朋友。」她把這話還了回去，心裡十分舒暢。

沒想到李燃笑了，非常溫柔地說：「我是不是妳男朋友，不是取決於妳嗎？」

陳見夏愣住了。

千言萬語哽在胸口。好像有一個重要的決定就這樣悄無聲息地浮現在她眼前，再容不得遲疑。

她多久沒見他了？那雙狗一樣純淨的眼睛，正帶著笑意望著她，將她滿腔火氣都澆滅，化成無限的溫柔。

楚天闊曾對她講過一個南方的俗語：食得鹹魚抵得渴。

李燃不是一條任由她戴上拿下的圍巾，他是危機四伏，也是她的牽腸掛肚和克服不了的小心眼。

「鹹魚」站在眼前，無辜地看著她，她是不是應該掛著轆轆飢腸躲開他？

陳見夏還沒作好決定，身體就不受控制地衝了過去，重重撲進了李燃的懷裡。「我的宿舍住不了人了，怎麼辦？」她抬頭看著李燃。

李燃聞言，整個人都僵成了一塊「鹹魚板」。

三十四 ♦ 停泊的飛船

陳見夏坐在旋轉椅上，眼前是一整面寬闊的落地玻璃，橫跨江面的大橋被沿途路燈勾勒出一條清晰的珍珠背脊，靜靜地蟄伏在她眼前，偶有一輛車經過，從一邊的黑暗潛入另一邊的黑暗。

她沒有開燈，唯一的光源就是遠方的那座橋。

彷彿飄蕩在無邊靜寂的太空，沒有來路也沒有歸途，也許會經過一兩顆星星，也許這輩子只有自己。

從踏入飯店開始的緊張兮兮的心情，此刻終於慢慢平復。

聽到背後浴室的門打開，見夏也沒回頭，只是問：「你有沒有聽過一首歌？」

「什麼歌？」李燃一邊甩著手上的水滴一邊拉過另一把椅子，坐到她旁邊。

見夏輕輕地哼起來。「這美麗的香格里拉，這可愛的香格里拉，我深深地愛上了她，我愛上了她……」

李燃笑了，卻並沒如她想像的一樣嘲笑她爲了一家飯店而唱歌，而是和她一起哼了起來。

見夏本來唱歌有一點跑調，不知爲什麼此時卻得心應手，旋律裡滿是略帶沙啞的甜美。李燃清冽的聲音加入進來，即使她略微走音也沒關係，反而形成了天衣無縫的和聲。

「我知道這個電影，民國時候拍的，叫《鶯飛人間》。」李燃笑著說。

對，沒有你不知道的。見夏滿心驕傲。

她把腳蜷起來，踩在轉椅的邊緣，呆呆地看著窗外，半晌，感慨：「我居然住進了香格里拉。」

香格里拉。這世界上一定有許多著名的飯店，但她只知道省城江邊最好的香格里拉。

見夏想起一個小時前，自己在宿舍門口說出宿舍不能住人時，懷抱裡的男孩突然全身僵硬。

那時她還沒反應過來，只以爲自己突然一撲嚇到他了，也覺得自己冒失，埋著頭不敢吭聲，呼吸間將他T恤上的清香都深深地收進了胸口，略略鎮定一下便鬆了手退後一步，低著頭解釋道：「好久沒見你……但本來也沒想抱你。」

她失笑，李燃那邊卻毫無反應。見夏愣了愣，抬眼去看他，沒想到李燃只是僵硬地看著路燈，神情十分可疑，臉頰紅得更可疑。

「你怎麼了？」見夏又問了幾遍，李燃才結結巴巴、萬分艱難地擠出一句話：「妳，想和我，想和我……我……睡？」

陳見夏回憶起這一幕依然克制不住想要哈哈大笑，笑完了又羞澀得不行，羞澀完了又想笑。

但她不敢再提，李燃一定會翻臉。

怎麼能怪他想多了呢？站在香格里拉的大廳裡，陳見夏才意識到這個提議的嚴重性。

李燃拿著她的身分證去櫃檯登記，陳見夏背著書包拿著盥洗袋，躲在中間那個拱形迴廊的柱子後面，離得遠遠的，好像和李燃壓根不相識。

他們才不是那種出來開房間的不正經男女呢。所以啊，早知道這樣，剛才為什麼對他說出那種暗示性的話！陳見夏羞愧得幾乎要把頭埋進胸口。

但總歸是雀躍的——這可是香格里拉。

電梯裡，陳見夏像隻好奇的松鼠，盯著李燃刷卡，按樓層數——這樣設計是為了客人的安全吧，陳見夏自己領會，香格里拉眞先進。

見夏忽然問道：「你會不會覺得我很好笑，住個飯店都很激動……還是說，你很享受這種狀態，我什麼都沒見識過，什麼都聽你的？」

「什麼意思？」李燃把目光從樓層指示燈轉向角落裡的陳見夏，十分警惕地反問：「陳見夏妳是不是又想吵架？」

見夏笑了，搖頭。

「沒有啦，你眞的教會我很多，帶我看到了很不一樣的世界。反正從認識你的第一天開始，我就是個鄉巴佬。在別人面前我還裝一裝，面對你，不懂就是不懂。」

「妳噁心死了，這有什麼好懂的，刷第一次就會第二次，又不是做數學題目。」

「你知道我是什麼意思！」陳見夏發脾氣，「我在眞誠地跟你掏心掏肺呢你裝什麼傻！」

掏心掏肺……李燃哈哈大笑。

刷卡進門前，李燃忽然問她：「妳不怕宿舍老師聯繫妳媽，被他們發現妳夜不歸宿？萬一再被你們老師抓到可怎麼辦，又要跟我絕交半年？」李燃語氣裡滿滿都是揶揄。

見夏不以爲意，呵呵笑起來。

「哪有半年。而且絕交你也不怕啊，你可以繼續去扯著喉嚨給二班當啦啦隊嘛，哦，當不了了，因爲你起鬨打群架，他們班被禁賽了。」

陳見夏倔強使小性子的模樣，讓李燃忍不住伸手去揉她的頭髮。

而此時此刻，陳見夏坐在他身邊，那些矛盾與隔閡支離破碎，不知如何再提起，也沒必要提了。

「你說話不算話，」她半天悶出這麼個開頭，小聲又固執，「說得好聽，你只會說漂亮話。你體諒我的難處了嗎？我也不是不想找你，可我沒辦法，我媽和我們老師一直盯著我。我跟你又不一樣，你說過熱了就可以拿下圍巾，我拿下來又不是丟了，你需要這樣嗎？你跑去他們班加什麼油，人家需要你加油嗎？她都去文科班了，還回二班看比賽，其實是爲了我們班長，你算什麼。就算你生氣你也不能……不能……」

陳見夏環抱著腿，下巴抵著膝蓋，整個人縮成了一團球。一團很嘮叨很生氣的氣球。

戀人們總以爲自己在講道理，不過是被情緒牽著鼻子走。高興的時候天荒地老都能承諾給對方，不高興了，一點點小恩惠都要討乾淨。

但至少見夏現在心裡是柔軟的，自尊心的壁壘也垮塌了，平時不肯講的委屈和埋怨順著牆縫流過去，澆得李燃滿身狼狽。

李燃一直抓著後腦勺沉默，聽到最後只會嘿嘿傻笑。

「我那還不是因爲著急想見妳嗎。我……我錯了。」他軟軟地說。

「就這樣就完了？」她斜眼瞪他。

「那要怎麼樣？」

對啊，還能怎麼樣？見夏扳著腳趾頭，不說話了。

「妳爲什麼不開燈？」李燃像是沒話找話，說著就要站起來去摸開關，被陳見夏拉住了手臂。

「你不覺得關著燈坐在這裡，像操控宇宙飛船嗎？」

「宇宙飛船？」

「嗯。我是船長，你是副駕駛。」她眼睛裡閃著光。

李燃把「妳是不是有病」幾個字寫了滿臉。

見夏不好意思地鬆開拉著他的手，李燃卻也沒有開燈，而是站到了她面前，擋住了窗外的光。

現在發光的是他。

「船長您想往哪裡開？」他一本正經地問，還敬了個軍禮，逗得她笑出聲。

陳見夏把手臂拄在椅子扶手上，不敢看面前的少年，心卻劇烈地跳起來，震得胸腔發脹。半晌，她輕聲說：

「就先停在這裡吧。」

李燃愣愣的，「停在……這裡嗎？」

整個世界靜默了幾秒鐘。

「見夏？」

「嗯？」

見夏本能地循聲仰頭，沒料到李燃迅速地傾身靠近她，視野中他的面孔迅疾地放大再放大，直到近得一片模糊，少年的氣息傾覆過來。

陳見夏大腦一片空白。

原來這就是吻。

沒有電影裡踮起的腳尖和丟在背後的雨傘，只有濕潤的呼吸和溫柔的試探，擂鼓般的心跳聲和不小心相撞的牙齒，還沒來得及綻放就被他咬住的微笑。

見夏閉著眼，輕輕摩挲著抓住他的手背。

我們的飛船，就先停在這裡吧。

陳見夏蜷在被子裡，頭也埋進去，臉頰緊緊貼著柔軟的床墊，笑成了一個傻子。

現在只剩下她自己了。李燃吻了她，揉揉她的頭髮，聲音喑啞地說，我……我得走了。

陳見夏像個自體發熱的熱水袋，把一邊的床榻烙得滾燙，就翻個身去另一邊睡，周而復始。

如果吻下去會怎樣呢？她罪惡地想，迅速驅散這個念頭，念頭卻陰魂不散。

像是懸崖上長了一朵花，所有跌下去的人一開始都告訴過自己，不要伸手去摘。

這世界上除了考上振華的驕傲，讓媽媽和弟弟服氣的得意，奔向光明未來的希冀之外，還有一種深不可測的喜悅。如此陌生，卻又像久別重逢；都不必看見，只要想起來就高興。

她幸福得失眠，鑽出被窩，拉開遮光窗簾，赤腳站在了落地窗前。你都看見了吧？她額頭抵著冰涼的玻璃，輕聲詢問著黑暗中的塔台。

大橋仍然亮著燈，宛若一條延伸向遠方的跑道，是歸途也是起點。

三十五 ● 眾生皆苦

陳見夏被飯店電話叫醒時，整個人像陷在流沙之中一樣無論如何也爬不起來。幸虧李燃教會了她怎麼使用飯店的叫起床服務，否則憑她自己那隻手機微弱的鬧鐘，非遲到不可。

床怎麼這麼舒服，爲什麼越舒服的床越睡不醒？陳見夏伸了個懶腰，感覺自己全身都被伺候出了富貴病，沒有一處不痠痛。

今晚回宿舍了一定不習慣，由奢入儉難。

盥洗完畢背起書包，都拉開門了，她還是幾步奔回房內，一個向後仰躺砸回了柔軟的床上，彈了一彈。

再見了。她撫摸著被子，不禁笑起來。

這種丟人的舉動可是連李燃也不能說的。

李燃昨天交代過她如何讓大廳的工作人員幫忙叫計程車。等車的時候見夏仰頭去看背後高聳入雲的大樓，心想，總有一天我也會飛來飛去，忙碌又高級，把香格里拉當作歇息的中繼站的。一定會的。

早上尖峰時間的市中心有些壅堵，車在靠近人行道的外車道走走停停，見夏無意間往窗外一瞟，看到了媽媽帶著小偉經過。

瞬間一盆冷水從頭澆到腳，熱水袋透心涼。

計程車的車玻璃沒貼膜，從外面可以看得一清二楚，幸虧見夏媽媽沒注意到她。陳見夏拚命地往裡側坐，把校服蒙在頭上裝作假寐。偏偏車堵在路口，和母子倆一起等紅燈。見夏透過校服拉鍊的空隙死死盯著他們，漫長的半分鐘後，兩個人邊說話邊轉了彎。

見夏總算重新活過來。

後半程她呆呆盯著外面，校服一直沒從頭上拿下來。

昨天她敢那麼大膽，都是因爲篤定媽媽不會關心她，不會晚上給她打電話噓寒問暖。但如果俞丹也知道了昨晚宿舍漏水的事情呢？會不會詢問她？會不會不信她？會不會打電話問她媽媽？

陳見夏咬唇緊密盤算著。昨夜那些浪漫旖旎的心思，統統不知去向。

計程車停在學校後面的巷子口，這裡人少不顯眼。見夏付了車資，一開車門就看見了于絲絲。

「妳不是住宿舍嗎，現在是從哪裡來呀？」

于絲絲還眞是一針見血。

見夏笑笑，「昨天宿舍漏水，宿舍管理老師讓我回家住了。我家搬到省城來了。」

她在最後一句話故意配上了自信的微笑，成功讓于絲絲轉移了注意力，露出「這也值得炫耀」的輕蔑笑容，轉身走了。

但這也把見夏自己的路堵死了。她本想給媽媽打個電話，撒謊說昨晚太晚了不想打擾弟弟休息，自作主張去住了鐵路局旅館，俞丹那邊的說辭相應保持一致。

猶豫再三，還是俞丹和媽媽更重要，于絲絲總不至於主動跑去俞丹那裡說三道四吧？就算露餡了，她也可以大方承認，她是跟于絲絲吹牛的，爲了炫耀自己在省城有個家。

見夏推演了好幾遍，覺得夠妥當，於是給媽媽打了電話。媽媽忙著送弟弟，只是埋怨她膽子太大，居然敢自己住旅館，多了就沒說什麼。

第一堂就是國文課，陳見夏戰戰兢兢四十分鐘，俞丹好像並沒收到任何關於宿舍水管的消息，連個眼神都沒給她，一下課就夾著課本出門了。

做課間操排隊伍的時候李燃給她發了一條訊息，只有兩個字，抬頭。

見夏抬頭，看到教學大樓頂樓天台上一個孤零零的身影，靠在欄杆上，明目張膽地蹺了課間操。

遙遙地，她就能感受到他目光的熱度。那麼多人，他怎麼知道她是哪個小黑點呢？還是說他壓根不知道？

見夏失笑，早上的插曲徹底放在了腦後。

她高興得太早。

做完操集體整隊時，楚天闊把班級幹部們叫到一起，提前回了教學大樓，直奔俞丹的辦公室開會。見夏站在人群後，聽俞丹不痛不癢地宣布學校對籃球賽群架的處理意見。

「相比打架，我更不希望看到大家把心思放到不正的地方，我理解你們是爲了班級榮譽，但衝動就是衝動，傷到筋骨怎麼辦，難道要休學？楚天闊，這次你也太失職了。」

楚天闊的聲音很誠懇：「對不起俞老師，都是我的責任。」

才怪。見夏在心裡偷偷笑。每當意識到只有自己了解楚天闊的表裡不一，她就會有些得意。

俞丹沒有過多責怪楚天闊，語氣和緩地繼續了下去：「我們班和二班都禁賽了。準備這麼久，得到這樣一個結果，已經是足夠的教訓，我就不多說什麼了。我聽于絲絲報告說，二班裡面混著外班進來挑起事端的，這個學校還在追查，而且很好查，不會輕易放過。」

見夏心裡咯登一下，拿出手機，站在最後一排偷偷發訊息給李燃通風報信。

「我看我們還是再開一次班會，楚天闊、于絲絲一起發起一下，讓大家反省反省這次的教訓，團結是好事，但團結也不能失去理智。回去上課吧。」大家應聲準備離開，俞丹忽然又想起什麼，「對了，陳見夏？」

陳見夏一慌，手機就掉在了地上，塑膠機身不耐摔，每次一落地就會把電池板摔出來，這次也不例外。

還好前面擋著幾排人，她埋頭迅速把零件都撿起來，來不及組裝，一股腦放進口袋。

「妳幹什麼？」俞丹的語氣十分不滿。

「把東西弄掉了，」陳見夏努力讓自己的聲音聽起來理直氣壯，而且她做到了，她現在對俞丹仍然有股火氣，把心虛燒變了顏色，「俞老師什麼事？我正在聽。」聲音輕快，又誠懇又坦蕩，連楚天闊聽了都有些意外。

俞丹極快地蹙了一下眉，沒追究，「妳留下來一下，宿舍管理老師跟我說妳那間宿舍漏水一時半會修不好，這兩天沒辦法住了。鄭家姝倒是沒關係，妳的住宿得解決一下。妳昨天怎麼住的？」

于絲絲笑了，輕聲插話：「見夏說她家人搬來省城住了。」

怎麼，以爲我編假話嗎？見夏瞥了一眼于絲絲，自己都沒意識到眼風有多凌厲。

「是。我弟弟到省城讀書了，剛安頓好。我媽媽還說禮拜一來學校跟您打聲招呼。」一下子把俞丹要她媽媽電話的企圖給堵死了。

陳見夏迅速打定主意：今天週四，她今天開始就回家連住四天，到了下禮拜一，恐怕誰也記不清楚宿舍究竟漏了幾天水。

見夏隨著衆人離開辦公室。經過門口時差點和于絲絲撞上，她後退半步，朝于絲絲燦爛一笑：「您先走。」

您。于絲絲沉下臉，快步離開了。倒是楚天闊走在最後，盯了她半天，見夏終於忍不住問，怎麼了？

「沒，就是覺得妳有點變了。」

見夏眨眨眼，看著楚天闊，楚天闊卻歪頭去看走廊上懸掛著的化學家畫像。

「變好了還是變壞了？」

楚天闊翻眼睛想了想，「我覺得是變好了。」

見夏這次笑得是眞開懷，「那就好。」

放學後等公車時，見夏和李燃通電話，把一天發生的事情都絮絮講給他聽，李燃嗯嗯答應著，囑咐她一切小心。

媽媽租的房子是兩房一廳，見夏和媽媽住次臥，弟弟自己住在主臥。見夏頗有微詞，媽媽卻嫌她毛病多：「主臥次臥有什麼關係，床都一樣大，妳弟弟要讀書，當然得住大房間。」

反正我也沒想回來，以後也不會再來。見夏腹誹，不再爭執，轉而說起讓媽媽去拜訪俞丹的事。

「老師知道妳來常住了，想見見妳，也沒什麼特別的事情，我就主動說，妳本來就打算好了禮拜一去拜訪，省得我們班導師找挑毛病。」見夏抱著媽媽的手臂，說得輕鬆，笑得討喜，活脫脫一個女版李燃。

她突然想，如果當初向媽媽討要語言學習機的時候，也能這麼服軟，而不是鐵骨錚錚，結果會不會不一樣？

還沒等陳見夏自我反省完，媽媽就笑著掐了她臉蛋一下，吩咐道：「小聲點，妳弟弟做作業不能聽見噪音，妳也不體諒他。」

見夏笑容僵了僵。那她初中畢業考試複習的時候，弟弟在客廳把電視開那麼大聲還跟著笑，又算什麼？

再討好也換不來語言學習機的，她有什麼好想的呢。

但這些煩惱都抵不過給弟弟輔導功課。小偉並不算聰明，虛榮心卻很強，見夏講什麼他都說自己早就會，一做題目就傻眼，給他講解他還不耐煩，姐弟免不了拌嘴，媽媽立場鮮明地站在弟弟那一邊，嫌她沒耐心，氣得陳見夏只住了兩天，禮拜六上午就拿著大包小包奔回了宿舍。

她沒告訴李燃自己已經恢復自由了，而是用這兩天時間扎扎實實地學習，每天溫書到深夜。

我勤奮刻苦也是爲了你。見夏咬著自動鉛筆的筆桿，一邊想著輔助線的位置，一邊想著李燃。

李燃依然在訊息裡問她：我到底算不算妳男朋友？陳見夏沒回答，卻默默做好了兩頭兼顧的打算。

也許會很艱辛，但她不會再給任何人指責自己不務正業的機會。

冬天悄無聲息地來了，又是一年。

見夏從箱子裡翻出李燃的圍巾，繞著脖子纏了一圈又一圈。

十一月冰天雪地，困在有暖氣的室內的時間越來越多，陳見夏和于絲絲的同桌矛盾也愈演愈烈。

眞有什麼大過節也就算了。她們之間是一根細細的縫衣線，密密的都是小疙瘩，解不開，拉不直，是萬里長征趕路時來不及從鞋子裡倒出去的一粒沙石，是密閉牢房裡一隻抓不到卻總在耳邊嗡嗡的蚊子，是全天下女生逃不開的藩籬。

井裡的蛤蟆抬起頭，一小片薄雲遮住整片天。

每天發生的都是小事：妳碰灑了我的水杯，弄濕了我的筆袋；妳又碰灑了我的水杯，弄濕了我的筆記本；妳又碰灑了我的水杯……

越是小事越讓人內傷，因爲單獨看起來，每一件事都不值得發火，認眞了反會落得一身不是。

「那就買個有蓋子的水壺啊，」李燃不理解，「妳幹嘛還一直用水杯？」

「我買了！有時候倒了熱水也不能總悶著啊，偶爾喝了一口還沒來得及蓋，她起身去上廁所時動作總是那麼大，一晃桌子就又灑了我一身，還特別大聲地說對不起，超級熱情地幫我找面紙，大家都覺得她只是冒失——冒失什麼，一次兩次，次次都抖，她『帕金森氏症』嗎？等她找到面紙，我一本筆記本都廢了！」

見夏眉毛一豎正要繼續發作，李燃拉住她，食指豎起在唇邊示意她噤聲。

有漸漸走近的腳步聲和說話聲。

李燃陪陳見夏蹺了體育課，兩個人一起坐在行政大樓頂層的樓梯間。每到下午自習時，這一塊就成了清靜的風水寶地，許多人厭煩教室裡的低氣壓，都跑到樓梯間來看書或聊天，只是沒想到上午竟也有人查這裡。見夏慌張地拉住了李燃的袖子，用眼神問他，怎麼辦？

幸好腳步聲就停在了樓下。

但說話聲卻差點讓見夏嚇得背過氣去——是俞丹。

李燃安撫地拍拍她的後背，示意她仔細聽。

「就不能等我下班？」俞丹的聲音有些激動，即使刻意壓制也聽得分明。

「我在學校不方便總接電話，我掛了就說明我有事，還一遍一遍打，你媽到底什麼意思？有什麼事需要急得一刻也沒辦法等？還跟你告狀，你也一遍遍打，你們母子倆是想逼我在學校待不下去嗎？」

說到最後已有哭腔。

「我們結婚幾年了？八年了吧？我哪裡對不起你們家？當初結婚的時候你家有什麼？家徒四壁，還住平房，半夜冷，讓你媽拿條十幾年前的毛毯過來還捨不得，事後還要回去，我計較過嗎？是，我生的是女兒，你媽盼孫子，但這都什麼年代了，你自己問問你周圍同事，可笑不可笑！」

見夏慢慢垂下肩膀。竟然又是這樣的故事，竟然發生在俞丹的身上。

俞丹和她媽媽還是不同的。她媽媽自己也盼兒子，歡天喜地地懷了第二胎。

「眼看著還有半年就高三，我帶的這個班是能有好成績的，說不定出個第一名！多少人眼紅呢，我不可能這種時候備孕，到了高三怎麼辦，讓我把親手帶上來的資優班交給別人？大學入學考考了清華北大記在誰頭上？你口口聲聲說體諒我，你和你媽一起胡鬧，你體諒我什麼了？」

俞丹掛了電話，就在見夏他們腳下的樓層嗚嗚哭，哭到最後擤了幾次鼻涕，總算平靜下來。見夏神情肅穆地聆聽著腳步聲逐漸遠去到聽不見。

「誰都過得不輕鬆。」半晌，見夏輕輕嘆息。

「是啊，衆生皆苦，」李燃也跟著感慨，「生、老、病、死、怨憎會、愛別離……愛別離……還有兩個是什麼？」

氣氛輕鬆了些，見夏笑了，「炫耀不了了吧？忘了？」

「……想不起來。」

「也有你不知道的，眞好。」

李燃喊了一聲。見夏轉頭認眞地看他，「那你有什麼苦呢？」

「先說妳有什麼苦。」李燃反問她。

「很多啊，」見夏扳著指頭，毫不忸怩，「讀書越來越吃力，俞丹防賊一樣盯著我還瞧不起我，沒有朋友，于絲絲天天跟我作對，爸媽偏心，壓力大……」

不知不覺，她已經能這樣輕鬆地把心底的暗流和盤托出。

對李燃，她從來沒有面具。

「我回答你了，輪到你了，你有什麼苦嗎？生老病死？還談不上。怨憎會，愛別離……」見夏追問。

「我想起後兩個是什麼了！」李燃拍了一下腦袋，「一個叫求不得，一個叫五蘊盛。」

「……什麼？」

「我爺爺跟我講過，」李燃盯著對面牆上的十字玻璃窗，「五蘊盛是前面所有苦的根源，五蘊六識，聲色犬馬，都是對人生的執迷和追求，有追求就會有苦，人活著，就沒有不苦的。」

見夏聽得入了迷，雖然她知道李燃也不過一知半解。

「那要怎麼辦？」她問。

李燃笑了，「簡單啊，出家，色即是空。」

「滾，胡說八道，你去出家啊！」

「我怎麼可能出家，出家了還怎麼……」他說著，突然靠近，在她嘴唇上輕輕啄了一下，見夏迅速脹紅了臉。

「流氓！」她跳下了幾級台階，轉頭對他怒目而視。

兩人都對那天飯店裡的初吻諱莫如深，也再沒有任何親密的舉動，直到剛才。

初吻……見夏想到這裡，忽然十分懷疑地審視眼前這個老油條，她自然是初吻，他呢？

「喂，我問你，」她努力做出不在乎的樣子，手指卻下意識地摸著嘴唇，「你……你是第一次親別人嗎？」

李燃沉默了很久，輕聲說：「不是。」

見夏愕然。

李燃卻慢慢綻放一臉燦爛又邪氣的笑容。「剛才那是第二次了。」

三十六　家春秋

十一月有幾天天氣很差，這種時候長輩是最熬不住的。見夏的奶奶病危過一次，見夏請了假，和媽媽弟弟一起回縣裡去探望，不免又在病房門口和二叔一家拌了幾句嘴，幸而奶奶被搶救成功，鬼門關前搶回了人。

一家四口在自己家團聚了一晚。

見夏有兩個月沒見過爸爸了。本來說好了，兩地分居，省城三個縣城一個，週末時候理應爸爸多跑遠點，但爸爸從這半年開始總是加班，總是沒法成行，到底還是聚少離多。

吃飯的時候見夏冷眼瞄著，全家團聚，媽媽明顯比爸爸高興。

弟弟是無所謂的，只要有好吃的就看不見別的。

不過媽媽雖然高興，嘴上卻還是不斷埋怨，從二叔不孝順數落到大輝哥看見長輩也不打招呼⋯⋯最後終於說到老太太偏心，爸爸忽地把筷子一摔，「能不能少說兩句？好好吃飯！」

媽媽愣住了，臉上一陣青一陣白，眼圈都紅了。

「我是為誰？啊？我是為誰？你媽偏心，最後是你撈不著好處，你還罵我？」

弟弟害怕了，往見夏這邊瞟，見夏連忙說：「小偉你幫我盛飯。」

弟弟從來都是等別人伺候的，這次也乖乖接過碗溜去了廚房。見夏趁機輕聲勸：「好不容易一起吃個飯，都別生氣了，弟弟都嚇壞了。奶奶好不容易搶救回來，不是件高興的事嗎？」

事情平息了之後弟弟才溜回來，低頭迅速往嘴裡扒飯。這頓飯的後半段，桌上只有呼吸和咀嚼的聲音。爸媽時常拌嘴，大吵也有過，但見夏總覺得這一次有哪裡不一樣：四方桌子，爸媽對坐著，中間的距離像是有無限長。

第二天爸爸送他們三人上長途巴士，神情緩和了許多，囑咐姐弟倆要聽媽媽的話，還對媽媽說，看好包包，到了給家裡打電話。

媽媽這才有了點笑的模樣，對著窗外的爸爸擺手，「不用等開車，趕緊回去吧！」

見夏才高興了兩天，放學的時候媽媽就來校門口接她，神色陰晴不定，「小夏，妳跟我回一趟家裡……別跟妳爸說。」

陳見夏心慌起來，勉強笑了一下，「弟弟呢？」

「妳表姑接到她家去了。妳跟我回去就可以。」

見夏知道媽媽的性子，和爸爸小吵時總指著她和弟弟說，你當著孩子的面摸摸良心！爸爸每每都會敗在這上面。但這次恐怕是嚴重了，所以不想讓弟弟知道，怕弟弟心理負擔重——弟弟膽小，弟弟不喜歡看他們吵架，她難道就喜歡？

「明天還上學呢，我現在回去了趕不回來……有什麼事非得著急趕回去呀？」她本能地拖著不想行動。

媽媽的臉迅速陰沉下來，「我是不是連妳都支使不動了？妳想換個媽？」

簡直不像話。見夏怕再扯下去會在眾目睽睽之下更丟臉，只好乖巧地點頭，「好。但我得和俞老師請假，還有宿舍管理老師。」

「我都打過招呼了。」見夏媽媽說完轉身就走，看樣子也不會允許見夏回宿舍拿東西了。她跟在後面，邊走邊摸索著口袋裡的手機，想著怎麼樣才能找機會給爸爸打個電話問問是什麼情況，媽媽忽然轉頭厲聲道：「妳把妳手機給我。」

見夏放在口袋裡的手立時握緊了，「妳要我的手機做什麼？」

那麼多和李燃的訊息都還沒來得及刪掉。

「給我！」

見夏一哆嗦，急中生智，遞給媽媽的時候手一滑就把手機給摔了，手機不出所料再次散架，電池板在柏油路上還彈了兩下。

「電池妳拿著，」她說，「這樣我就不能給爸打電話了。」

媽媽瞪著她，也沒多想，接過電池就走。見夏長出了一口氣。

乖乖睇著吧，已經不能奢求更多。

大巴士上媽媽一直在哭。

和以往哭得不一樣。曾經見夏很討厭她哭天搶地，像哭喪，總是聲情並茂地手舞足蹈，還伴隨著罵聲和埋怨，想起來就頭痛。

但也比此刻好。

此刻的鄭玉清，牙關緊閉，雙目緊閉，像進入了一個破不了的夢魘，只有兩道淚痕不斷被刷新。

「媽，妳怎麼了？妳跟爸怎麼了？妳別哭，妳跟我說，沒有解決不了的事，妳別哭。」見夏鼻子也酸了，好像被誰抓住了心臟，喘息不得，慌張又悲傷。

「我爲他們家，爲他，生兒育女，生妳的時候妳奶奶他們光顧著給妳二叔帶孩子，管都不管我，我沒坐好月子，落下病根，還是堅持懷妳弟弟，就爲了給他留個後。結果他就這麼對我。我爲了小偉丟了工作去省城，他就給我演這麼一齣。我說怎麼每次打電話回去都占線，原來是跟人家聊得熱絡呢！兒子在班上被欺負，我問他怎麼辦他都心不在焉的，那是我一個人的兒子？他但凡上點心，也不會這麼對我！」

說來說去全是小偉，見夏心涼了半截，安慰的話再也說不出口。

因爲一切本來就和她無關。

鄭玉清想不到，自己婚姻危機的當口，女兒心裡竟在計較別的。知道了恐怕又是一輪心碎。

當媽媽拿出鑰匙轉開門衝進去毫無章法地追打爸爸時，見夏落後了半步，站在半開的鐵門後，小心地避開屋裡客廳漏出的那道光線。

她怕得發抖，不敢跟進去，哭也哭不出來。爸爸和盧阿姨果然是有點什麼，媽媽沒抓住實際證據，卻查了幾個月的通話紀錄，單子就藏在包包裡，拿出來時舞得像一道白練。

「怪不得小偉去省城讀書的事她那麼上心，你們就是為了支開我！」

「胡說什麼！我們什麼也沒有，妳疑神疑鬼是不是有病！當初是妳死皮賴臉求人家幫小偉辦借讀，我勸妳妳不聽，跑了那麼多次，怎麼變成人家來設計妳了？人家小盧也有家室，妳這麼誣陷還讓不讓她做人！」

「有家室個屁，她跟她丈夫早就離婚了，我才是礙事的！你娶了她不就沒人說閒話了嗎？去啊！我給你們騰地方！我告訴你姓陳的，你這輩子別想再看兒子一眼！」

有扭打的聲音傳來，應該是爸爸在阻止媽媽離開，怕鄰居聽到，他不知道見夏在門外，把鐵門從裡面重重一拉，哐噹一聲關死。

門內隱約的爭吵和砸東西的聲音持續了半個多小時，見夏呆站在樓梯間裡，凍得腳都麻了，手機也是一塊廢鐵。

她被遺棄了。

一包面紙早就用完了，陳見夏最後抽了抽鼻子，用羽絨衣的袖子擦擦眼淚，轉身下樓。樓下的雜貨店開了很多年，街坊鄰里都很熟，她眼睛紅紅地進去，幸好店老闆正在聚精會神地看電視，沒注意。

「王姨，我打個電話。」

「怎麼不在家裡打?」店老闆吐出瓜子殼，看也沒看她，見夏也沒解釋，拿起聽筒就撥號。

「喂?」

聽到李燃聲音的那一刻，千言萬語都哽在胸口，只剩下帶著哭腔的呼吸，也不知道他聽不聽得淸。

人生八苦是什麼?他說「五蘊盛」是八苦之宗，她卻覺得，「生」才是萬惡之源。

旣然不想要她，當初爲什麼要生?

眼淚無聲地滑進羽絨衣的領子，從滾燙到冰涼。

「妳怎麼了?這是哪裡的電話?妳沒事吧?妳在哪裡?」李燃慌了，一個問題接一個問題，恨不得從聽筒裡伸腦袋出來。

她是浩瀚宇宙中被遺棄的飛船，沉寂多年的對講機裡，他，是唯一的應答。

三十七◆一地雞毛

陳見夏並不急於回答，她吸了吸鼻子，側身避開店老闆時不時的打量，輕聲說：

「我回家了。」

李燃很聰明地問道：「不方便說話？」

「嗯。我手機壞了，如果找不到我……別著急。」

「妳哭什麼，家人是不是又氣妳了？是就嗯一聲。」

問這些有什麼用。陳見夏又感動又好笑，「你要是我爸就好了。」

「想得美，我要是妳爸妳就是富家千金了。」

陳見夏破涕爲笑，淺淺的，抬眼看到窗外樓梯間的感應燈亮了起來，爸媽一前一後跑了出來。

見夏一驚，「先不說了。我掛了。」

「妳小心點，早點回來。」

回來。他說的是回來。無比順耳。

見夏推開雜貨店結滿冰霜的彈簧門，喊了一聲：「爸，媽。」

她等待迎接劈頭蓋臉一通訓，但他們只是快步走過來，拉著她的手臂說，去醫院，妳奶奶不大好。

路邊招車花了很長時間，縣城計程車不多，夜裡就更罕見，陳見夏剛在雜貨店化凍的雙腳又開始發麻，上了車也沒好多少，計程車四下漏風，暖氣開了和沒開差不多，晃蕩得像馬上就要散架的鐵皮盒子，一路癲癇般顫抖。

見夏靠在後座最裡面，斜眼睛瞄著坐在副駕駛座的爸爸和身旁的媽媽。媽媽頭髮蓬亂，爸爸左臉頰顴骨上有一道指甲印，二人之間的氣氛並沒和緩，恐怕還沒吵完，只是被通知奶奶病危的電話打斷了。

誰也沒問陳見夏剛才去了哪裡，有沒有危險，也許是為夫妻間的醜事被孩子知曉而尷尬。

陳見夏黯然。但願是這樣。

一家三口趕到時奶奶已經搶救無效過世。見夏早有心理準備，但那一刻還是胸口一痛，眼淚唰地就流出來。大姑姑一家還在路上，走廊裡只有二叔家和見夏家，難得沒有拌嘴，一起嗚嗚哭。

最終引發戰爭的還是見夏媽媽。「前兩天還好好的，怎麼忽然就不行了，你們怎麼守夜的？」

二嬸霍然起身。

陳見夏坐在一邊的長椅上，收住了哭聲，瞪圓眼睛看著兩家以迅雷不及掩耳之勢拉扯成一團。大輝哥一開始還勸著，後來看見夏媽媽扯著自己媽媽的頭髮，也紅了眼加入戰鬥。陳見夏在外圍逡巡，插不了手，急得像熱鍋邊緣的螞蟻，幸好大姑姑一家趕到，兩家終於被拉開。

武鬥之後是無休止的文鬥。

見夏在長椅上蜷縮成一團，睏得撐不住上眼皮，醫院暖氣也沒開足，深夜走廊的涼氣漸漸滲入身體裡。

二叔家說奶奶留了遺囑指名把房子留給大孫子，見夏媽媽一口咬定遺囑沒有公證，誰知道是不是奶奶眞正的意願？護士和醫生忍無可忍地勸告，當務之急是把壽衣換上，停到太平間去辦理死亡證明，不要在醫院鬧下去了。

護士說完指著長椅上的見夏，「這裡還有個孩子呢，都睏成什麼樣了，還吵吵吵，吵什麼吵，有什麼事不能回家商量？」

見夏克制不住，應景地打了個哈欠，被媽媽恨鐵不成鋼地瞪了一眼。

男人們去辦手續，姑嫂三人留在病房給奶奶換上二叔家早就準備好的壽衣，見夏還是孩子，不能進房，隔著玻璃巴巴地往裡面看，病床上那灰白僵硬的臉和記憶中的奶奶毫無相似之處，生命力的流失迅速改變了身體形狀，見夏覺得陌生，最後是靠腦海中與奶奶有關的溫情畫面再次喚醒了淚腺，哭著哭著睡著了。

也許是因爲看到了女兒帶著淚痕的睡顏，見夏媽媽沒有苛責，喚醒之後拉著她離開了。醫院門口倒是有幾輛夜班計程車在等客人，對目的地挑三揀四，最後是爸爸看見夏凍得直跺腳，攔住還在講價的媽媽，說，算了，孩子冷。

見夏迷迷糊糊地拉開副駕駛座的門，夫婦二人被迫坐在了後座肩並肩。

半夢半醒間，爸媽的對話也聽得零零碎碎，不過她能感覺到氣氛解凍了。路面結冰，媽媽下車時爸爸在車外扶了她一把，媽媽站穩了就甩開，動作大了點，腳底打滑，爸爸又拉了一把，這次沒鬆開，媽媽也沒甩開。

老夫老妻牽扯太多，打斷骨頭連著筋。見夏腦海裡蹦出一個念頭，十分篤定——這個婚離不了。她的家是安全的。

第二天天濛濛亮，見夏醒了，走到客廳，瞥見媽媽的手提包掛在衣架上。爸爸睡在客廳，媽媽睡在主臥室，兩人都鼾聲大作。

她甚至不敢將它從衣架上拿下來，用極慢的速度轉開釦子，時時關注著沙發上爸爸鼾聲的節奏，終於無聲翻開了手提包，把手探進去，小心摸索，終於，抓到了一個小方塊。

見夏心中一喜，忽然聽見主臥室的床鋪一響，媽媽好像翻身坐起來了，正在移動地上的拖鞋。

睡衣上下都沒有口袋，見夏匆忙將電池塞進腰側，靠睡褲的鬆緊帶夾住。

「妳在幹嘛？」媽媽一愣，沙啞地問道。

「我……」見夏嚇得汗都流下來了，「我作噩夢了。」

媽媽神情軟下來，「因爲妳奶奶的事？要不然過來跟我睡？」

「我沒事。我睡不著了，背一會兒單字。」

「再睡一會兒吧，今天一天都要去妳奶奶家守靈，想睡都沒得睡。」

「小偉怎麼辦？」

「妳表姑今天帶他回來。」

見夏點點頭，趁著媽媽去廚房倒水喝，連忙按住電池塊逃回了房間，鑽進被窩蒙住頭，開機動畫的音樂無法消除，她只能用枕頭狠狠壓住手機。

二叔家客廳的冰箱上方高高安放著奶奶的黑白遺像，前面燃著一盞長明燈，按照辦喪事的規矩，長明燈得亮到奶奶出殯那天，所以需要人盯緊了，及時往裡面續油。因爲大人們忙著迎來送往，這個工作便交給了見夏。她搬了一個木製小板凳坐在旁邊，時不時和李燃發幾條訊息，一整天並不太難熬。

「二嬸，得加了。」見夏喊。

冰箱高，小矮凳借給二嬸踩著，見夏挪到沙發上坐，才後知後覺屁股麻了。

她給李燃發訊息：「你家中長輩都還在嗎？」

「只有爺爺了。等妳回來，帶妳去看他。我最喜歡我爺爺了。」

最後一句像個小男孩，李燃難得流露出這樣的幼稚溫情。一想到他賣弄的知識大多來自這位做郵差的爺爺，見夏便嘴角上揚，很明白他爲什麼會說，自己最喜歡爺爺了。

她下意識抬頭看奶奶的遺像，在內心拷問自己：陳見夏，妳呢，妳喜歡這個家裡的任何一個人嗎？

怎麼會。她連自己都不喜歡。

「家」的概念對陳見夏而言模糊又稀薄。小時候想得少，縱使壓歲錢很少，雞腿總是分給孫子，看賀歲節目時沙發空位不夠，弟弟坐沙發她只能坐小板凳……她也沒生出分別心，放鞭炮貼福字時照樣開開心心，紮著小羊角辮，笑得比誰都甜。

長大一點，懂事了，家人理所當然的輕視便橫成她眼中的梁木，春聯、爆竹都不再是開心的理由，唯有長輩詢問期末考試排名時，她能博得一些注目。

陳見夏就這樣發現了活下去的訣竅：要變得很有用。

不同於弟弟與生俱來的重要，她存在的意義，要自己來證明。

有趣的是，真正放心依賴的那份關切和喜歡，偏偏來自壓根不在乎她考多少分的李燃。

手機又振動了一下，李燃說：「妳家裡忙起來就不用回了。有空找我。」

見夏笑了，「好。等我回去，我們去看爺爺。」

兩天轉瞬即逝。

葬禮上孝子賢孫跪了一地。小偉想起平時疼愛自己的奶奶，哭得喉嚨沙啞，見夏含著淚，好不容易才安撫了弟弟。火化完成後，工作人員端來一個碩大的長方形鋁盤，指揮家屬們輪流近前，左手端篩子，右手戴上隔熱手套撮骨灰，一人一鏟往內袋裡裝，算是爲往生者埋骨的儀式，裝完的這一袋便封在骨灰盆裡。

見夏腦子懵懵的，手套錯戴在了左手上，右手指尖直接觸到滾燙的骨骼碎片，燙得一哆嗦，硬生生忍了下來。

見夏覺得這是奶奶的惡作劇。奶奶一定知道她並不很傷心。

葬禮結束的第三天，見夏母子三人坐著表姑家的車回省城，一路無言。

弟弟其實很高興，因爲爸媽商量了一下，還是決定讓他回到縣裡讀書，再也不必受省城八中那些傲慢的同學欺負了。本來他就讀不出什麼名堂，夫妻常年分居也不是個辦法，雙方各退一步，爸爸和盧阿姨就此了斷，媽媽也放棄了去鬧的打算。

見夏在客廳讀書時豎起耳朵聽他們在臥室裡壓低嗓門吵架，爸爸堅稱他和小盧就是聊得比較多，手都沒碰過；鄰居也側面證實他除了自己在家便是去醫院守夜，規矩得很。

媽媽傷癒過程中總要再鬧幾次的，只是小鬧，哭一會兒就作罷，最後承認，是她小題大作了。

這樣的結局見夏自然高興，然而在內心深處，她極爲不解：沒有牽過手就等於清白嗎？她仍然記得爸爸和盧阿姨在一起時的樣子，見夏相信，爸爸是喜歡盧阿姨的。

這個認知讓她既同情又噁心。

或許俗世夫妻本應如此的，分不開的房屋地契，分不開的子女親戚，兩個人是因爲這些才分不開，而不是愛情。

車開到宿舍大樓門口已是傍晚時分。媽媽隨見夏下車，說要把她送進門，見夏覺得稀奇，果不其然，媽媽摟著她的手臂，輕聲叮嚀，「家裡的事別跟妳弟弟說，一直沒來得及囑咐妳。」

見夏點頭，「我知道。我本來也什麼都沒說。」

媽媽滿意地笑了，幫她將碎髮縮到耳朵後面，「等過兩年妳弟弟說不定也能考上振華，那時候妳就上大學了，爸媽試著調動工作到省城來，一起搬過來照顧你們。」

見夏哭笑不得。就算弟弟能考過來，她也不會留在省城讀大學。

她乖巧地應下來，跟媽媽道別，媽媽也忘了剛說過要送她上樓，轉身重新上車。弟弟貼在副駕駛座的玻璃上朝她做鬼臉，見夏一笑，目送著白色桑塔納遠去。

她和家之間黏著的膠帶，又被撕下來一點點。

三十八 ● The Moment

李燃問她那天電話裡哭什麼，見夏沒回答。她沒有和他講述自己爸媽之間發生的齟齬，太難看了，也太難堪了。她不說，李燃也貼心地不追問，安安靜靜在必勝客陪她自習，他看漫畫，她埋頭照著從楚天闊那邊借來的筆記補習落下的課程。

有時候見夏會希望大學入學考永不到來，自己永遠是高二的學生，像科幻小說裡一樣困在重複的同一天裡，日曆凝固，她可以和李燃用這無限循環的一天做不一樣的事情，再也沒有任何煩惱。

從前她是那麼盼望明天，明天可以考大學，可以離開，可以變成隨便住五星級飯店的女強人……現在卻時時冒出停在此刻的念頭，不知道是應該愧疚還是慶幸。

她抄完最後一頁筆記，長出一口氣，抬起頭看向趴在桌面上小憩的男生，笑了。

期中考陳見夏考得並不是很好，自己也說不清是因爲戀愛分心、偶發失常還是腦子太笨。當然，她自己最不希望是因爲腦子笨。

畢竟只有笨是無可挽救的。

李燃把書往桌面上一扣，安慰陳見夏：「又不是大學入學考，何必呢？來吃口蛋糕。」

陳見夏推開伸過來的勺子，「你根本不懂。你考零分都不會難過。」

「那妳就去讀個補習班嘛，我看淩……」李燃迅速收住了話頭，「我初中那幫哥們都上補習班，不對，補習班還是競賽班？反正林楊余淮他們成績都很好，照樣補習，妳為什麼不去？」

見夏有些不甘。她從沒有補習過，這曾是她的驕傲。

「好吧，」她嘆口氣，「那你為什麼不報個補習班？」

李燃微笑還擊，「因為我考零分都不會難過。」

見夏氣結。

她晚上就給家裡打電話，希望每個月額外加四百元補習費。

「怎麼要四百元那麼多？」媽媽驚訝。

陳見夏吃住都在學校，住宿免費，學校還給每個外地生按月往食堂飯卡裡加入餐飲補助，平日幾乎沒什麼花錢的地方，若家庭實在貧困或爸媽夠狠心，一分錢不給也沒問題，大不了夏天連根冰棒都不吃。見夏媽媽每個月給她一百五十元零用錢，因為她實在讓人省心，所以爸爸開學一次就給齊整學期的，一共八百元，疊好放進信封裡讓她帶走。

陳見夏很會省錢，高一一年過去，她已經偷偷存下了五百元，加上高二上學期的零用錢，餘額有一千元出頭，即使遇上宿舍漏水這種事，也能狠心自己作主去住鐵路局旅館，不用受鄭家姝的氣。

但這五百元用於補習的話，一個月就得斷糧了。

「一堂課兩小時，每小時二十五元。我只補數學和物理兩科，每個禮拜四小時共一百元，一個月就是四百元，」見夏俐落地算了帳，補充道，「我們班同學幾乎都上那個班，是振華特級教師主講的，離學校也近。」

四百元明顯讓媽媽心疼了，她沒答應但也沒拒絕，畢竟讀書是大事。她忍不住抱怨了幾句：「怎麼忽然要補習了，妳以前都不上的。」

「期中考沒考好，想加把勁。」

「爲什麼沒考好？」媽媽立刻揪住這一點，「排多少名？成績下滑了？妳上課是不是沒好好聽課？我看妳啊，就應該和以前一樣，用好課堂四十五分鐘，下課了自己抓緊點……」

一連串問題讓陳見夏心頭火氣噌噌往上竄。平時對她的成績不聞不問，一說到要錢補習就開始假模假樣地關心，和買CD隨身聽時一樣推三阻四，不就是想讓她自己鬆口說不用花這個錢嗎？

媽媽我錯了，我一定自己努力把成績拉上來，一分錢都不用妳花——不就是等她說這句嗎？

「就算是縣一中的學生，有幾個不補習的？何況我在振華，這裡壓力有多大妳知道嗎？你們關心過嗎？」

陳見夏越說越委屈，「我初一才跟著學校上英文課，縣裡初中老師什麼口音妳知道嗎，this 唸成賊死，還讓我們跟著讀，我讀了三年都養成習慣了。來了振華，高一第一堂英文課，老師全程跟我們講英文，說要鍛鍊口語能力，我口語差得自己都不敢聽，到現在也沒完全改過來，排隊背課文一輪到我我就想死！這些壓力我跟妳說過嗎？我都自己悶頭學、悶頭補，沒抱怨過一句。反過來，小偉呢？」

她本想要到錢就算了，偏偏又開了開關，舊帳如洪水一般傾瀉過來，淹沒了理智。

「小偉小學三年級就提前學英文，那英文班的名字我都記得，叫『國際ＡＢＣ』！恨不得連音樂課都要給他補，又學書法又學小提琴，給我學什麼了？妳怎麼不讓他自己多努力，用好課堂四十五分鐘？」

媽媽大吼一聲：「陳見夏妳是不是欠揍了！」

見夏被震得一愣。

「妳這孩子說話怎麼越來越難聽了，去個好學校就學了這個？就學了六親不認？越學越沒人味？妳老扯妳弟弟幹嘛？妳弟弟欠妳的還是我和妳爸欠妳的？一家人，搞得和冤家似的，我看妳是連家門朝哪裡開都記不住了！有種妳死在振華，別跟我們要錢！」

陳見夏氣鼓鼓地掛了電話，直接關機，坐在床邊嗚嗚哭起來。

楚天闊說她改變了，越變越好了；李燃說，她自信了，大方了，不愛哭了。

原來只需要家人的一通電話，就能將她打回原形。

陳見夏原本覺得補習有損她義務教育九年自學的威名，現在終於變成了尊嚴之戰——非去不可，必須要去，一定要去，否則就是不把自己當回事。

錢的事情好解決。李燃主動說他平日少搭計程車就能輕鬆省出來，陳見夏拒絕了。平日兩人吃喝玩樂基本上都是李燃負擔，她已經很過意不去了，補習也花他的錢，她不如乾脆改口叫他爸爸。

讀書的事拖不得，見夏決定先用自己存的小金庫頂上，在李燃的引領下去醫大附屬醫院旁的校舍交了五百元，第二天一放學，她把班級鑰匙託付給掃除小組長，早早跑去占座位。

「妳去吧。」李燃和她道別。

「我以爲你會和我一起聽課。」見夏有些不好意思。她一路上都在設想，李燃會不會跟著她一起進去，大剌剌坐在她身邊說，我也順手繳了錢陪妳——這才符合他一貫的作風。

李燃笑了，「妳不是爲了提高成績才花時間來補習的嗎？我怕影響妳。好好聽課吧。」

見夏用力點頭，「晚上不用過來接我了，這麼近，我散步回去就好。」

「是怕碰見熟人吧？」李燃無情地戳破她的眞實意圖，見夏赧然，默認了。

這個補習班承包了整層樓，四、五間教室同時開課。教室都是後來改建的，用了長條狀的連排桌椅，就爲了能多容納幾個學生。大家坐得擠，暖氣又開得足，不一會見夏便微微出汗了，記筆記都要夾著上臂，否則手肘會撞到旁邊的人。

教數學的老師是正在振華帶高三的特級教師，很有經驗，課講得不賴，陳見夏起勁地記著類型題，兩個小時很快過去了，中間休息時都沒有挪動屁股一下。

她能保持這樣的注意力難能可貴，因爲，凌翔茜就坐在她前面一排的左側。與陳見夏相反，凌翔茜全程神遊，把手機擱在筆記本上，劈劈啪啪地按鍵發訊息。

放學時已經九點，大家蜂擁出去，只有幾個精力充沛的學生圍著老師詢問難解的習題。見夏挑了一條人少的小路走回宿舍，無意間一回頭，凌翔茜就在背後不遠處，手機螢幕映亮了她的臉。

下一秒，凌翔茜就因爲光看手機不看路而被石頭絆了一跤，手機直接摔到見夏腳邊。

陳見夏撿起來遞給她，「快看看，有沒有摔壞？」

「這手機很耐摔，不會有事的。」凌翔茜燦爛一笑，證明似地把手機開合了兩下，隨意放進白色羽絨衣口袋裡。她注意到見夏露出來的校服顏色，問：「妳也是高二的？」

兩人互作自我介紹，見夏動了動唇，還沒來得及說出那句表示友好的「妳很有名，我早就認識妳」，自己的手機就響起來了，凌翔茜示意她先接電話。

陳見夏沒料到，電話一接通，雷霆震怒順著漏音的聽筒直劈向這條僻靜的小巷。

「陳見夏妳野了啊，有本事了！」

見夏爲了專心上課，把手機關機了，媽媽打不通，就撥了宿舍大樓樓下收發室的電話，值班老師去她宿舍敲門，無人應答，如實回覆給了見夏媽媽。

前兩天母女倆就因爲補習班的事情積壓了一股火，還沒來得及撲滅，已經添上了新柴。

見夏知道聽筒漏音漏得厲害，顧及凌翔茜就在旁邊，實在不想丟人，迅速回答：「我在補習，回宿舍和妳說。」

「妳補什麼習，前天剛說，今天就去補習了，妳是不是當我和妳爸都傻瓜？我問妳妳現在到底在哪裡……」

她迅速掛了電話，順手關機。

「家人急著找妳？」

不知道凌翔茜究竟聽見多少，見夏輕聲敷衍道：「沒有。就是更年期，煩死我了。」把自己說得像個滿腹牢騷的大小姐。

凌翔茜體諒地點頭，「那我們同病相憐。我媽也很煩，剛才上課我就一直在發訊息和她吵架。有時候我覺得奇怪，好多簡單的事情，跟她就是怎麼樣也說不通。」

也許是巷子太寧靜，見夏的心變得柔軟，不想把這段路浪費在防備上。她苦笑著嘆氣，「至少，妳媽願意和妳傳訊息講道理吧？不會打電話吼妳吧？」

凌翔茜搖搖頭，「比用電話吼還可怕。」

見夏識趣地不再問。

「什麼在響？」她凝神聽著，注意到凌翔茜脖子上懸掛著的耳機，「妳是不是忘了關？」

凌翔茜捏起一只塞進左耳，「可不是嗎，還在放歌。」

「什麼歌？」

「嗯？」凌翔茜沒聽清。

「我問，妳在聽什麼歌？」陳見夏問。

凌翔茜笑了，立即抬手將另一只耳機塞進見夏的右耳，代替了回答。

孫燕姿的〈The Moment〉。

凌翔茜先隨著耳機中的旋律哼起來，見夏跟著輕聲合唱，兩個女孩相視一笑。

這一刻

時間變成行李

越過生命悲喜

陪伴著我前進

……

歌詞的最後一句是：「我會找到，自由，自由。」

唱完剛好走到巷子口，到播放下一首歌的空檔，見夏歸還耳機，和凌翔茜擺擺手作別。

見夏獨自在路燈下站了一會兒。

人生很奇妙。她關掉的手機裡封印著一個爛攤子，背後一無所有，前方福禍未卜，卻在短短的一路上，和曾經莫名敵視的凌翔茜分享了美妙的兩分鐘。

這樣的瞬間讓她想哭。生命的層次如此豐富，她埋頭在書桌前的時候，究竟錯過了多少？

曾幾何時，李燃最初遇見的陳見夏，幾乎是一個蒙昧的動物啊！

她伸出手，抓向路燈溫暖的光源。

這雙手還能伸多遠，抓住多少呢？

美好恰恰在於其短暫。

見夏盥洗完畢坐在床上，忐忑地開機，主動打給家裡。她打定主意，媽媽愛說什麼就說什麼吧，她一定忍住不辯解，把事解釋清楚就好，趕緊了結掉。

可媽媽不懂見好就收，教訓起來沒完，「俞老師說過，女生心野了可就容易造成難以挽回的後果。」

什麼叫難以挽回的後果？談戀愛、越界、不知分寸、大肚子嗎？見夏感到深深的侮辱，憤怒到恍惚，彷彿看見俞丹那張皮笑肉不笑的臉此時此刻就映在窗戶上。

「我是去補習，不是去外面浪！我要玩要浪，也得有本錢啊！我哪裡來的錢浪！」

她尖叫。

見夏的媽媽哪裡聽過她這樣講話，氣得快要暈倒，緊要關頭電話被爸爸接走，媽媽那一頓咆哮還是遠遠傳過來，「反了妳！明天就給我回來讀書，我看妳也學不出什麼好玩意兒！」

「好了，小夏，是爸爸。」爸爸的聲音很平靜，批評見夏不應該那麼講話，補習的錢爸媽一定會給她，沒必要做出這種故意對著幹的舉動。

然後便讓她早點睡覺，掛了電話。

見夏整個人都要爆炸了，但也只敢繼續對著已掛斷的電話喊，喊著喊著便全是哭腔了，哭夠了想打給李燃，最終卻疲憊地放下了電話。

要說什麼呢？李燃又不是她爸。

她關了燈，躺在床上仰望天花板上孤零零的小燈泡，一眨不眨地看了許久，慢慢哼起歌。

還是那首〈The Moment〉。

「放心離開我，我會記得這一刻，那些還飛翔著，不可思議的夢……」

每一句都唱著陳見夏找不到的自由。

她又哭起來。爲什麼人不能乾脆就活在一段旋律裡。

第二天一放學，見夏趕緊回宿舍大樓換了輕便的單肩包，今天晚上補物理，她在包包裡裝上物理筆記和兩本練習冊，打算下課後也問老師幾道難題。

下樓時，她接到了爸爸的電話，說，放學了吧，我在你們宿舍門口呢，快出來。

爸爸送見夏去了補習班，說自己去醫大對面的飯館吃點飯，等她下課再來接她。見夏到了教室便急著給李燃發了個訊息：「今天眞對不起。」

「我認出來是妳爸爸了，所以就一直在妳宿舍大樓對面站著，沒跟過去。還好他沒看見我。妳今天還上課嗎？」

「嗯。我和家裡吵架了，爸爸大概是來教訓我的。」

她沒猜到，等她到了醫大對面的燒烤店坐下，爸爸卻點了兩瓶啤酒，說讓她也喝一瓶。

「爸爸給妳賠不是。是我們不好。」他說。

見夏愣住了。爸爸要來了杯子，給她倒了半杯。

「但妳也不應該那樣跟妳媽說話，不過……唉，總歸還是我們不對。妳讀書這麼緊張，早就應該多關心妳。」

爸爸自己喝了一口。見夏猶豫一會兒，也拿起杯子。

「也不怪妳媽，妳媽最近心情不好，奶奶沒了，二叔那邊好多事都要理淸楚，難爲她了。家裡並不差妳補習這點錢，妳媽可能就是覺得奇怪，妳平時從來不補習，也沒讓她操過心，她也就順口那麼一問……」

「爸！」見夏打斷他，「別說這些了。我知道。」

爸爸笑笑，搖搖頭，不再解釋了。

見夏雖然不喜歡媽媽，但從小更多時間和她黏在一起，很少與爸爸單獨聊天，父女倆並不知道該說什麼。

談什麼呢？問你是不是眞的喜歡盧阿姨？問你們明明偏心弟弟，爲什麼不從小把我送給別人？給你介紹一下李燃？

見夏轉頭去看窗外。室內溫暖，窗戶結了厚厚的冰花，她用食指按住，花團錦簇中，按出一個融化的小點。

「妳以後在這邊遇到事情，就直接給爸爸打電話，要錢也好，心情不好也罷，都可以。」

兩瓶酒都喝完了，見夏的臉有點紅，不再那麼氣鼓鼓，點點頭說：「好。」

爸爸有些不自在地拍了拍她的肩膀，父女感情太過生疏，做這些動作都那麼僵硬。

「妳是好孩子。委屈妳了。」

見夏聽到這句話瞬間鼻酸，卻倔強地仰著脖子，沒有服軟。

後來，李燃和見夏提起，自己見過淩翔茜的媽媽，那是一個有點神經兮兮的女人，講話聲音很高，似乎極容易受到刺激。

「她滿辛苦的……我不是說她媽，」李燃說，「我們幾個跟她比較熟的其實都知道，但誰也沒說，她自己也不愛聊這些。」

見夏腦海中浮現出小巷子裡淩翔茜燦爛卻疲倦的笑容，她的大方友好完全消弭了見夏那點小心眼的敵意。大家生來就是困獸，即使有的囚徒油光水滑，不過是表面威風，最後也只能把一只耳機從牢獄欄杆的縫隙伸過來，和旁人共享一支尋找自由的歌。

冬天果然容易讓人抑鬱。她的課餘時間因爲補習班充實了起來，爸爸支持她多補幾科，於是她又補了化學和生物，每個星期有四天晚上都在上課，不像以前那樣時時能夠見到李燃了。

一個非常冷的晚上，見夏問了老師幾道題目，最後一個從教室出來，埋頭走了幾步，聽到馬路對面有人嘎吱嘎吱踩雪的聲音。

李燃站在路燈下，笑嘻嘻地看著她。

見夏看看左右，發現沒人，於是快步奔過馬路，自然地拉起他的手，兩人都戴著手套，但是觸感依然軟軟的。雖然已經秘密地在一起一段時間，但每次有點親密的舉動，見夏依然會羞得把頭埋進李燃送的那條圍巾裡，蹭啊蹭。兩個人牽著手慢慢走，經過結冰的地方，就一起滑過去，摔了反正也不痛。

「今天怎麼樣，聽課順利嗎？」

「聽課有什麼順不順利的，」見夏歪頭看他，「難道你每天聽課都很『不順利』？」

李燃喊了一聲，敲她的頭。

「你想過自己要讀什麼大學嗎？」見夏問。

「這應該我問妳吧？」

「我？我當然是要去我能考得上的最好的地方，毫無疑問，」見夏語氣有些驕傲，

「所以你呢？」

「妳去哪裡，我就去哪裡。」

「就會說好聽的。」

「我說過的話哪次沒做到？」

「眞的？我考得上的學校你又考不上。」

「在一個城市就好了嘛。」

「如果不能在同一個城市呢？」

「爲什麼不能在同一個城市？」

對啊，爲什麼？陳見夏說不清，冥冥中好像在期待一個糟糕的變故，並不是閒得沒事非要詛咒自己，只是不肯相信命運會一直如此刻這般善待他們——不，不是他們，是她。

憑什麼前十幾年從未得到這麼多，偏偏這時候讓她滿心充溢著慌張的幸福？一定有什麼陰謀，一定不會那麼順利。

好像這樣想著，這樣謙虛地自我詛咒著，就能夠避免樂極生悲似的。

三十九 挪威的森林

下午班級幹部會議結束時剛好響起了下課鈴。按理陳見夏應該和副班長于絲絲結伴去辦公室領取新發放的掃除用具，她正煩心，一個男生在一班後門探頭探腦，于絲絲臉上流露出一絲不耐煩，和楚天闊耳語了幾句就跑了。

「她初中同學找她，」楚天闊對見夏說，「我替她去吧，畢竟妳一個人拿不了。」

見夏朝教室後排張望，男生長了一張讓人沒什麼印象的臉，一晃就不見了。能避免和于絲絲同行，她巴不得，乖乖地跟著楚天闊從前門離開了。

剛拐進行政大樓，楚天闊忽然說：「昨天，補習班下課，我都看見了。」

見夏心裡咯登一下，但也沒有很慌張。楚天闊是一個完美端正到無可指摘的人，完美的涵義也包括不對其他人的出格行為大驚小怪。見夏確信他會尊重，也會漠視。

「看見就看見吧。」她板起臉。

「妳怎麼不問我看見什麼了？」

「這樣有意思嗎？」

「妳這個反應才沒意思。」

陳見夏低垂下眼皮，「那你再給我一次機會吧。」

楚天闊揚揚眉，再次說道：「我都看見了。」

「你看見什麼了？」見夏誇張地驚慌道，「你、你別胡說！」

她第一次看見楚天闊笑得那麼開懷，「陳見夏妳演技太浮誇了！」

兩個人正在行政大樓的走廊轉角大笑，一個身影抱著考卷轉過來，看到他們的樣子停住了腳步。

「啊，」見夏收不住笑，「是妳啊。」

見夏本想多聊幾句，凌翔茜卻只朝她微笑點頭，輕盈地側身離開了。她有些尷尬，瞄了眼楚天闊，解釋道：「我們認識，在同一個補習班。」

「我當然知道。我就在你們隔壁上物理競賽課，否則昨天是怎麼目擊到的？」

「那她是為你去上補習班的嗎？我早覺得奇怪，她是文科班的，成績又那麼好，幹嘛數學國文外語三科都補，補了又不聽課。一定是為你去的。」

見夏和凌翔茜始終沒能熟悉起來。白天不在同一個班級，晚上補習班的座位是先到先得，見夏因為要看著班上同學掃除，總是去得比較晚，每次都坐在最後幾排吃力地看黑板。燈光發藍，很像驗鈔機發出的紫色光，每個人都被檢視得那麼清楚，再也不會有昏暗巷子裡卸下心防的短暫瞬間了。

這種無聊的臆測，楚天闊向來是不回答的，只是忍不住回頭，凌翔茜的背影早已消失在轉角。

見夏注意到了，「其實，你滿喜歡她的吧？」

「妳怎麼那麼愛八卦我和她，每次都提，煩不煩！自己甜蜜就操心別人？那小子我還記著呢，害我們班禁賽的就是他，聽說處分都是家裡幫忙擺平的，陳見夏妳這個叛徒。」

「你別轉移話題，」見夏有點心虛，「在別人面前道貌岸然也就算了，在我面前你也這樣，到底有沒有把我當朋友？」

「我沒轉移話題。妳告訴我，什麼叫喜歡？」

陳見夏斟酌許久才回答：「喜歡就是……就是陸琳琳和于絲絲都找你借過書、問過問題，你十次裡有九次都能找到藉口躲開，但是凌翔茜找你，你就會見她。雖然你躲于絲絲她們是笑著躲，見凌翔茜是板著臉見，但你就是要見她。」

陳見夏發覺楚天闊的沉默，猜想他一定是聽進去了，越發自信，「所以我個人認爲，這種區別，就是喜歡。」

沒想到楚天闊只是勾勾嘴角，語氣輕鬆地反問：「按照妳的理論，願意花時間在這裡跟妳廢話，是不是代表我也喜歡妳？」

見夏傻了，他都往前走了好幾步她還呆愣在原地。楚天闊無奈地揉了揉眉心，解釋道：「我不喜歡妳。」

陳見夏鬆了一口氣。

說來奇怪，以前就算楚天闊眞的和她表白，她也萬萬不敢當眞，現在竟會有一瞬間信了。

相信自己也不錯、值得被喜歡，漸漸染上了公主病。

因爲的確有人在拿她當公主。

陳見夏沉浸在對李燃的想念中，不知不覺把楚天闊晾在了一邊，從學校辦公室出來才重又提起：「那班長你覺得什麼是喜歡？」

楚天闊搖搖頭。見夏習慣他狡猾，沒繼續追問。下午第三節自習課的鈴聲響過了，走廊裡很安靜，他們經過一扇很大的窗，孱弱的冬日夕陽沒入遠處地平線的厚重雲層，楚天闊望著出神，突然將掃除用具都隨意丟在了腳邊，慢慢開口：

「妳有沒有看過一本書，叫《挪威的森林》？」

見夏搖頭，「沒有。」

不過李燃窩在必勝客沙發上看過，她也想翻閱一下，被他搶回去，說裡面有不適合她看的內容。不就是情色描寫嗎？見夏腹誹，名著都是很黃的，《十日談》什麼的，某些片段她也不是沒偷看過，喊。

「裡面有一個女主角叫綠子，說自己想要談一場百分之百的戀愛。」

見夏疑惑，「什麼叫百分之百的戀愛？」

「她舉了一個很小的例子，比如，她想吃一種蛋糕，戀人就應該乖乖地去買，買回來她卻不想吃了，要丟掉，戀人也不會不高興，更不會因此覺得她人品糟糕性情古怪……大概就是這樣吧。」

「這就叫百分之百的戀愛?」見夏逗他，「難道你覺得『喜歡』是折騰別人還不許別人不高興?」

「不。」楚天闊沒有笑，俊朗的面容浮現從未有過的眞摯，「能容忍這種折磨的，才是喜歡。人都是醜陋而不自知的，卻又無法忍受他人的醜陋面，所以，怎麼會有百分之百的愛情呢？一開始的喜歡往往是幻覺，一旦發現眞相，恐怕會立刻把辛苦買來的蛋糕砸在無理取鬧的戀人臉上。所以，要怎麼做才對呢？一輩子製造幻覺來維繫對方的好感嗎？」

陳見夏被他繞暈了，「天啊，班長，這段話眞不像你，倒像日本人，我高一學《花未眠》就沒看懂，你可不要變成川端康成。」

「怎麼就不像我說的話了，我應該說什麼?!」對牛彈琴，楚天闊有點惱。

「你應該是那種一肚子壞水卻一開口就滔滔不絕出口成章的人。」

陳見夏半是揶揄半是崇拜，楚天闊成功被逗笑了。

氣氛輕鬆了，見夏才慢吞吞地說：「人不是醜陋而不自知，人正是因爲知道自己有多醜陋才會拚命僞裝。但是我覺得，如果平時也要裝，在喜歡的人面前也要裝，那喜不喜歡還有什麼意義呢?完全沒區別嘛。也許暴露眞我會被嫌棄，但總要有一個人先展露出眞實，才會有機會遇到同樣眞實的對方啊，總要有一個人先邁出這一步的。」

見夏想起剛剛凌翔茜落荒而逃時的倉促笑容和夜晚小路上沉靜的憂傷，心裡軟軟的。她暗示楚天闊，「說不定，對方早就不想維持假象了，反倒是你在逼她繼續僞裝，你覺得呢？」

也不知道楚天闊到底有沒有聽出她的弦外之音，他安靜片刻，又想要用彈她腦袋來結束這場不知所云的談話，剛一伸出手就又縮了回去。

「怎麼了？」

「我怕挨揍。」楚天闊微笑著揶揄回去。

陳見夏臉紅，軍訓課第一天李真萍還真沒冤枉她，一語成讖，她交了個混混男朋友，會打人的那種。楚天闊促狹一笑，抱起掃除工具先回教室了。

反正是自習課，見夏索性多留一會兒，她雙手撐著跳坐到窗台上，靜靜看天色暗下去。

有些人輕盈得像飄落水面的羽毛，有些人則是冰山，碧空如洗映照著晶瑩尖頂，海面下卻隱藏著巨大的真實。

楚天闊和凌翔茜應該都是冰山，她自己恐怕也是，一座小一點的碎冰。那李燃是什麼呢？偶爾在水面上投下陰涼的雲彩嗎？讓她不至於被陽光烤化，融入面目模糊的海洋；讓她可以放心地索要一塊蛋糕，拿到手又改變主意隨便丟棄……

心慌又一次席捲了陳見夏。

這麼好的一切，爲什麼會發生在她身上？這說不通。

難熬的冬季終於過半，期末考試在一片死氣沉沉中到來。見夏的成績比上一次略有提升，重新殺回了班上前二十名，雖然仍不能令她滿意，但至少說明補習班還是有點用處的。

回鄉長途巴士上的暖氣居然壞了，見夏挨了幾個小時的凍，終於踏進家門，第二天就重感冒了。這場病開啟了寒假的序幕，一直持續到過年，燒了退退了燒，反反覆覆，正好給了見夏媽媽照顧女兒的機會。因爲補習而起的衝突自此一筆勾銷，和她成長中的每件事一樣，就那麼莫名其妙地過去了，彷彿沒發生，卻又實實在在留下了點痕跡，只是誰都不去凝視它。

除夕夜八點多，爸媽和弟弟一起到樓下的十字路口給奶奶燒紙錢，見夏咳嗽還沒好完全，得了特赦留在家裡，趁這個機會偷偷給李燃打電話。期末考試前李燃請假去參加住在鄰市的姨奶奶的葬禮，據他自己說，其實他根本不認識這位姨奶奶，但是面對期末考試，他毫無疑問選擇了孝道。

「你走的這段時間，錯過了很多好玩的事情，」見夏蹲在茶几旁，下巴抵在膝蓋上，整個人縮成了球，輕聲細語地說，「我們這區的學校都要參加團慶活動，考試前我們分組去了科技館，你猜我在科技館看到什麼了？」

李燃故意道：「靜電球。」

「你給我正經點！」見夏無奈，「我看到了好多八卦！」

「一猜就是。誰？」

「我看到我們班長抱了凌翔茜一下！」見夏說「抱」這個字眼時放低了聲音，即使知道客廳空無一人。

多虧了鏡子迷宮，那兩個人眼中重重疊疊的都是彼此，但見夏怕走錯半步就被照到，硬是躲在後面大氣不敢出，等到楚天闊和淩翔茜雙雙離開才小心翼翼探出頭。

「那個迷宮很大，要不是親眼從鏡子裡看到，我根本不敢相信，班長膽子也太大了！他一下子把淩翔茜拉進懷裡了，我發誓，一點也沒誇張！他倆長得都好看，抱在一起更好看了！」

越羞越起勁，見夏笑了半天，「我想忍的，但沒忍住，期末考試那天問他，他一下子就慌了——我們班長可是泰山崩於前而面不改色的，慌了就說明有問題！」

「無聊。」

「怎麼，淩翔茜和我們班長好，你不高興？」

「沒沒沒，」李燃嗅到了危險的氣息，忙不迭否認，「就是覺得不關心啊。妳不是說我錯過不少事嗎？還有別的八卦？」

「少裝出感興趣的樣子了。我不想講了。」

「妳這人怎麼這麼愛翻臉啊！好好好，我跟妳發誓……」

「好啦好啦，」見夏急於講八卦，沒有繼續作弄他，「我就是覺得，他倆可能是我撮合的。」

「妳眞拿自己當回事。」

「我說眞的！」見夏剛要跟他提自己和楚天闊聊村上春樹的經過，突然覺得不妙，正如她不喜歡李燃和包括淩翔茜在內的初中同學聊天打屁，李燃也從來沒看楚天闊順眼過，多一事不如少一事，陳見夏半路煞車。

「呃，你不信就算了，我也說不清，」她含混過去，「哦哦哦，還有，你是不是有個初中同學叫林楊？書讀得很好那個，總考學年第二那個。」

「考第幾我不知道，是我哥們，他怎麼了？」李燃對楚天闊沒興趣，對淩翔茜不敢有興趣，所以只能對林楊的事情拚命表現出積極性。

「我在科技館也看見他了。你猜，他和誰拉拉扯扯的？我以前的同桌余周周！我的天啊，我眞沒想到。」見夏用氣音發出尖叫，像被踩了尾巴的貓。

李燃啼笑皆非，「陳見夏，妳是不是太閒了點？妳怎麼那麼喜歡看別人地下情啊，這可是更年期婦女的愛好。」

「你懂什麼，」見夏扳了扳腳趾，「我這不是希望我們能多幾個戰友嗎？」

「妳就是覺得別人也很早談戀愛，妳就不罪惡了。」

「你說什麼！」陳見夏尖叫。

太早談戀愛這個詞依然是她的死穴，不能提。

李燃早就習慣了，在電話那邊不好意思地嘿嘿笑了幾聲，轉了話題：「這個冬天趕緊過去吧。我爺爺的病情好轉了，再過段時間，就能回家了。」

「啊，太好了，」她已經聽到了家人上樓的腳步聲，連忙說道：「天暖了就去看爺爺。我先掛啦！」

這一年開春很早，天氣轉暖就在眨眼間，街道兩旁的樹都綠了，嫩嫩的，惹人憐愛，枝條迎著溫柔的春風招搖。

一班的生活平靜無波。然而，期中考試剛結束，流言便悄然傳遍了全班：連著請了四天假的班導師俞丹很可能沒有生病，而是懷孕了。

見夏偷聽過俞丹的電話，自然沒有其他人那麼驚訝，甚至替對方鬆了口氣，心想，到底還是懷孕了，婆婆和老公不會再一起逼迫她了吧。

她這麼討厭俞丹的人都願意送出祝福，其他人的反應卻十分微妙——表面上自然是爲俞老師高興的，實際上，大部分同學希望更換班導師，一批比較團結的家長已經在私下組織秘密集會，希望向學校施壓。

這個消息是陸琳琳告訴見夏的。

生孩子之前要養胎，生完了便要坐月子，現在是五月，據推算，俞丹的預產期在明年二月，正好把整個班最重要的大學入學考第一輪複習階段全面拖了過去，這不是害人嗎？

就在對俞丹愈演愈烈的聲討中，二班的月考平均分第一次超越了一班。

這邊抓賊，那邊就遞來了賊贓。俞丹請的這四天假，眞是虧大了。

見夏隔岸觀火。趁著班上同學焦頭爛額，她和李燃約了週六下午去他爺爺家拜訪。

李燃在宿舍大樓的馬路對面等她。陳見夏特意穿上了自己最好看的春裝，淺藍色的小襯衫，翻著小圓領，還佩戴著李燃送給她的小鹿領夾，神氣又有精神。

計程車開進兩人一起去過的老居住區，見夏把頭探出窗外，望見清真寺頂的星月標誌在樓宇間一閃而過。她忽然有點忐忑，如果李燃的爺爺不喜歡自己怎麼辦？

爺爺一定是個很睿智豁達的老人，懂得那麼多，經歷過那麼多，會不會一眼看穿她的小家子氣？自己該怎麼表現最好的一面？莫非要把學年榜單貼在腦袋上？這次考了五十名左右，整張臉恐怕都貼不下。

一邊想著一邊隨李燃爬樓梯，陳見夏氣喘吁吁地彎下腰，扶著膝蓋要求歇一會兒，抬眼一瞧，竟然才爬到五樓。

「你爺爺剛生過病，每天爬上爬下受得了嗎？他住幾樓啊？」

「頂樓，八樓，」李燃也有點喘，「我爸說過很多次了，要把他接到家裡，家裡有電梯。說了好幾年了，我也勸過，他不願意。」

「為什麼？」

李燃歪著腦袋想了一會兒，「我也問過，他不說。我猜，可能是覺得如果和兒女住在一起，自己就會變成一個包袱，一個需要人照顧的快死的老頭子。他不想變成那樣。」

見夏有些憂傷，深吸一口氣，「繼續爬吧！」

當鐵門向外打開時，她緊張到臉僵，還沒看清老人的面孔便深深鞠躬下去大聲喊，爺爺好！差點一頭將站在前面的李燃頂翻，自己的額頭也撞得生疼。

陳見夏聽到李燃爺爺明朗的笑聲，突然就平靜了下來。

「丫頭好，快進來。」爺爺笑著說。

陳見夏低頭換拖鞋，發現自己那一雙棉拖鞋是粉色的，上面繡著一隻白色小貓。

李燃在她耳邊輕聲說：「我提前跟我爺爺說了妳要來，他特意去商場買的。醜死了。」

見夏心裡暖得不得了。

李燃的爺爺已經七十四歲了，個子很高大，略微有一點點駝背，理著平頭、戴著眼鏡，頭髮幾乎全白了，病癒後仍然有些虛弱，笑起來皺紋縫藏住了老人斑。他眼睛的形狀和李燃很像，陳見夏控制不住地開始幻想李燃老了又會是什麼樣子。

爺爺給他們沏茶，端到茶几邊才一拍腦袋，指著李燃道：「小孩不喜歡喝茶，你也不提醒我。你下樓買那個什麼……買可樂去。」

李燃撥浪鼓似地搖頭，「爬一次樓就夠我受的了，我才不去。」他轉頭看坐在旁邊的見夏，「妳是不是也很喜歡喝茶？就喝茶吧，茶很好喝，別那麼多毛病。」

見夏忙不迭點頭，開始賣乖，「不麻煩不麻煩，那個，爺爺這是什麼茶啊？真香。」

李燃爺爺笑了，「丫頭喝得出來嗎？這是我老朋友給我寄過來的六安瓜片。」

六安瓜片是什麼，不應該是一種瓜嗎？陳見夏冒著冷汗笑道：「我以前在我爸的長官家也喝過，沒這麼好喝。」

李燃爺爺高興了，李燃卻低垂下眼皮：妳就扯吧，馬屁精。

「丫頭叫什麼名字？」

陳見夏立刻放下茶杯，「我叫陳見夏，也在振華讀書，是李燃的好朋友。」

好朋友。爺爺臉上流露出微妙的笑意，轉頭一巴掌拍在李燃後腦勺，「臭小子！長大了啊。」

陳見夏紅了臉，早都被看出來了就她還在這裡裝。爺爺揍完了李燃就轉向陳見夏，笑咪咪地囑咐：「一看就是個書讀得好的孩子。以後他做錯事，妳就踹他。」

好，踹他。陳見夏覷向李燃，樂不可支，說話也大膽起來：「爺爺放心，我一定帶著李燃好好讀書，一起進步。」

李燃噗地一下把茶噴了滿身，見夏有些窘，李燃爺爺卻沒有笑，好像被這句話勾起了什麼回憶，有點發愣。

任憑李燃強烈反對，李燃爺爺還是拿來了他小時候的相簿，見夏翻開第一頁，看看那個戴著紅色小瓜皮帽的週歲寶寶，又抬頭看看對面臉綠如瓜的十八歲少年，越發開心。見夏初中畢業考試完那年隨爸媽去作客，主人硬要她看自家兒子剛拍的婚紗照，還不許翻得太隨便，一張張給他們解釋每張是在哪兒拍的，背景是上海外灘還是城隍廟，陳見夏對著新人被畫成猴屁股般的紅臉蛋如坐針氈。此刻，她卻恨不能朝李燃爺爺借來老花眼鏡細細欣賞她喜歡的人長大的每一步：捂著耳朵伸長手臂點鞭炮的李燃，在爺爺斜背著的郵差包裡探出圓圓腦袋的李燃，騎在木馬搖椅上笑容燦爛的李燃……

她正要往下翻頁，手突然被面紅耳赤的李燃給按住了。

「這張不能看！」

陳見夏乖巧點頭，在李燃放鬆警惕的瞬間迅速從他手中抽走相冊跑著看，爺爺笑咪咪的視線跟著他們繞著布沙發打轉。李燃很快掉轉方向逆時針逮住了見夏，從她懷裡再次奪回相冊。

在他鬆口氣的瞬間，陳見夏輕聲問：「你爲什麼頭上套著個痰盂？」

爺爺大笑起來。

爺爺說，搪瓷紅雙喜痰盂是老鄰居家孩子結婚時準備的，沒用上，鄰居知道老爺子自己帶孫子不方便，就送給小孩子半夜起床時當尿盆。李燃從旁一再強調，完全沒用過，是新的，嶄新嶄新的！

可能因爲太新了，四歲的李燃就把它套在了腦袋上。當時究竟是怎麼想的，恐怕他自己也記不得了，但他清晰地記得自己被卡住的那一瞬間——搪瓷盆開口大肚小頸，戴著順，倒著卻怎麼拔也拔不出來了，他慌得滿屋子跑，一頭撞在牆上，屁股著地，終於哇哇大哭著喊爺爺。

但爺爺忙什麼呢？爺爺忙著開抽屜拿他的海鷗牌照相機。

見夏看得不亦樂乎，一下午時間過得非常愉快。道別時紅霞漫天，兩人一前一後慢慢走下樓，夕陽透過小氣窗灑在見夏臉上。

「剛才我是不是很傻？說帶著你一起進步。」

李燃笑了，捏了捏她的臉。

「妳那麼說，讓我爺爺很傷感啊，」李燃感慨道，「他一定想起我奶奶了。」

「你奶奶什麼時候去世的？」

「在我很小的時候就心肌梗塞去世了。我爺爺以前是有錢人家大少爺，後來家裡財產都被沒收了就去當郵差；奶奶來自貧窮農村，但政治出身好，在那個年代，我爺爺可配不上我奶奶。不過我小時候總聽我奶奶開玩笑，說自己是捨身取義帶著我爺爺積極改造、共同進步的。」

「最後改造成功了嗎？」

「近墨者黑了。」

兩人一起笑了。見夏捅捅李燃，「你說我會不會也被你帶壞？」

李燃詫異，「怎麼會？」

她聲如蚊蚋，臉龐被落日染得通紅。

「近朱者赤近墨者黑。」

但他還是聽到了，上前一步緊緊地摟住了陳見夏，輕輕地親了親她的長髮。

四十 ◆ 山雨欲來風滿樓

期中考試見夏考了班上第十名，學年第四十三名，進了前五十名，比上一次又有進步。她坐在必勝客裡咬著筆桿對學年排名榜單目不轉睛，細細研究每一位同學每一科目的優劣，直到李燃拽過單子，故意逗她，「考好了就這麼高興？這東西到底有什麼好看啊，下次考試是要默寫名次嗎？」

見夏臉有點紅。她在教室裡對成績單瞟都不瞟一眼，發到手便直接塞進書包裡，只有在李燃面前，她才敢放大這種得意。

但這也是因爲我善良呀，見夏想，否則我可就放在課桌上當著于絲絲的面研究了。于絲絲的成績中間偏下，從開學考試至今一直徘徊在四十名左右，即使見夏再討厭她，也從沒有拿成績的事情去刺激過對方。

想到這裡，她不由得將目光落在榜單最前列。楚天闊這次只考了班級第二名，學年第六，聽說是考試當天發燒了，發揮失常。

男生女生們起鬨笑他「你也有今天」。楚天闊自己也笑，「落井下石，平時白罩著你們了。」

大家都覺得，這不過是楚天闊的一次小小的失利，以他平日的為人，怎麼調侃都傷不到他，何況他應對得如此磊落大方。

但這個「大家」裡不包括陳見夏。

她想問一句班長你真的沒事嗎？開口前朝楚天闊看過去，她擔憂的眼神讓他一愣。見夏感到絲絲涼意傳過來，漫過午後熱鬧的人群，籠罩了她。

那是楚天闊這座冰山藏在水面下的真相，她不能再靠近了，再近一點點就會觸礁。

她正咬著自動鉛筆的尾巴發呆，必勝客的門被推開了，一個男生走進來，校服外套下襬被門把手勾住，差點把他絆得摔跤，連校服裡面的綠色T恤都被扯歪了領子。見夏扭身看，男生垮著臉，有些面熟，但想不起來究竟在哪裡見過，總之他那一身振華校服不是什麼好訊號，她掃了一眼便連忙低頭，背對著門，盡可能讓額前一點點碎髮遮住臉。

倒是正對門坐的李燃目不轉睛。

「李燃？」男生驚訝的聲音從見夏背後傳來，「她是……」

感覺到男生步步靠近，見夏嚇得頭越發低了，整個身子都朝座位裡側轉。李燃立刻注意到見夏的窘迫，霍然起身，男生迅速後退，彷彿李燃是條掙脫了鎖鏈的惡犬。

「我請的家教，關你屁事。你是不是挨揍還沒挨夠？」李燃淡淡地說。

男生幾乎是逃出去的。餐廳呈L形，他從後門進，前門出，拐彎的時候再次被桌子扯住書包帶子，這次結結實實地摔了個跤，連滾帶爬地消失了，滑稽得彷彿 Tom and

Jerry。

陳見夏不知道該不該笑，情緒大起大落，她傻住了。

「這人是誰？」

「梁一兵。」

陳見夏更傻了，「他怎麼穿著振華的校服？」她還記得李燃說過梁一兵因爲考砸進了普通高中憤憤不平。

李燃這才和見夏提起，梁一兵早就來振華借讀了。「高一下學期來的，跟我同一個班，還競選上了我們班班長。」

「進振華借讀可不容易，」見夏感嘆，「你不是說他家裡有點困難嗎？看來還是有點本事的。」

「可能吧，誰知道呢。」不知怎麼的，李燃越發不自在了。

見夏不想輕易放過，繼續損他，「你別說，我還眞理解于絲絲了，雖然沒看清楚他長什麼樣子，但我要是于絲絲，我也找你不找他。」

「笑什麼！」李燃用暴躁掩飾羞澀。

「你倆把話說開了不就好了嗎？CD隨身聽那事情你們三個都有責任。他送禮物不署名，活該；于絲絲不喜歡還吊著他，活該；你碰見漂亮女生就動心請吃飯，輕浮，你也活該。」見夏輕輕敲擊著桌子，無視李燃變色的臉，「大家都無辜，大家也都有錯，怎麼現在還記仇？是你太兇了吧？你剛才還威脅要揍他，你以前揍過他？他開學用

CD隨身聽砸你的頭，你到底還是報復回去了嗎？」

李燃不正面回答，見夏就一直嘮叨，終於把他逼得沒轍，「不是我不跟他說開，是他恨我！」

陳見夏噗哧笑出聲。

李燃抓狂了，「笑個屁。他是眞的恨我，不是討厭，是恨。他轉學過來那天晚上我主動找他吃飯，許會他們也在，我們都是從小就認識的，梁一兵指著鼻子罵我用錢砸于絲絲，故意跟他搶，說我炫耀，他靠自己我只會靠我爸，他從來沒有瞧得起我，祝我們全家早晚散盡家財不得好死。」

李燃的語氣像幼稚園告狀的小男孩，陳見夏哭笑不得，「既然是他罵你，怎麼現在他看見你嚇成這樣？」

李燃有點不好意思。

「我當然就、就揍他了啊。」

陳見夏哈哈大笑，笑完又有些害怕，慶幸自己剛剛沒穿振華校服，也沒和梁一兵打照面，「家庭教師」的說辭也過得去。她這兩年長了不少經驗，每次和李燃出門都記得先把校服脫下來，同樣地，她也不讓他穿。高二下學期有次在商場門口遇見陪家人逛商場的王娣，她立刻說李燃是她老家縣城來的弟弟，把李燃氣得鼻子都歪了，招呼也不打一個就往門裡走，見夏繼續在他身後補充道：「王娣、叔叔阿姨別介意，我弟就這樣，不懂事，光長個子不長禮貌。」

王娣人比鄭家姝憨厚許多，笑著跟她聊了幾句就散了，倒是李燃鬧了半天脾氣，見夏踮著腳去順他的頭髮，最後去買了他喜歡的麥當勞甜筒，一人一口分著吃完了。兩個人都知道沒什麼好生氣的，但他要她哄也是樂趣，和喜歡的人在一起，什麼事都能是樂趣。

「不過，你眞能瞞啊，」見夏歪頭審視他，「梁一兵來振華借讀的事情你怎麼從來沒說過？」

李燃笑了，「有什麼好說的。我們在班上基本上不說話，而且，一提他妳又會想起于絲絲CD隨身聽什麼的，影響心情，最後遭殃的不還是我。」

陳見夏知道自己愛使小性子，不吭聲了。她覺得好笑，更覺得新奇，本以爲和李燃已經非常熟悉了，卻依然能每天發現一點點新秘密，他平日口無遮攔，肚子裡卻也能藏這麼多事。

「還有什麼瞞著我？」

她想逗逗他，沒想到李燃眞的想到了什麼，嘿嘿乾笑著拉住了她的手，「有件事我昨天沒來得及跟妳說。妳不許生氣哦。」

「那可不一定。」見夏警惕地抽回了手。

「那我不說了。」

見夏瞪他，「那我現在就生氣。」

李燃從善如流，坦承且毫無保留，「我說我說。昨天，我請凌翔茜喝奶茶。」

見夏面沉如水，死盯著他，等待進一步的解釋。

「是她給我打的電話！我們好久沒聯繫了，眞的好久了，她忽然打給我，說想回我們初中對面的甜點店坐一坐。我一聽她語帶哭腔，滿可憐的，而且妳回宿舍讀書了，我正好也沒什麼事，就……」李燃嘿嘿乾笑，窘迫地抓了抓額角，停頓片刻突然說，「你們班長，眞不是東西。」

「啊？」話題突然轉換，見夏沒反應過來，「你怎麼老針對我們班長，他人很好的。」

「好個屁，」每次見夏迅速維護楚天闊，李燃便格外不爽，「他把凌翔茜甩了。」

甩了。見夏的太陽穴又開始嗡嗡地跳。「談戀愛」「對象」「誰和誰好了」「誰把誰踹了」……統統是她的敏感詞，一聽到便如坐針氈，每一個都指向她自己的罪名。

「你別這麼說，」見夏糾正，「什麼甩不甩的，對他們的名聲不好。」

李燃迷惑地眨眨眼，陳見夏的封建評論令他感到不可理喻，但沒有糾結於此，「我說眞的，他們掰了。好像就因爲他沒考好。呸，妳聽說過這種理由嗎？沒考好就怪女生耽誤他讀書？而且，從學年第一跌到第六也他媽叫『沒考好』？這不欠揍嗎？又不是大學入學考，就因爲這個就甩人，他是不是有病？」

「你用得著那麼義憤塡膺嗎？每個人都有自己的難處！」見夏不喜歡聽，倒不僅僅是因爲見李燃替凌翔茜出頭而吃醋，更多的，是一種說不清道不明的理解。

她理解楚天闊。

「難處是什麼？難處是太早談戀愛影響讀書？妳不覺得這跟顴骨高的女人剋夫一樣是迷信嗎？妳談戀愛怎麼就沒影響讀書，還越考越好了？」

「我……」談戀愛幾個字更是讓見夏耳鳴，她無力辯駁，「我跟你說不清。別人的事少管。還有你別太早談戀愛太早談戀愛的！我跟你說了多少次了！」

陳見夏不想繼續這個話題，雖然她平時最愛聽李燃講八卦緋聞。她把成績單夾進課本塞回書包裡，說：「我要去補習班了。」

李燃愣愣地看著她起身，忽然按住她的手，「我可是清清白白地去見她的，妳別，妳別……」

陳見夏笑了，「別什麼，別揍你？」

她促狹的樣子讓李燃臉紅了，急急地一擺手，「去吧去吧，晚上我去接妳。」

見夏推門離開，背對著他笑了。她早就不是當初那個醋意漫天的小女生了，全因爲內心充盈著篤定自信。

因爲振華承辦活動，比平時放學早，此時天竟還亮著，陳見夏背著沉重的書包站在十字路口等綠燈，腳下踩著幾片落葉，樓宇間的霞光照得她滿面緋紅。她驀然想起，離開李燃爺爺家時，似乎也有過同樣溫柔的晚霞。

那時李燃從背後抱住她，說，我爺爺奶奶分開過好多年，因爲我爺爺被發配到新疆勞動改造去了，但他們始終在等對方。我覺得那個年代的人眞難得，不知道明天會發生什麼事，但都願意咬著牙等。

見夏沉默。別無選擇的等待倒也不難，難的是前方誘惑滔天，卻仍然願意停在原地，回望著某一個不知何時才會出現的身影。要怎麼才能做到呢？

那一刻，她輕輕握住環在腰上的手，本想承諾我們也要像他們一樣，半晌，卻輕輕地笑著說：「我們好好的，不要吃那種苦。」

相濡以沫，不如相忘於江湖。

第二天早自習預備鈴響起，陳見夏趕在值週生到來之前擦拭著前後門梁上的灰塵，忽然望見凌翔茜背著書包從樓梯口走過來，垂著頭不知在想什麼，順勢就要進二班後門。二班是凌翔茜高一文理分科前的班級。

「凌翔茜？」

陳見夏的聲音喚醒了她，她驚惶地抬頭看了看班級門牌，然後疲憊地笑了，「走錯了。謝謝妳。」

她沒有看見夏，像個遊魂一樣要轉身上樓，陳見夏目送她離開，然後回頭看向自己班上，楚天闊坐在靠窗最後一排，正轉著筆思考一道題目，同桌跟他說了句什麼，他嘴角一揚，捧場似地笑了笑，眼睛一直盯著習題本。

見夏再八婆，也從來沒有就期中考試或甩凌翔茜的事情詢問過楚天闊。見夏丟下抹布，跑去洗手。清冽的水沖過她白皙的手背，門外傳來早自習正式開始的鈴聲，她突然一陣氣悶。

一班最近的日子很難熬。

期中考平均分數低於二班，連學年第一名都被二班的林楊奪走了，俞丹偏偏一直沒精打采的，隔了幾天又請病假，讓四班班導師幫著帶班。班上的不滿情緒越來越濃。終於，幾個家長代表帶著三十多人親筆簽字的聯名書，一起去了校長辦公室。

所有人屏氣凝神，關注著後續的發展。

星期五下午，教務主任把一班八名班級幹部都召集在了自己的辦公室裡靜候，一個一個帶去校長室談話，談完了直接回教室，不許透露談話內容，也不許私下討論。

第一個是楚天闊，然後每五分鐘教務主任會進來喚下一個人。辦公室的學生越來越少，最後只剩下了于絲絲和見夏。于絲絲破天荒主動壓著嗓子搭訕見夏：「如果俞老師真的懷孕了，妳希望換班導師嗎？」

陳見夏知道自己應該說些場面話，她已經不是高一開學時醫務室裡被于絲絲牽著鼻子走的傻妞了，然而讓她虛情假意地力挺惹人厭的俞丹，哪怕是面對陰險的于絲絲，她依然做不來，只能敷衍地搖頭，「懷孕的事不能瞎說。」

「妳是暗示，妳不希望她懷孕？」于絲絲果然不懷好意。

「妳呢？」見夏目光灼灼地反問，「別光問我呀。」

適時響起的開門聲給于絲絲解了圍，不等主任喊名字，她便主動起身跟著離開，臨走前意味深長地瞟了陳見夏一眼。

不知是不是一個人在冷清的辦公室太難熬，見夏覺得于絲絲的談話時間比別人長。

終於輪到她，經過安靜的行政大樓走廊，她輕輕敲門走進副校長辦公室。

「坐。」

辦公室很大，見夏是第一次進來，半個屁股坐在辦公桌對面的沙發裡，沙發卻意外地軟，她後仰著陷了進去。副校長是個五十歲左右的女人，鬈毛短髮，微微發福，坐在背對窗戶的辦公椅上，看不清表情，也不說話，彷彿還在整理和上一個學生聊後的思緒。

陳見夏驀然想起，差不多兩年多以前，她懵懵懂懂地被叫進縣教育委員辦公室，那裡比振華校長室小得多，一面牆貼滿獎狀，正中的玻璃櫃陳列著各種看不清名目的獎盃，陳設正派又土氣，「沙發」是椅背帶雕花的長木凳，硌得她屁股疼，但顧不得了，她心急如焚，當時傳什麼的都有，爸爸部門還有幸災樂禍的同事透口風，說她或許是成績出了什麼問題，被重新閱卷，已成定局的縣初中畢業考試第一怕是要丟了。

和她講話的長官還故意賣關子，嘆氣，說，陳見夏同學是吧，唉，妳恐怕是進不了縣一中了。

陳見夏面無表情。她徹底傻了的時候就這樣。

這反被長官理解為臨危不亂，很快便自揭謎底：「振華今年全省範圍內特別招生各縣市特優生，我們縣就一個，就是妳。」

那一刻的心情原本歷歷在目，兩年後坐在振華更寬敞舒服的沙發裡，汗津津喜孜孜的記憶卻褪色了，她怎麼都想不起來自己是怎麼回答的，有沒有激動地站起來，有沒有說「謝謝老師」，鞠躬了沒有……

見夏默默回憶著，直勾勾地看著窗外大雨將至的天空，突然打了一個寒顫。

「妳叫什麼？在班上做什麼幹部？考試考多少名？」副校長終於開口了，走程序似的，聲音很疲憊，問話時也不看她，只低著頭在紙上寫寫畫畫。

陳見夏一一回答。

副校長嘆氣，「哦，妳是外縣市過來的，我有底了。那個，妳大概猜到要問什麼了吧？你們俞老師懷孕了，預產期在明年一月底。找妳來也是想徵求一下妳個人的意見。妳覺得俞老師平時帶班級帶得怎麼樣？」

把俞丹趕走。

陳見夏聽到腦海深處的聲音。

然而她沒有這樣說。

走出校長室後她給李燃發訊息，問他自己為什麼沒辦法抓住機會對討厭的人落井下石。

李燃的回覆很簡單：落井下石是貶義詞。而妳是個好女生。

她終究不是壞人。俞丹雖然對學生多有敷衍、思想守舊、功利心強，但整體還是個合乎規範的老師，如果不是被老公和婆婆逼迫，她怎麼會選擇在這個時候懷孕。陳見夏自己不是一個離了老師就沒辦法自律讀書的調皮鬼，那她就抬抬手，讓俞丹回來做一個擺設吧。

李燃不是說了嗎？衆生皆苦，那就給彼此一點慈悲。

陳見夏正笑咪咪地盯著手機，忽然聽到腳步聲從旁邊逼近。她驚惶地抬頭，看到俞丹急急地走過來，眼神從她還沒來得及收起的笑容滑向緊閉的校長室大門。

不施粉黛的俞丹看上去彷彿老了十歲，頭髮隨隨便便紮在腦後，漏了幾絲在外面，有些落魄，眼裡卻燃著火。見夏從未見過這樣的俞丹，戰士一樣的俞丹。

俞丹沒敲門，轉開門把手的聲音恍若子彈上膛，她把碎髮綰在耳後，大步走了進去，不輕不重地關上門。

校長室隔音很好，陳見夏站了一會兒，覺得有些冷，只好先回教室。

幾天後，陳見夏在洗杯子，陸琳琳從女廁所拐出來洗手，站到她旁邊，神神秘秘地問：「妳聽說了嗎？俞丹不走了。」

好像就在這半個月裡，大家嘴裡的稱呼突然就從「俞老師」變成了「俞丹」，彷彿她已經是和他們一班沒有一丁點關係的一位中年婦女。

「我聽說，俞丹在教育局找了後台，而且跟校長又哭又鬧，說學校這是要逼死她，一屍兩命。」陸琳琳眼睛裡都發著光。

就是在自己離開後去「鬧」的嗎？見夏陷入沉思。即使無意偷聽過俞丹低泣的電話，她心裡磨滅不去的印象仍是辦公室裡慢慢悠悠閱讀母嬰雜誌、往保溫杯裡添熱水的假菩薩，無論如何也難以想像對方能「又哭又鬧」到什麼地步。

「後來學校答應俞丹不換班導師，俞丹答應堅持上班直到生產之前，而且產假只休兩個月，高三第二次模擬考前就回來帶學生。」

「妳怎麼知道得這麼清楚的？」見夏忍不住詢問。

陸琳琳矜持地一笑，沒有回答，反倒故作擔憂地看了看見夏，「妳還是多操心妳自己吧。俞丹聽說學校對班級幹部調查的時候有學生說了她壞話，希望她調走。恐怕她回來了一定會查個清清楚楚，不會輕饒你們。」

這才是陸琳琳和她碎嘴的重點吧。見夏不由得鬆了口氣，幸虧她在關鍵時刻做了個「好人」，否則俞丹捲土重來的時候，她一定不知該如何自處了。

請假多時的俞丹在下午第一堂國文課時緩緩走回教室，不再遮掩孕態，手輕輕撫著後腰，即便她根本還沒看出懷孕。俞丹沒有急著說什麼，而是微笑環視全班。師生之間發生了這麼多暗鬥，她一如既往地用淡然目光一筆勾銷，粉飾太平向來是她的拿手好戲。

「一直想告訴大家一個好消息，明年我要生小寶寶了。」

班上同學對這個不新鮮的消息發出振奮而喜悅的驚呼，掌聲從稀稀落落到滿室轟鳴。

這是給勝利者的掌聲，是求和的信號，然而勝利者俞丹的表情卻有點複雜——無論用心與否，她畢竟帶了他們兩年，她親手教他們唯成績而論、六親不認，結果，全班第一個不認的就是她。

妳會有一點傷心嗎?陳見夏想。

見夏也微笑著鼓掌，安心做群衆演員，直到俞丹的目光停留在了她身上。

這個方向坐了很多學生。可見夏就是覺得，俞丹是在看她。

看了很久很久，直到掌聲平息下來，俞丹才蓮步輕移，在黑板上寫下新課文的標題。

一隻看不見的手輕輕地卡住了見夏的脖子。她感覺得到。

四十一 最後的夏天

初夏輕盈軟嫩的枝條經過幾天曝曬後迅速沉澱成一片油汪汪沉甸甸的綠，夏天來得很快，卻不像冬天那麼突然，也許因爲它是被期盼著的。

準高三的學生們都要參加暑期的學校集體補課，一個半月內盡量把課程進度趕上去，九月開學的時候，全年級一起開始第一輪複習。

見夏是高興的。相比回縣城感受全家因爲弟弟升入壓力巨大的初三而天天吵架的氛圍，她更喜歡夏日午後趴在桌上一邊做題目，一邊看著李燃偷偷送過來的冰檸檬茶杯壁凝結滿滿的水珠，在桌角積成一攤，順著偶然吹進來的一陣清涼的風，緩緩流向她。

下午第二節課後，陳見夏獨自穿過日光毒辣的升旗廣場，朝著對角線方向的小超市走過去。遠遠看見一個瘦高的男生蹲在門口，叼著一根冰淇淋，默默注視她一步步靠近。

她目不斜視，走到門口莫名跺跺腳，好像這一路沾染了滿鞋面的積雪似的。陳見夏一隻手摸著曬得通紅的臉頰，一隻手拉開廊外冰櫃的玻璃門，翻找冰淇淋。

「老闆，還有奇彩旋嗎？」見夏朝屋裡喊。

「最後一根被我吃啦。」李燃輕聲說著，仰頭吐出被色素染成橘色的舌頭，越發像一條狗。

見夏忍著笑，強撐住「跟你不熟」的臉，關上了冰櫃。

小超市貨架間只有寥寥幾個學生，老闆撐著下巴在收銀台前盯著小電視看得入神。李燃忽然起身，居高臨下地籠罩住陳見夏，將她困在了冰櫃和自己之間。

「想吃奇彩旋？」他笑著問。見夏瞪大眼睛，腰抵在冰櫃上，揚起臉看他，尚未反應過來，嘴唇就被冰涼的甜蜜覆蓋。

他吻得很輕，卻沒有像以前一樣輕輕一啄便離開。

靜謐的午後，教學大樓在悄悄融化，廣場上燦爛的日光像一道耀眼的結界，隔絕了他們和另外一個嚴絲合縫的冷酷世界。陳見夏輕輕閉上了眼，沒有再躲開。

「甜嗎？」他問。

她低著頭舔舔嘴唇，笑了。

「甜。」

他們一起坐在背陰處的晚秋高地上吃冰淇淋。陳見夏絮絮說著班上的近況。

除了做產檢，俞丹每天都照常來上班，只是坐著「上班」而已——國文成績本來就主要靠個人累積，平時很少有人求教；更何況，誰敢頻繁跑去辦公室勞動一位孕婦？苦了楚天闊。他一邊準備全國數學聯賽——競賽成績直接決定他是否會被保送清華北大，一邊還要應對越來越頻繁的月考，同時處理著俞丹撒手不管的一切班級事務……但他遊刃有餘，讓所有人只有佩服的份。

這也讓見夏越加不解。既然這麼多麻煩的事情他都做得來，不怕影響成績，不怕耽擱前途，爲什麼要用分手來「解決」凌翔茜？一個能背起千斤巨石的力士，卻說頭上落下的羽毛太沉重，負擔不起？

但她沒有和李燃說這些。李燃狗嘴裡吐不出象牙，一定會把楚天闊罵得很難聽。見夏不喜歡聽，也不想因爲爭辯而讓李燃生氣。

她爲他的直接而煩惱，卻也深深喜歡他這一點。

聯賽結果公布，楚天闊拿了數學和化學兩科的全國一等獎，獲得了保送資格。

這也意味著，另一場戰爭，悄無聲息地打響了。

見夏一邊咬著冰棍，一邊給李燃解釋繁複的規則：「他們現在有了保送資格，但還是要參加學校分別舉辦的選拔，經過所在高中推舉、統一筆試和面試的三輪篩選。我想申請自主招生加分也一樣要扒三層皮。學校推舉那一關，主要就看平時成績累計，高分者得，這就是爲什麼很多明明拿到了競賽一等獎的學生也在煩惱，因爲他們要在一群一等獎裡面拚平日、期中、期末、月考成績加總排名，那些科目成績不均衡的、不重視月考的競賽生現在都快崩潰了……」

繁複的規則讓李燃的眉頭擰成了麻花，見夏看得好笑，「早就說了你一定聽不懂，偏要問。」

「誰問他們了，我是爲了問妳，」李燃氣悶，「妳不能保送，但是可以自主招生加分吧？想拿哪所學校的加分？保險起見，多報幾所吧？」

見夏搖搖頭，「班導師要平衡，不可能允許一個人占好幾個學校的名額的。我呢，北大清華是不想了，全校只有二十個校長推薦名額，我的平時成績根本排不進去。復旦人大交大浙大都是熱門，我也打算放棄。」

李燃疑惑，「妳上次不是排進了全校前五十嗎？振華不是前五十基本上都有希望衝北大清華嗎？妳自己考不就好了，怎麼一提到自招就給自己降級這麼多？」

見夏心裡一暖，想起自己剛入學那次考了個學年第十六，在老街上追著他讓他誇，現在李燃已經記得住她每一次的排名了。

「我五次裡能有一次進前五十就不錯了，眞考的時候萬一砸了呢？能拿個加分就拿一個，自招競爭太激烈，我不想給自己目標定得太高。如果大學入學考考得特別好，那我就放棄自招加分，報個更好的學校。」

「所以，」陳見夏的這一串算計再次讓李燃頭痛，他直接問結論，「那妳到底想去哪裡？我也盡早準備。」

李燃輕鬆得像是在問遠足的目的地，只要見夏說出一個地方，他立刻就能回家打包行李，一年後的事情，近得彷彿在明天。

荒唐。見夏笑了，又感動得想哭。她要去哪裡，他就無條件跟著去。一年很快的，很快他們就能遠走高飛，光明正大地牽著手，走在太陽底下。

她感到心中充滿了力量。
「我仔細研究了幾所學校的自招要求，排了一下，中山、南開、西安交大、武漢大學……哪個能爭取到都算我燒好香了，反正我不要留在我們省裡，走得越遠越好。」
她扳著手指頭，忽然轉頭問他，「你喜歡南京嗎？」
「小時候去過一次，記不太清了。妳喜歡？」
見夏沒直接回答，反倒說起家事：「我家還能生我弟弟，是因爲爸媽靠關係給我辦了個先天性心臟病的診斷書，縣城抓得也不嚴，給了准生證，我爸工作也沒受影響。但畢竟我沒病，家人還是提心吊膽的，風頭沒過去之前，不太想讓我多見人。我小時候有個暑假被寄放到我爸爸工作的縣城圖書館，閱覽室阿姨是他的熟人，幫忙看著我。那時候我讀了好多關於南京的小說，有民國時期大作家寫的，也有新中國成立後作家寫的，五〇年代初，抓漂亮的國民黨女特務，《一隻繡花鞋》、《梅花黨》什麼的。」
見夏笑得露出一排小白牙，「我沒去過南京，但我覺得會喜歡。要不然我去申請南京大學的加分，好不好？」
李燃眨眨眼。報志願本來就不是他能給出有效建議的領域。
「鴨血粉絲湯很好喝的。」憋了半天，他說。
他面紅耳赤的樣子讓見夏滿心溫柔。
「那就這麼說定了。」見夏說。
她咬了一口奶油冰淇淋，忽然探身過去輕輕地親在了他嘴角，猝不及防，吻化了少年滿臉的驚訝。

「甜嗎？」她笑著反問。

陳見夏在小學三年級的尾聲，曾經體會過一陣子「大學入學考」的嚴酷。一九九八年，全國大學還沒有開始擴大招生，大學生的身分還是十分金貴的，大學入學考是眞眞正正的「過獨木橋」。二叔家的大輝哥升入了高三，還算勤奮用功，然而成績卽使在縣裡的普通中學也只是不上不下，家人對他的期望莫過於能考上一個大專。

一九九九年的大年三十，見夏一家到奶奶家過年，大輝哥早早就從飯桌上撤了下去，拿著考卷去自己房間裡複習。見夏站在敞開的房門口，看著大輝哥佝僂的背影，感覺他馬上就要被檯燈背後那個名爲「高三」的陰影怪獸一口吃掉了。這時弟弟小偉跑過來，蹦上大輝哥的單人床去鬧他，陳見夏阻止不及，兩人一起被大輝哥吼得不敢動彈，小偉當場就嚇哭了。

後續自然是二嬸和見夏的媽媽爲了兒子吵架，大學入學考是大事，見夏媽媽自覺理虧，只好將矛頭轉移到陳見夏身上，責怪她沒看好弟弟，不懂事。

媽媽在一旁絮絮叨叨，越說越不像話，陳見夏難得沒往心裡去。她默默看著檯燈下大輝哥的背影，突然被這個名叫高三的東西迷住了。背水一戰，爲理想奮鬥，充實又緊張，所有人都爲之讓路。

中國孩子平淡的少年時光裡，這是唯一的榮光與悲壯。

一九九九年夏天，大輝哥碰上了中國大學首次擴大招生，招生人數增加了百分之四十八，他稀裡糊塗地考進了一所三流院校。三流也是大學，他居然成了一個真正的大學生。二嬸欣喜若狂，見夏媽媽也只能撇撇嘴說，不過是運氣好。

當然，四年後這些擴大招生的學生們集體畢業找工作時，再也沒有包辦分配的好運氣了。爸媽曾經以為孩子上了大學就徹底輕鬆了，沒想到還要繼續為他們畢業後的工作出路操心。

輪到陳見夏已經是七年後，上大學早已不是什麼稀罕事，「高三」也不再是她眼中令人敬畏的暗夜猛獸。它瀰散在空氣中，並沒有以誇張的陣勢現形，老師們也不曾像電視裡演的那樣動不動給大家開誓師大會，領著全年級高聲喊口號。

或許因為這裡是振華，見夏想。

拜保送和自主招生所賜，高三上學期，一班的同學們反而比平日更浮躁。八仙過海，各顯神通，有藝術特長的爭取藝術類加分，不想參加大學入學考的便咬牙競爭其他外語專科提前錄取，楚天闊他們則為直通大學而準備保送面試……

下午第三節課後，十幾個同學一起去俞丹的辦公室分別領取了自主招生加分的填報申請表，用於學校推薦名額的選拔審核。

因為懷孕，俞丹已經很久都不化妝了，略微浮腫的臉上閃耀著母性的光輝，她坐在墊了四個坐墊的椅子上，輕輕撫摸著隆起的小腹，看向學生的眼神裡滿是心不在焉。

恐怕只是當一天和尚撞一天鐘吧。

見夏有點害怕見到俞丹。雖然她沒在副校長那裡說一句壞話，但總歸瓜田李下，不太踏實。她站在陸琳琳身後，把手從人家手臂底下伸過去，拽了一張表格，努力讓俞丹不注意到自己，直到走出辦公室，仍然神經質地感到後腦勺麻麻的，好像一道視線把自己烤焦了似的。

然而真正煩心的事還在後頭。

如果不是俞丹要求大家在放學前就交回表格，陳見夏是打算回了宿舍再慢慢填的，這個敏感時期大家都互相防著，誰也不願意在教室裡大剌剌地寫「自薦理由」。陳見夏特意把目標學校那一欄空出來，先寫別的，無意間——也許是故意的——一斜眼，看到于絲絲的表格上第一行就寫著：「南京大學」。

陳見夏收回目光，像吃了隻蒼蠅一樣難受。

她倒不會把于絲絲當作威脅——兩人歷次大考總成績相加差了足足有五百多分，根本不是同一個等級的，就算俞丹再偏心，也不可能越過規則去操作。學校推薦這一關，陳見夏胸有成竹。

但她依然不希望跟這個人在這個節骨眼狹路相逢。非常時期，連好朋友互相之間都有點微妙，何況于絲絲和陳見夏這種本就有過節的普通同學。

憑什麼跟我填同一個學校。見夏有些無理取鬧地抱怨著，索性也光明正大地在第一行寫上了「南京大學」四個字。

于絲絲也許看到了，也許沒有。

見夏鬥志滿滿，下筆如有神助，字跡整潔地填好了表，咔噠一聲合上鋼筆。

就在這時，于絲絲手肘一碰，放在她桌角的滿滿一杯溫水嘩啦一下倒向陳見夏。

「妳有完沒完?!」

陳見夏霍然起身，差點把身後楚天闊的桌子撞翻。

她的衣服上倒沒沾上什麼，可志願表已經被水浸透成半透明狀，鋼筆印跡暈染開，牢牢貼在桌面上。

因爲是下課時間，楚天闊也不在座位上，沒有太多人注意這邊，于絲絲也就不再假模假樣地道歉，反而笑嘻嘻地輕聲挑釁：「氣什麼，再抄一遍就好啦。」

陳見夏也不再忍耐，「妳是什麼意思?妳想做什麼?再要一張表多抄一遍頂多浪費我一點時間，也不能讓妳累計成績時多出來幾分，妳何必呢?」

于絲絲冷哼，「說得好像妳報名了，南京大學的加分就能是妳的一樣。」

陳見夏笑了。

「不一定是我的，但一定不是妳的。」

見夏說完就轉頭去窗台上拿抹布擦桌子，看都不看于絲絲煞白的臉色。

「俞老師不會讓妳拿到加分的，」于絲絲氣急，「妳做的缺德事妳自己知道。」

「我怎麼了?」見夏詫異。

于絲絲只是詭異地揚起嘴角，賣關子不講了。

「她就算再不喜歡我，學校的規則都定了，她想黑箱作業也沒那麼容易。更何況，」

見夏冷笑，「她即使想把名額黑箱作業給別人，也不會是妳。我們差距太大了，這麼明目張膽，她又不傻。」

于絲絲握緊了拳頭。

「陳見夏妳等著。」她說完就出去了。

見夏瞟了一眼于絲絲的背影，心中有些快意。

李燃說過很多次，見夏有進步。整整兩年過去了，她曾是在醫務室裡懦弱膽怯不敢還嘴的鄉下丫頭，如今可以把于絲絲說得落荒而逃，簡直是本質上的躍進。

陳見夏擦乾了桌子，輕輕拿起志願表，晾在了窗台上，起身再次走進了俞丹的辦公室，打算重新拿一張申請表。

俞丹的心不在焉自打看見陳見夏那一刻就收斂了起來。她挑挑眉，扶著腰站起來去開鐵櫃子拿表格，動作艱難得過於誇張，好像陳見夏勞動她做了什麼非常麻煩的事情似的。

見夏沉默以對。她剛對著于絲絲放出豪言，也算是給自己壯了膽。

可是，妳到底爲什麼這麼不喜歡我呢？陳見夏打算等到畢業那天，若有機會，一定會親口問問俞丹。

俞丹遞出表格，陳見夏伸手去接，沒想到她提前鬆了手，表格飄飄忽忽落地，飛到了陳見夏背後。

陳見夏彎腰去撿，忽然很想笑。

故意的嗎？這麼大年紀的女人幼稚起來，也和十八歲的于絲絲毫無分別。

她撿起表格，轉過身直視著俞丹的眼睛。

「謝謝老師。」

還有半年多就自由了。她默默告訴自己。

晚自習結束時，楚天闊將志願表一一收了上去。拿到見夏和于絲絲的兩張，他難得有些驚訝地看了見夏一眼。

陳見夏笑著朝他眨眨眼。

自此再也沒什麼好疑惑，未來就是這樣的，一口氣跑過去吧。

只是她前幾步跑得有點太用力了。

高三第三次月考前，見夏每天都溫書到半夜兩點，精力不濟導致答案卡塗錯了一行，白白丟掉三十幾分，成績跌到全班二十五名。但如果把塗錯卡的分數加回來，她仍然能排在全班第十一，甚至比上一次月考的第十二名還進步了些。

所以見夏雖有些懊惱，卻並不擔心。一次小失誤罷了，整體成績還是穩定的，經一事長一智，早吃比晚吃好。

于絲絲這幾天倒是開心得不得了，晚自習時考卷翻得嘩啦啦響，美滋滋地斜眼瞟她。見夏不覺失笑——學校推薦選拔的總成績統計工作早就完成了，她考砸的這一次並沒影響大局，更搞不懂依然排四十多名的于絲絲究竟有什麼好幸災樂禍的。

不過週六的下午，她坐在必勝客的沙發座上咬吸管，想到成績單，還是鬱悶得直磨牙。

「老話常說，步子太大容易扯到蛋，話說得粗魯但很有道理，妳小心點。」李燃果然狗嘴吐不出象牙。見夏白他一眼，笑了。

「你完全不複習嗎？考成什麼樣都無所謂嗎？」她問。

李燃張口就來：「我查過了，南京有的是只要花錢就能上的學校，私立學院、掛在名校下的三流大學……我無所謂的。」

「好吧。順利的話，下個月月初我就要參加自主招生選拔考試了，希望題目不要太難。」她趴在桌上，臉頰貼著涼涼的桌面。

「堅持一下，馬上就要自由了。」李燃也趴低了身子，下巴抵在桌面上。

見夏垂下眼，「我一直想離開家，現在離開的想法更強烈了。我一定要好好考，我們去南京。」

我們。

李燃努了努下巴，更靠近她，用鼻尖碰了碰她的鼻尖，像兩隻相約結伴去奔跑的狗。

星期一的早晨，天陰沉沉的。陳見夏站在升旗廣場上打哈欠，抬頭看到國旗在無風的高空裡，背靠一片壓抑的鉛灰色天幕，低垂著。

第一節課上課鈴響起，于絲絲忽然轉過頭看著陳見夏，綻放出燦爛的笑容。

見夏還沒來得及反應，就看到俞丹扶著腰出現在前門，朝講台上的物理老師點點頭，然後轉向自己。

「陳見夏，來我辦公室。」

見夏懵然起身，走了幾步，不知爲什麼，又折返回來，從椅背上抓起了羽絨衣。體內殘存的動物直覺，讓她覺得自己會需要這件衣服。

俞丹沒有等她。教室門在背後關上，空空蕩蕩的走廊裡，只有陳見夏一個人。盡頭的窗戶透出淺灰色的微光，將她的影子拉得很長。

見夏慢慢地走，忽然給李燃打了一個電話。

李燃沒有接。

她拿起手機，深吸一口氣，大步向前走。

四十二 失恩宮女面，落第舉人心

辦公室裡坐著四個人。俞丹和一個男老師在一側，辦公桌對面則是兩個家長。

見夏愣在門口。「媽？」

媽媽轉過頭瞥了陳見夏一眼。

那是很複雜的眼神。媽媽的臉頰抽動，好像用盡全身力氣才壓制住怒火，讓她勉強維持了儀態，沒有像抓小三那時候一樣在樓梯間裡當眾發飆；這一眼瞟得很快，像一條蛇爬過腳背，倏忽不見，濃濃的嫌棄卻恍若黏液般沾在身上，留下恥辱的痕跡。

直到很多年後見夏仍然記得這一瞬間的眼神，像一遍遍重放的近景慢鏡頭，一幀一幀，避無可避，清晰到絕望。陳見夏聽到心跳的聲音，是噪音中的擂鼓，敲得她幾乎站不住。

爲什麼是現在呢？明明只要再堅持一下，他們就能贏了。

爲什麼是現在。

俞丹從辦公桌前緩緩抬起眼，朝陳見夏溫和地笑了笑，「哦，見夏，妳過來。」

桌上放著幾張照片和兩張成績單。照片是隔著窗戶拍的，畫面上是上週六在必勝客陳見夏和李燃頭碰頭親暱的瞬間，拍照的人生怕抓不到，連拍了好多張，每張之間幾乎沒什麼區別。成績單自不必說，和照片一起形成了證據鍊，因爲太早談戀愛而在短短一個月間從全班第十二名迅速跌到第二十五名，罪無可恕，鐵證如山。

坐在俞丹旁邊的男老師半瞇著眼睛，努力想看清陳見夏的長相。見夏驀然想起一件發生在很久以前的事。李燃和許會打賭，說他們班導師不喜歡戴近視眼鏡，別人混進自己班上大合唱的隊伍他都分辨不出來，也幸虧如此，他剛開學就借火給老師，但並沒被班導師記住。

後來，見夏私下問他，你又不抽菸，爲什麼會隨身帶著打火機？

李燃摸摸空空的口袋，沒摸到，於是在空氣中給她模擬平日將打火機蓋子用拇指推開又甩上的動作，「玩。許會他們抽，我第一次就是靠我爸的打火機融入他們的，有事沒事借個火，後來就習慣帶著了，撥弄著好玩。」他頓了頓，又補充道：「認識妳以後就不帶了，也不找他們玩了。」

我又沒攔著你。陳見夏噘著嘴，還是受不了他求表揚的無辜神情，笑了。

她竟在這種時刻想起他的臉。彷彿一個被牢牢鎖在斷頭鍘上的囚犯，突然念起兒時吃過的糖餅。

「李燃這邊就不用等了，」男老師從上衣口袋拿出菸，想了想不合適，又放回去，懶洋洋地說道：「一早上就曠課，也沒請假，既然家長都來了，要不李燃媽媽您解釋一下吧，這孩子的特點我做爲班導師也跟您聊過很多次了，管不了。」

李燃媽媽看上去格外年輕，只有三十出頭。她一副沒聽出來班導師的語氣是在抱怨的樣子，溫和優雅地笑了笑，聲音不大，壓迫感卻格外強，「也不是一天兩天了，以前只知道他愛逃課，男孩子嘛，玩心重，我們又沒經驗，亂給他零用錢，只是沒想到這一次……唉，回去我讓他爸狠狠教訓他，姜老師您費心了。我們做家長的心裡有數，是我們當家長的沒教好，怎麼會怪您。」

乾站著的陳見夏和侷促的見夏母親就這麼被晾了幾分鐘，俞丹輕撫著小腹，心思都在那片隆起的肚皮上，時不時抬頭欣賞陳見夏慘白的臉，於是不急著插話。

最終是李燃媽媽把話拉回了主題。她朝見夏媽媽微笑致歉，「這小子一直不認眞，我家裡條件不錯，從來不委屈他，一直都有女孩往他身上撲，都是當父母的，我也不好多指責那些女孩子。但妳家孩子一看就是書讀得好的，一定是被他帶壞了。這種事……到底還是女孩吃虧。」

見夏媽媽的臉騰地一下變色了。

俞丹端起茶杯，輕輕吹了吹，閒適地喝了一口，這才和顏悅色地對陳見夏說：「今天叫妳過來，想必妳也知道是爲什麼了。你們這個年紀的孩子，有點額外的心思也不奇怪，尤其妳一個女生孤身在省城……」

見夏媽媽忽然站起來，差點把桌子撞翻，俞丹嚇了一跳，下意識地護住了小腹，爲人師表的溫柔面皮終於破裂，她擋不住眼神裡的厭惡了。

「俞老師妳不用說了，反正最後一年，書也不用在這裡讀了，我現在就把她帶回去好好教育，」見夏媽媽捏著那張親吻的照片，臉脹得通紅，聲音都在抖，「您別說了，我現在就帶她走！給臉不要臉，不自愛，我都替她不好意思……」

「其實，」李燃媽媽插話進來，語氣中那種不緊不慢的從容和見夏媽媽形成了鮮明對比，「您別著急，別因爲這點事就耽誤女兒的前途，高三多重要啊，怎麼說走就走。讓兩個孩子斷聯繫也容易，我家早就準備好讓他去英國讀先修班了，反正也考不上大學，乾脆早點送出國，提前走就是了。這孩子也是知道我們給他鋪好了路，所以就有恃無恐了，老是胡鬧。我給您賠不是了。還是那句話，這種事到底是女生吃虧，我們心裡過意不去。」

陳見夏忽然笑了。

太早談戀愛是罪惡的。她曾經無數次想像過被抓包時的情景，恐懼也曾入夢，課間操時當著全校同學被抓上升旗台示衆、光著身子在大街上奔跑……每每從晨光中驚醒，總能摸到後背密密的冷汗。

前一秒，她還在顫抖，大腦缺氧，視野中滿是亮點，耳朵裡只能聽到汩汩血流聲。然而就在此時，李燃媽媽的話像一把利劍，陳見夏心中那隻懦弱驚慌的小白兔，被一劍封喉。

陳見夏從沒想過，這隻膽怯的小白兔，會死得這麼快。一種可怕的冷靜席捲了她，明明自己是砧板上的肉，心中卻充溢著劊子手的瘋狂。

她竟然笑了。

「妳還有臉笑？我他媽白養妳這麼大，妳就是出來給我丟臉的是不是？妳幹的這都是什麼事，妳自己看看，自己看看……」陳見夏的媽媽把照片丟到她臉上，犯瘋病似的，食指不斷地戳著她的太陽穴，一下又一下，「妳自己看看，妳自己看看……」

見夏在搖晃的視野中，看到李燃的班導師驚惶地衝過來阻止；看到俞丹護著隆起的肚子站到一邊，面無表情；看到說「這種事女生吃虧」的李燃的媽媽皺著眉，急急後退到暖氣旁邊。

「妳夠了。」

見夏一把推開她媽媽，將她媽媽推了個搖晃不穩，身子一歪屁股著地。

鄭玉清仰頭看著一臉冰霜的女兒，愣住了，兩秒鐘後，尖厲的哭號聲響徹辦公室。

就在這時，辦公室的門被推開了。

見夏回過頭。

出現在門口的不是她以爲的那個人。

「老師，我們想來問幾道題目……不方便就一會兒再……」于絲絲似笑非笑，背後站著一臉好奇的陸琳琳和李眞萍。

每個人一生中都有最糟糕的瞬間。陳見夏不需要活到八十歲，就可以篤定地把這一票投給這一秒。

她又一次笑了，本來是想哭的。

第一堂課剛開始，妳來問什麼題目？

陳見夏就這樣笑著走上前，揚手搧了于絲絲一個響亮的巴掌。

于絲絲被打傻了。

這一巴掌終結了見夏媽媽的尖叫，辦公室一片寂靜，連一向爲這種場面而興奮的陸琳琳，也沒想到劇情進展得如此迅猛，整個人都像被按下了暫停鍵。俞丹則捂著肚子躲得老遠，恨不得穿牆而過逃去隔壁房間。

寂靜中，陳見夏大步離開，走著走著聽見背後辦公室裡的吵嚷，聽見追隨而來的腳步聲，她頭也不回地開始跑。

她跑出大廳，跑出教學大樓，跑出校門，一頭衝進廣袤的深灰色天空裡。

四十三 世情薄，人情惡

陳見夏坐在台階上，托著腮發呆。

她雙手抱著臂膀，摩挲著羽絨衣的袖子，不禁慶幸，走出教室的那一刻還是做了一件明智的事。

外套在身上，錢在口袋裡；居住區避風，初雪前天氣總是會異常地暖，連老天都體恤她。所以她還可以繼續等下去，飢腸轆轆地，從沒有太陽的清晨，等到鉛灰色的正午。

陳見夏抬起頭，清真寺的星月標誌像是浸入了層層堆疊的烏雲中，變得有些模糊不清。

李燃沒有接電話，也沒有回覆訊息。她不想再看見爸爸媽媽的來電，索性關了機。曾經的陳見夏對離家出走這種事嗤之以鼻——反正早晚都要灰頭土臉地回來的，當初何必氣沖沖地離開？于絲絲也好，俞丹也罷，來自她們的惡意與攻擊並不意外，像用糖紙包裹的石子，她早就知道裡面是什麼，剝開時也不會驚訝失落，有什麼好生氣的？

曾經的陳見夏，應該會識時務地低頭，和李燃斷得乾乾淨淨；君子報仇十年不晚，她應該忍半年，然後考個好大學，從長計議。

曾經的陳見夏，喜歡考慮「後來」，習慣未雨綢繆、膽小如鼠、深謀遠慮。她是怎麼變成現在這樣的一個陳見夏的呢？做盡蠢事，破釜沉舟，不關心爛攤子，不關心名聲，也不關心未來。

一切都呈現了它本來的樣子，撕破表皮的遮羞布，靈魂終於找到一條路徑回到了身體裡，接管了一具惶恐茫然了十七年的懦弱軀體。

靈台清明。陳見夏站起身，活動了一下僵硬的身體，呼吸時感覺到胸口的擴張有微微的扯痛。

她朝著破敗的清眞寺笑笑。

阿拉不會管她的。李燃也沒有管。

但這已經不重要了。

陳見夏慢慢走出居住大樓區，經過每一根晾衣竿，穿過每一個高懸的褲襠，在路口招了一輛計程車。

陳見夏花十元買了個文具，回到了自己的宿舍大樓前。傳達室老師看到她像見了鬼，一隻手揪住她另一隻手撥號，生怕她又跑了。

電話接通瞬間，她聽見自己媽媽難聽的號叫聲從聽筒裡傳出來。

「我先回宿舍了。」陳見夏眼皮都沒抬，也能接收到宿舍管理老師複雜的目光。

「妳別動，就在這裡等妳家長過來，出什麼事我可擔不起。妳就站在這裡等，聽見沒，別動啊。」

陳見夏理都沒理，硬抽出手就轉身上了樓。宿舍管理老師一邊喊著她的名字一邊追過來，跑了幾步又折返回去鎖收發室的門，手忙腳亂的，被陳見夏遠遠甩在了身後。

她沒有鎖門。很快媽媽就推門走進宿舍房間，微微發福的身體被厚實的羽絨衣裹得越發像個球。

妳去哪裡了？誰讓妳亂跑的？有沒有發生危險？……

陳見夏一句也沒猜中。她媽媽像鬥雞一樣衝過來，拉住她的手，第一句話問的卻是：「小夏，妳和那個小子，你們有沒有『過界』？」

「什麼？」

「妳還有臉問？」

鄭玉清把一個東西狠狠地丟過來，砸中了見夏的額角，落在了床沿。陳見夏面無表情地撿起來。

是一把木梳子，刻著「香格里拉」幾個字。

那天早上，她洗過澡，拆開洗手台上的盥洗用品，用梳子紮起馬尾——五星級飯店的木梳都做得比夜市上賣的精緻，她小心地放進書包裡，天天帶著，是一個提醒，也是一個紀念。

還好沒有落在地上，否則會摔斷的。陳見夏握緊木梳，抬起頭直視她媽媽，有些示威地笑了。

「什麼過界？睡覺嗎？」

話音未落，她只聽見啪的一聲炸響在耳畔，然後一聲接一聲，也不知道媽媽左右開弓究竟搧了幾巴掌，她沒數。終於停下來，臉龐也不覺得疼，只是很熱，滾燙地熱。媽媽喘著大氣，這幾巴掌倒是把她累壞了。陳見夏臉上麻麻的，有些腫，目光越過媽媽的肩膀，看向門口撇著嘴偷窺的宿舍管理老師。

「滾出去。」她含混不清地說，宿舍管理老師竟聽懂了，迅速消失。

陳見夏把手伸進羽絨衣的口袋裡，「妳發洩夠了嗎？我就給妳這一次機會。」

鄭玉清愣了愣，陳見夏已經從口袋裡拿出了她花了十元買的文具——一把裁紙刀，清脆地推出刀鋒，比在了自己的脖子上。

媽媽嚇了一跳，向後退了一步，癱軟地靠在櫃子上，喃喃自語道：「完了完了，完了，瘋了，眞是瘋了。」

「瘋的是妳。我不想死，但妳再這樣瘋瘋癲癲的，我就不打算活下去了。妳別逼我。」

鄭玉清嚇得臉色煞白，只能不斷重複：「反了反了，白養妳了，瘋了瘋了，瘋了瘋了……」

突然有人猛地闖進門，從背後奪下了裁紙刀，噹啷丟在了地上。

陳見夏愣住了。

「好了好了，小夏，回家回家，別鬧了，冷靜點，我們回家再說。」是爸爸。

陳見夏從走進俞丹辦公室那一刻直到現在，沒有掉過一滴眼淚。然而當自己爸爸的聲音響起時，她忽然感覺到臉頰上涼涼的，像十一月遲到的雪。

刀子被奪走的那一刻，她心跳如雷，想的只是，你終於來了。

原來是爸爸。

原來她還是在等待李燃的。

陳見夏漠然坐在床邊，看著媽媽打包東西，將手機上繳給爸爸，手心只留下一把木梳，握得太緊，梳子齒在掌心留下一排密集而深刻的凹印，吻合著那道狠絕的斷掌紋。

如果街道也有靈魂，那麼縣裡的第一百貨商場前的主街應該是噙著笑迎接陳見夏的，每一棟建築，每一個門面，肯德基、周大福、Sony 都在對著陳見夏乘坐的大巴士竊竊私語。

看，她回來了。那個瞧不上我們的黃毛丫頭。

不是喜歡省城的老街嗎?它沒收留妳嗎?

陳見夏恍惚間被自己的小人之心逗笑了。

也許是被媽媽的危言聳聽嚇到了，弟弟小偉在家裡是繞著見夏走的。陳見夏霸占了小房間，幾乎不出房門，日夜顛倒、滴水不進。小偉乖覺地睡在客廳裡，初中畢業考試備戰熬夜複習都在客廳那張乳白色的組合書桌前完成，也算了了三年前的夙願。

半夜，陳見夏打開房門走向洗手間，客廳裡小偉正伏在書桌前玩遊戲，嚇得連忙爬起來，活見鬼一樣。

「姐？」

「還不睡？」

也許是陳見夏的頹廢讓鄭玉清警醒了，她鐵了心讓小偉爭口氣考上省城的學校，每天逼他念到十二點才能睡，不做慈母不敗兒。有些火氣沒辦法從陳見夏這邊發洩，反而蔓延到了小偉那邊，晚飯時陳見夏躺在床上，聽見門外媽媽摔摔打打的聲音，撕小偉的考卷，罵他笨得像豬。

這可是史無前例。陳見夏不禁有些同情自己的弟弟。

「與其玩遊戲也要熬到一點，不如現在就去睡，養足精神明天好聽課。」陳見夏飯吃得太少，說話也有氣無力，平添幾分溫柔。

小偉有些委屈，放下電子字典。

「媽是不是瘋了？」他賭氣。

「她是生我的氣。」見夏解釋。

「姐，妳眞的談戀愛了？」終於逮到機會，看得出小偉眞是憋壞了，「那個男的是妳同學嗎？帥嗎？對妳好嗎？」

見夏愣住了，有點哭笑不得。在她媽媽瘋狂地追問她有沒有「過界」時，弟弟卻問她，他對妳好嗎？

「小偉，你有喜歡的人嗎？」她自己都想不到有天會問他這個問題，閉上眼睛好像還能看到這個可惡的弟弟只是個小白胖子的樣子。

陳至偉臉紅了，沒否認。

「同學嗎？長什麼樣？我不告訴媽。」

小偉忸怩地從書包裡翻出一本英文筆記，在最後一頁夾著兩人的大頭照，小小的一張，邊緣全是卡通愛心和花朵，臉都被遮蓋得看不清了。

「你不想在八中讀書，無論如何都要回來，是因爲她？」

弟弟沒否認，也不敢承認，只是輕聲嘟囔：「妳千萬別告訴媽。她有精神病。」

見夏想笑，幾天來第一次覺得想笑。

爲人父母多可悲啊，不重視的和她對著幹，重視的那個也不領情。

「我聽說了，妳在學校裡要自殺，把媽嚇得差點心臟病發。姐，妳死也不願意回來？」

見夏一驚，不知道怎麼回答。

「妳不說我也看得出來。我就不一樣，我喜歡待在家裡，省城的學生、老師都瞧不起人，我也不爭氣，犯不著厚著臉皮去讓人家笑話，」弟弟趴在桌上，疑惑地看著她，「姐，家裡不好嗎？」

這個問題怎麼回答呢？見夏不想敷衍弟弟，卻沒辦法說出口。

因爲天長日久被忽略，因爲爸爸媽媽偏心你，因爲很小的時候就覺得自己是不該出生的，因爲親戚朋友看似無意地逗弄她「爸媽愛弟弟不愛妳」，因爲過年的時候壓歲錢比你少，因爲體內天生的野心在燃燒，因爲恰好有能力考出好成績，恰好有機會逃離……

而罪魁禍首正無辜地坐在桌子對面，等待著她的答案。

「外面不好嗎？」見夏反問，「你不覺得省城好玩嗎？」

「不覺得，」小偉搖頭，「我考不上省城的學校的，能考上縣一中都是燒好香了，媽也太異想天開了，我們家出妳一個金鳳凰就好了，幹嘛逼我。妳都考上振華了，他們還商量讓妳回縣一中讀書，是不是瘋了？」

見夏微微皺眉，沒力氣做出更多表情。

「爸還說要花錢送禮，怕縣一中不收妳，縣一中怎麼可能不收？妳成績這麼好，到時候考個好大學，他們還不得高興死。去年有兩個學生考上了省城的理工大學，縣一中恨不得把紅布條拉到馬路對面去。」

見夏聽著弟弟的抱怨，內心有些驚異。在她心裡，弟弟一直是被媽媽護在羽翼下的小雞，說話沒頭沒腦，只知道破壞，嫉妒她讀書好，在她備考時衝出房間把桌上所有的筆都掃到地上……三年不在家，一轉眼，弟弟也是一個初三的半個大人了，個子抽高，有了自己的世界和觀點。

「姐，」小偉忽然問，「妳是不是打算考出去，就再也不回來了？」

這個提問只是出於直覺，他並沒追著陳見夏要個結果。

這時爸媽的房間裡有些窸窸窣窣的響動，弟弟連忙翻開課本和練習冊，做出伏案奮筆疾書的樣子，見夏也默然起身，轉開了洗手間的門把手。

陳見夏站在洗手間慘白的日光燈下，看著鏡子裡人不人鬼不鬼的自己。三天過去了，她只喝了幾口湯，兩頰迅速地瘦下去，下巴尖尖的，眼底青黑，頭髮因爲出油而服服貼貼。

她想起有一天晚上，她等了很久，也是念書念到半夜一點多，收到了李燃的訊息，雀躍得雙眼發亮，跑到洗手間來照鏡子，端詳自己臉上的每一個部位，告訴自己，好想變漂亮。

想變漂亮，想變更優秀，想走更遠，想擁有屬於自己的、體面而豐富的人生。

陳見夏看著鏡子裡形容枯槁的女鬼，忽然落下了眼淚。

那個讓自己明白人生的豐富和美妙的人，也銷聲匿跡了，像是從未存在過，讓她一跤跌出海市蜃樓，落在冰冷的水面上。

見夏上完廁所出來，剛好看到媽媽蓬亂著頭髮，正在給小偉沖泡一種補充腦力的營養品，大概又是被哪個電視購物給騙了。媽媽抬眼看了看從洗手間出來的陳見夏，臉上的表情堪稱精采紛呈。

想罵又不敢罵，隱約有點心疼，又覺得她活該，給自家丟了大臉，不如死了算了，居然還知道上廁所？

終於還是沒憋住，見夏媽媽輕聲嘟囔：「要死要活的，妳也差不多了，見好就收，妳不想考大學入學考，妳弟弟還要初中畢業考試呢。」

「我要回學校上課。」

媽媽眼睛一瞪，「妳還回去？心眞的野了？又要回去找那個小子？不行！我跟你們班導師都商量過了，等妳徹底改了再回去，暫時先在縣裡念書！」

陳見夏很想笑。

在她離開家之前，還是一個只會跟父母賭氣的小丫頭，對爸媽講出來的道理深信不疑，對邏輯的漏洞和世界觀的粗鄙視而不見，虛心受教，坐井觀天。

然而現在她不是了。

「怎麼才叫徹底改了呢？怎麼才能確定我徹底改了呢？我說我現在不聯繫他了，不喜歡他了，妳信嗎？怎麼才能信？」

媽媽眨眨眼，還沒來得及回答，陳見夏再次開口。

「爲什麼我和他不能在一起？因爲太早談戀愛耽誤讀書？現在複習這麼重要，妳把我困在家裡，不是比太早談戀愛還耽誤讀書？」

「讀書好就什麼都能做？妳還有道理了？」媽媽聲音尖厲，見夏聽到爸爸起床的聲音。

「否則呢？」

「妳成績再好也不能不學好！妳才多大？妳要不要臉？妳缺男人是不是？妳……」

「好了！」見夏爸爸站在主臥室門口怒吼一聲，媽媽嚇了一跳，住了嘴。

「妳沒長腦子？當著孩子的面胡說八道什麼！妳當女兒是你們部門裡那些老女人嗎？」爸爸的眼神瞥向見夏，有幾分無可奈何，嘆口氣說：「妳回房間去。」

「你要送我去縣一中？」見夏平靜地問。

「妳知道了？」爸爸揉揉眼睛，沒有隱瞞，「換個環境對妳好。又不是不讓妳回振華了，妳……」

「好。」陳見夏點點頭。

這下，連滿臉通紅的媽媽都愣住了。

「我去，」陳見夏聲音很輕，「除非你們答應我一件事。如果我在縣一中，一個月內沒有聯繫過別人，月考拿全校第一，你們就必須讓我回振華。你們答應嗎？」

「妳還有臉提條……」

「妳閉嘴！」爸爸再次瞪了媽媽一眼。

然而這次他沒有成功。雖然沒什麼大見識，但鄭玉清女士從來不是一個跟在丈夫後面唯唯諾諾的小媳婦。

「別他媽裝得你多會教育孩子似的！你當我不知道陳見夏怎麼回事！以前多好一個孩子，怎麼變成這樣的？你們老陳家的種，都是跟你學的！有樣學樣！你跟小盧那點事……」

見夏媽媽忽然收聲，心虛地看了兒子一眼，意識到自己說漏了嘴。

深夜的客廳裡出現了幾秒鐘尷尬的靜默。見夏看著小偉驚訝又不解的表情，忽然有些釋然——他也沒有比自己幸運到哪裡去，他也生在了這個家庭。

「爸爸，你答應嗎？」陳見夏忍住巨大的噁心，咬著舌尖，迫使自己低頭顯露出恭敬的表情，「我知道錯了。」

四十四 平行世界的妳

縣一中坐落在縣城的西北方的半山腰。說是山，其實只有十幾公尺高，從見夏家遠遠地望出去，幾乎能夠平視。

曾經那白房子的尖頂是見夏心裡的聖地麥加，每個深夜她讀書讀到眼睛模糊，都會站在自家的陽台上，看向隱藏在夜色中的縣一中，丈量著自己與它之間的距離。

三年後，山變成了精神病院，房子變成了監牢。

陳見夏的目光挑剔地掃過斑駁掉漆的樓梯扶手，將右手搭上去，用掌心輕輕感受凹凸不平的表面。

「好好好，您放心，我這就把學生帶過去……陳見夏？走！」

新班導師邊說邊欠身關上四樓校長室的門，朝站在樓梯口的陳見夏招招手。

新班導師是男老師，姓柏，頭髮油油的，地方口音格外重，笑的時候眼角紋路很深，像是誰用毛筆在他臉上惡狠狠地劃了幾道。陳見夏將書包拿在手裡，下樓梯時書包打在小腿上，差點把她絆得摔倒。

經過二樓的穿衣鏡，陳見夏看見自己蒼白的臉。

前一天，媽媽還在爲如何遮掩她的「醜事」而絞盡腦汁，陳見夏已經輕輕鬆鬆地編出了理由——病了，回縣裡讀書，方便父母就近照顧。

「只要您和爸沒有自曝家醜，到處跟別人說自己的女兒在省城生活不檢點，那這件事就沒有人知道了。反正只有一個月，不是嗎？」她淡淡地說，放下飯碗，轉身去收拾書包。

鄭玉清最近有些怕陳見夏。女兒忽然成了一個無悲無喜的木頭人，說出來的話也不是不禮貌，卻透著絲絲涼氣。

陳見夏就這樣一臉冷漠地走進了高三四班的教室，全班都向她行了注目禮。她是來自振華的神秘轉校生，是三年前的初中畢業考試榜首，一本會說話的輔導書，一間會動的補習班。

除了好奇與崇拜，當然也有不服氣。縣一中也有無比驕傲的本地資優生，比如她的新同桌同學：那男生長著樸實通紅的臉，自始至終低著頭溫書，大家紛紛跑來和她套關係，他卻從沒正眼看過她一下。

陳見夏不禁想到，如果自己三年前沒有去振華，現在也一定和這個男生一樣，抱著「環境不重要，還是要看自身努力」的心態，自強不息，鐵骨錚錚。

多奇妙，她竟然變成了一個異鄉人，一個外來客。

整整一個星期，陳見夏都像個病西施一樣，上課從不抬頭與老師有任何眼神交流，不主動舉手，不搶風頭，被點名了也只是輕聲回答，不功不過；她不與友好的女同學一起結伴上廁所，下課只顧著埋頭，也不怎麼做題目，只漠然翻著書，和同桌好似一雙得了脊椎炎的兵馬俑。

其他同學對她的好奇漸漸散去了，她的爸媽也不再陰森森地從教室後門時不時探頭窺視。

週六補課的最後一堂課是自習課，很多同學選擇提前回家，只有見夏和同桌還坐在原地，比賽一樣地做著模擬考卷。

同桌叫王曉利，是這個班的第一名，她上了三天學才知道。

「這個介詞應該怎麼選？」陳見夏將考卷往對方那邊一推，指著一道克漏字題。

這是他們之間的第一句話。

「save it to myself，用 to，」王曉利瞟了一眼，「振華連這個都不教？」

這句嘲諷沒在陳見夏心裡激起哪怕一絲漣漪。

最近她時常爲自己的改變而驚訝，這些變化不知何時生成的，一直沒找到機會驗證，如今她跳出籠子變成了自己的旁觀者，反而無比清晰了。

「你英文眞好。介詞我總是搞不明白。」她沒接話，聲音柔軟地誇獎對方，把王曉利弄了個臉紅。

「有不會的再問我。」王曉利說話還是硬邦邦的，語氣卻輕了。

「欸，對了，」見夏無比自然地轉過頭看他，「你帶手機了嗎？」

她出了教室就開始狂奔，還要顧及背後教室裡的王曉利，只能腳尖點地，彷彿一隻驚慌的兔子掠過沉悶的走廊。

陳見夏跑上了兩層樓，到轉角才氣喘吁吁地按亮這台有點掉漆的銀色手機，剛撥出一三九三位數，拇指停在第四個數字上，怎麼都按不下去。

她靜靜地撐過了一個星期，安分守拙，假裝看不到時常晃過後門的媽媽，壓抑著怒火回答飯桌上所有傷自尊的盤問，就是爲了能安心打出這一通電話。然而眞的接通了，她又能說什麼呢？

你好嗎？你一定很好的，你媽媽講話那麼陰損，都說了這種事是女生吃虧了，你怎麼會不好呢？你在籃球聯賽挑唆兩個班打群架，也能逃過學校的處分，你都要去英國了，英國不是比南京好很多嗎？

她忽然覺得腿上都沒了力氣，電影裡面的大俠到了這個地步，機關算盡，走投無路，不都會大笑的嗎？可她笑不出來。

橘色的螢幕暗下去，見夏想了想，重新開鎖，這一次迅速地輸入了一串一三一開頭的號碼。

「班長？我是陳見夏。」

電話那邊頓了一會兒，笑起來，「妳還好嗎？」

她聽得出來，楚天闊是眞的很高興接到她的電話。

「電話是我借的，不能講很久。我在我們縣的學校借讀，這些，俞丹都告訴你了吧。」

終於，陳見夏也不再喊俞老師了，虧她自己一個月前還腹誹陸琳琳等人不尊師重道。

聽到她說不能久聊，楚天闊於是沒有半句廢話，「妳什麼時候回來？有什麼我能做的嗎？」

妳什麼時候回來。見夏心中溫暖，真好，他問的不是「妳還回來嗎」。

「我不知道。」見夏一瞬間茫然，但她很快堅定地、彷彿是對自己說：「但我會盡快。」

「好。」

「班長，能跟我講講我走了以後的情況嗎？」

楚天闊斟酌了一下，見夏連忙補充道：「你就說實話，有什麼說什麼，我已經沒有任何接受不了的事了。」

楚天闊的笑聲寬和而溫柔，「沒什麼讓妳接受不了的事發生。有人問我，我都說妳生病請假回家了。」

「沒問你的人，都去問于絲絲了吧？」

楚天闊被噎住了。見夏不知道自己該不該驕傲，她居然能讓楚天闊無話可說。

「我逗你的，」她擠出一副非常輕鬆的語氣，「不就是太早談戀愛嗎，我又沒殺人，愛怎樣怎樣吧，她被貼大字報不也撐過來了，我這算什麼。我不是爲了打聽大家在背後怎麼議論我才給你打電話的。」

楚天闊似乎很感激見夏自己來圓場，也跟著轉話題，「那妳想聽什麼？要我幫妳打聽……打聽他那一邊的情況嗎？」

陳見夏愣了愣，笑了，「問這個有什麼用？」

楚天闊第二次啞口無言。她直接問重點：「自主招生和保送，名單都定了？」

「各個大學的學校推薦名額基本上都定下來了，北清復交那幾個排名前十的學校，上個禮拜剛在省招生辦公室考了一次統一考試，又篩選了一輪，面試名單也定下來了。」

「那你要去北京面試了？你報了清華吧？」

「嗯，我禮拜三坐火車去。」

見夏眞心爲他高興，這份高興稍微沖淡了她自己的悲傷。兩個人都靜默了一會兒，楚天闊才又輕聲開口。

「南京大學……南京大學不用去省招生辦公室考試，直接面試就可以了。面試應該就在……昨天。」

陳見夏把嘴唇都咬白了，發出來的聲音竟然是輕佻而充滿笑意的。

「千萬告訴我，于絲絲沒通過。」

「面試的成績哪裡能那麼快出來，」楚天闊笑了，語氣狡黠，「但是呢，她連面試名單都沒進。」

陳見夏笑了，不知不覺間，好像有什麼打濕了毛衣前襟。

「就加三十分而已，妳自己考不就得了。只要大學入學考成績達標，自主招生的分數就廢了，選科系是不能用的。換言之，如果妳到了需要這三十分才能進南京大學的地步，就說明要被下放到冷門科系了，太雞肋。見夏，我說眞的，這個加分不可惜。」

「嗯，我知道。」

「妳不用擔心別人在背後議論妳，大家自顧不暇呢，都被保送和自主招生攪得心神不寧的，我每天都能聽到誰跟誰因爲名額的事情吵起來了……很沒意思，同學沒心思複習，老師也天天被各種家長和長官找關係遞條子，沒心思講課。我從入學到今天，第一次感覺到振華連空氣都焦躁。妳退一步不是壞事，冷靜點，好好調整，然後趕緊回來。」

退一步不是壞事，爲什麼又要趕緊回來？楚天闊就是有本事把矛與盾說成連貫的眞理。

「這個年紀的感情不牢靠，喜不喜歡的，就是一瞬間。我知道大道理沒什麼用，但事實就是，弱小的抵不過強大的，識時務者爲俊傑，見夏，妳別哭了，還是靠自己吧。我相信妳。」

王曉利的手機不是很好用，才幾分鐘，機身就開始發燙，很燙，替滾熱的眼淚頂了罪。

陳見夏沒有特意擦拭，兩道淚痕走著走著就被暖氣烘乾了。她將手機放在王曉利桌上，朝他說謝謝。

王曉利接過手機，第一個動作是關機。

見夏想起，借手機的時候，他也是從書包側面拿出來，當著她的面開機，挨過簡陋的開機畫面，然後才遞給她。

見夏問：「你一直關機，想找你的人怎麼辦？」

王曉利看了她一眼，目光並沒在她發紅的眼睛上多作停留，「沒人要找我。妳怎麼打了那麼久？」

見夏有些窘，趕緊討好地一笑，「我打了三分二十秒，是往省城打的，可能有漫遊費，所以……」

她遞上一瓶可樂，「請你喝。」

王曉利臉又紅了，「我，我不是那個意思。」說完就低下頭運筆如飛。

王曉利的圓珠筆寫字時會發出沙沙的劃紙聲，陳見夏索性靠著椅背看他伏在桌面上演算。王曉利寫完了一本，合上，塞進書包，想了想，伸手拿起擺在桌角的可樂，轉開了。

見夏笑了，她知道這是王曉利給她面子的方式。

「妳不做題目，爲什麼不回家？」王曉利邊喝邊問。

「我不想回家，」見夏平靜地說，「我打擾你了？」

「沒，」王曉利忽然抬頭看看黑板上方的掛鐘，「現在一點半。」

見夏也抬起頭。

「數學、國文和英文一個半小時，國文不用寫作文，理科綜合兩小時，怎麼樣？」

「什麼怎麼樣，你要……」見夏忽然明白過來，「你要跟我比賽？」

王曉利從書桌裡拿出厚厚一疊模擬考題，點點頭。

見夏聳肩，「我沒帶。」

這沒難倒王曉利，他站起身，走到最後一排不知道是誰的座位上，輕車熟路地開始搜書桌，很快搜出兩套考卷，然後繼續彎腰去翻旁邊桌子的抽屜。

見夏目瞪口呆地看著王曉利抱著一疊考卷走回來，重重落在她桌上。

「這是學校給大家訂的，反正他們也不做。」他有些挑釁地微揚下巴，「怎麼，妳怕嗎？妳不會是在振華跟不上才被趕回來的吧？」

陳見夏突然感到全身血液在沸騰。她不生氣，反而深深感激這個紅著臉的少年。

「好。」

王曉利關了機，陳見夏沒有手機，教室裡安靜得像罩了一層結界。下午六點時，陳見夏剛換上理科綜合考卷，整間教室的燈就都亮了，她抬頭，看到下班的爸爸出現在門口，幫他們按了開關。她平靜地說明了原委，就繼續低下頭做題目，不知道爸爸在門口站了多久，翻頁時再抬頭，人就不見了。

兩個人都沒覺得餓，每一科寫完就分別去趟廁所，回來之後晃晃腦袋、鬆鬆肩膀，繼續下一科。

終於九點整，見夏活動了一下僵硬的右手小臂，長出一口氣。王曉利理了理十幾張考卷，遞給她，「換著批改。」

滿分七五〇，作文兩人都估四十八分以示公平和保守，最終陳見夏拿了六四二分，王曉利只有五八八分。

陳見夏已經兩個多星期沒好好讀書了，這個成績只是中等發揮。她記得去年南京大學在本省的最低錄取分數是六四八分，她拿六四二分差強人意，但沒想到，縣一中的第一名和振華有著這樣的差距。

燈光慘白，王曉利的臉卻被照得越加黑，見夏覺得自己還是什麼都不講比較好。沉默良久，王曉利開口：「妳在振華，是什麼等級？」

「考得特別好的時候能進前三十，平時大概就是在學年五十到一百名之間吧。振華理科前十名很穩定，基本上都是能上七百分的。」

王曉利呆滯地點點頭，也不知道究竟是聽明白了什麼，他一遍遍地用拇指和食指的指甲捋著考卷的摺痕，眼見那道摺痕越加鋒利。

「那麼，」他忽然眼神一閃，看向見夏，「妳是因爲自己聰明，還是因爲振華教學水準高？」

見夏思考了一會兒，搖頭，「這我怎麼知道……你自己怎麼想的呢？你希望是自己的原因，還是環境的原因？」

王曉利一直盯著她，許久，沒頭沒腦地說：「其實我們見過。」

看見夏疑惑，他繼續提示，「就在縣教育委員會。」

陳見夏從小到大只去過一次縣教育委員會。

班導師的電話打到家裡，語焉不詳，讓她趕緊去一趟教育委員會大樓。陳見夏一家原本還沉浸在初中畢業考試成績的喜悅之中，被老師支支吾吾的語氣嚇傻了，茫茫然掛斷電話才想起應該多問問，至少問問去教育委員會要做什麼，但回撥過去，已經沒人接了。

靜默的客廳裡，不知是誰咕噥一句：什麼意思，是不是給錯分了？

陳見夏是縣初中畢業考試榜首，若是改分數，只可能是往低分改。公車一到站，羞憤和不安就讓她如離弦的箭一般從剛開啟的門縫射了出去，她只聽見爸爸在後面氣喘吁吁地喊：「小夏，右轉！右轉就到了！」

陳見夏幾乎完全不記得自己是怎麼從豎掛著白底黑字牌子的大門口走進辦公室的，也至今不知道辦公桌後坐著低頭吹茶葉沫的那位讓初中班導師和副校長點頭哈腰的長官姓甚名誰。她太慌張了，腦袋上是涔涔的汗，視野裡還有微微的白，有人輕拍她後腦勺說愣著幹嘛，這孩子眞是學傻了，快謝謝主任！她才意識到她爸爸也在辦公室裡。

長官說，縣一中的校長老大不願意，但也沒辦法，這是振華作爲教育示範中學的社會責任，優質教育資源共享，從這一步開始，縣裡要支持！「陳見夏，妳要給我們爭光。」

長官的臉是模糊的。權力和機遇在陳見夏命運的十字路口隨手給她指了一個方向，她右轉奔向了振華，無心留意路口的面貌。

「陳見夏，妳不記得了嗎？我們一起坐在樓梯上等著，一共十個人，都是被各自學校的老師臨時喊過來的，等了很久。妳坐在我下兩級的台階上，我一直盯著妳的後腦勺，想看清楚妳長什麼樣。」

王曉利淡淡笑了，「初中畢業考試妳就比我高了一分。妳是一點都不記得了吧？」

陳見夏老實搖頭。少男少女一起擠在靜謐的樓梯間等待審判，呼吸相聞，靜得能聽見彼此的心跳聲，然而她心裡只有自己，只有自己是活的，所有心爲她而跳。

「好長時間過去，終於有個叔叔過來問，誰是陳見夏？

「他們只把妳叫走了，妳站起來就跟著跑。」在王曉利的眼中，陳見夏猛然起身，跑向她的命運，「頭也不回」。

「後來呢？」她問。

「我怎麼知道，」王曉利笑了，「我們就散了。」

陳見夏沒說話。一個小小的瞬間從深邃的記憶之河魚躍而起。爸爸和老師正在與長官寒暄時，一個秘書走進來和長官耳語了幾句，長官慈祥地笑笑，說，確定了，一個縣只要一個，讓他們別等了，散了吧。

散了吧。

她沉默了很久很久，和王曉利一起陳列在縣一中教室裡，彷彿本應如此。

可能覺得自己一個大男生這樣子很丟臉，王曉利擠出難看的笑容，狀似不在意地穩住顫抖的聲音：「要是能重來一次，讓妳從高一就留在縣一中讀書就好了，我就能知道，這是不是因爲我自己笨了。」

他停頓了一會兒，不想沉溺於沮喪的情緒，迅速站起來開始收桌面上的文具，「三年前我們差一分，三年後我差妳五十分，不管是因爲妳聰明，還是振華比縣一中教學水準高太多，哪種我心裡都會難受。」

他背上書包，「非要選，我希望不是因爲我自己笨。」

見夏笑了。

「對了，我看妳不像有病的樣子，振華那麼好，妳爲什麼不趕緊回去念書？」王曉利眞誠地看著她說，「小病小災，妳就忍一忍，這麼關鍵的時期，妳不要浪費了機會。」

陳見夏鼻酸，朝著王曉利用力點頭。

「我會回去的。我會的。」

王曉利自己先走了。陳見夏腦子裡忽然冒出一個不相干的奇怪念頭：都這麼晚了，他也不客氣一下，問問順不順路，要不要送她一段？紳士風度呢？

她恍然失笑。自己居然發起了公主病。

陳見夏坐在兒時夢想的白色教學大樓裡面，仰起頭仔仔細細地觀察裂開的牆縫，黑板上方年代久遠到褪色的黑體字校訓，掉了半塊的黑板槽。王曉利釋然了，他的問題卻卡住了陳見夏的脖子。

如果當時振華沒有突發奇想地跑到各個周邊縣市來搶學生呢？她一定會在這裡度過三年，心裡想著，振華有什麼了不起，讀書還是要靠自律自覺——恐怕也不會想要考南京大學，而是瞄準省城的理工大學，等待著自己的名字出現在弟弟口中那條張揚的跨街海報上。

她略帶惡意地揣測著那個女生會做什麼，會考多少分，會有怎樣的際遇……

那個女生。那個平行世界的，留在縣一中的陳見夏。

那個女生不會遇見李燃。

縣裡也有很多桀驁不馴的小混混，痞氣十足，把自己打扮成H. O. T.裡面某個團員的樣子，五顏六色的斜劉海幾乎要淹沒眼睛，騎著摩托車在校門口堵喜歡的女生，吹口哨的同時也吹氣掀開劉海，他們會載女孩子去第一百貨商場吃肯德基，買髮夾和指甲油。但陳見夏瞧不上第一百貨商場，自然不會被混混迷花了眼。

所以那個女生會乖乖的，會快樂，像初中那三年一樣乏味，卻不知道什麼叫不滿足。

野心沉睡著，蜷成一團，胸口剛好放得下。

那個女生聽不見她此刻心中那隻猛虎的嘶吼。

「見夏。」

陳見夏抬起頭。

也許是因爲眼睛裡蓄滿了淚水，眼前的人影太模糊，好像魚透過海洋去看太陽。

她連忙眨了許多下，眼淚簌簌落下來，目光漸漸清明。

門口那個少年，頭髮亂亂的，臉上也有些鬍碴，說是在笑，眼睛卻紅紅的。

「陳見夏。陳見夏。」

陳見夏看著平行世界的自己漸漸走遠。短暫重合的空間被闖入者撞成了兩個互不關聯的夢。

因爲這個世界的陳見夏，已經遇見過李燃。

四十五 我知道妳想飛

陳見夏死死咬住嘴唇，生怕一個不留神，那句「你怎麼才來」就會溢出去，把自尊澆得一塌糊塗。

原來她終究還是不甘心的，是期待的。她從一個灰頭土臉的書呆子，被李燃用兩年的時間生生慣出了公主病，連王曉利都想拿來當護花使者驅使，怎麼可能不盼望著他從天而降？

正因爲如此，怨氣才蓬勃而生。

陳見夏低下頭，明知控制不住眼淚滴滴答答，手上卻動作不停，將桌上的考卷、筆袋一股腦胡亂塞進書包，粗暴得很。

她絕對絕對絕對不會搭理他的。

「妳別著急，慢慢收，我在這裡等妳，不走了。」

「急你媽的！誰著急了？你看我找過你嗎？我找過你嗎？你以爲我收東西是怕你等？你誰啊？撒泡尿照照自己，你誰啊？」

完了。

陳見夏懊惱地跌坐在椅子上，臥倒桌面捂住了頭。

怎麼這麼爛泥扶不上牆。下午坐在樓梯間還裝看破紅塵，自此冷情冷心全靠自己，轉眼就讓人家撒泡尿照自己。她應該把王曉利叫回來，告訴他，不是他笨，的確是縣一中的教學品質太差，她才待一個禮拜，不光智商降低，連髒話都罵上了。

她感覺到李燃在拉自己的袖子，也不敢用力，輕輕地撥弄，像小時候親戚家養的狗，想被她摸頭，就哼哼唧唧的，抬起爪子不斷抓她袖子，一雙水汪汪的眼睛裡滿是企盼。

陳見夏透過指縫看出去，李燃半蹲在她桌邊，下巴剛好擱在桌面上，眼睛眨巴眨巴的，如果有尾巴，一定搖得像螺旋槳。

「妳想我嗎？」他輕輕地問。

「我想你媽！眞當你自己是個東西啊？我們什麼關係啊！我幹嘛想你，想你有用嗎？你媽媽都說了，你就玩玩，我不是第一個，反正這種事女生吃虧，你怕什麼，你就再混幾個月，你家就送你出國了，反正你五行不缺錢，就缺德，還哄我去南京，還哄我去南京……」

見夏再次炸鍋。她根本控制不了，身體已經自己跳了起來，吼得牆壁塗層都往下掉，語無倫次，最後哽咽得一個字都說不出來。

李燃蹲在地上仰視她，她的眼淚幾乎滴在他的臉上。

他什麼都沒說，只是站起來，溫柔地將她摟進懷裡，不論她如何掙扎，都死死地不放手。

爲什麼會這樣呢？意念裡想要千刀萬剮的人，此刻卻怎麼都下不了手。

哪怕他眞的只是個玩玩的花花公子，抱一秒鐘也好。

愛沒教會她兵不血刃，愛只教會她對著他哭。

所以就哭吧。深夜從來都悲聲四起，不多她這一份。

陳見夏哭夠了，擤擤鼻涕，終於平靜下來。她抬起頭看牆上的鐘，九點四十了。爸媽隨時可能出現在門口。冷白色日光燈最讓人清醒。

陳見夏穿上羽絨衣，背上書包，也不看他，聲音低低地說，你走吧，不要讓我爸媽看到。

李燃拉過她的書包，輕輕地將剛才胡亂塞進去的考卷和練習冊拿出來重新整理好，摺角都撫平，一一放回去，最後才抬起頭，像個做錯事的小孩一樣，怯怯的。

那是他從來沒有過的眼神。曾經李燃最怕她提起凌翔茜和于絲絲，但也是無賴的，調皮的，無奈的，從沒有過這樣深的歉意。

「那我送妳回家。」他說。

陳見夏冷著臉往前走，努力掩飾著再次洶湧而來的淚意。走了幾步，轉頭看他，驚訝道：「你怎麼瘸了？」

李燃憋了半天不說話，只是搖頭，陳見夏轉過身攔住他，「你不說我們就別走了！」

他少根筋似地咧開嘴笑，「那我更不能說了。」

陳見夏冷臉，「讓你爸打瘸了？我還以為你爸媽習以為常了，不會打你呢。再說了，以前挨打還剃頭，這次頭也不剃了，徹底打乖了？」

她這樣激他，李燃依然咬緊了牙關不說話，只是默默地示意她，該回家了。

縣城很小。陳見夏照顧李燃的步伐，走得很慢，還特意繞了一條不會撞見爸媽的遠路，即便如此，不到二十分鐘就走到了社區外。一路上李燃整張臉都埋在圍巾裡，不講話。

陳見夏裝作壓根沒注意到他戴著那條愛起靜電的、她送他的破圍巾。

她卻沒有戴李燃送給她的格子圍巾。需要的時候，人都不在，圍巾有什麼用，不如迎面灌一肚子冷風，讓自己清醒點，不要再被騙。然而每離家近一點，陳見夏的心就更沉一點。

說啊。像以前的李燃一樣說話啊。

不管不顧地說陳見夏我可算找到妳了快跟我走。說這是什麼破地方啊趕緊跟我回省城。說我不是騙妳的，我不去英國，我媽胡說八道的。雖然這些我都會否決，雖然我不會跟你走，被你笑懦弱，但是，你還是要說啊。

終於，社區出現在一街之隔的地方。

「李燃，」她停步，冷冷地盯著他，「你想說對不起，就說吧。」

李燃愣住了。

「你不用這樣，喪氣得跟我死了似的。我承受得了。你來找我不就是求個心安嗎？不必的，你該去哪裡就去哪裡，我不會糾纏你，用不著表現得這麼爲難，我能理解的。」

她努力克制著話語裡的刻薄和尖酸，克制到身體都在抖。

「我車都租好了。」李燃輕輕地說。

這回愣住的是見夏。

「我租了車，找朋友借了錢，想帶妳走。可是到了教室，我看見妳和妳同桌在做題目。你們討論要考哪所大學，怎麼努力……我忽然覺得自己很幼稚。」

路燈在李燃頭頂舉起一把溫暖的傘，少年毛茸茸的腦袋在黑夜裡發著光。

「其實我能做什麼呀，」他自嘲地笑，「我能做的都是亂七八糟的事。正事，我一件也做不了。我不能把妳調回振華，我爸媽不給我錢用，我就什麼轍都沒有了。見夏，我是個廢物。」

陳見夏動動嘴唇正要開口，李燃搖搖頭，示意她聽自己說完。

「其實我早就該來的。但我把腿摔斷了，」少年羞赧地抓抓後腦勺，有些結巴，「不是、不是先摔斷腿，後摔的。那天我沒起床，鬧鐘也沒響，醒過來都快中午了，家裡沒人，手機不見了，室內電話被拔了，門也給反鎖了。我覺得一定是出什麼事了，反正就三層樓，我就爬窗戶。家裡除了氣窗都用塑膠封條封上了，我得先拆封條，然後……妳別笑啊，我拿床單綁成繩子，跟電影裡似地往下爬，我以前看電影覺得那麼幹可傻了，結果自己著急的時候也跟著學，剛降到二樓，我綁的結就開了，幸虧下面是草地，不過也是凍土，把我直接摔暈過去了。」

李燃急得舌頭直打結，生怕見夏不信似的，聲音也開始顫抖。

「以前爺爺跟我說過，人只有眞的想做點什麼的時候，才會發現自己的無力。我能幫妳出氣，能請妳吃飯，能帶妳出去玩，能花我爸媽的錢，說妳去哪裡讀大學我就跟去哪裡。我跟妳說過，就當我是條圍巾，冷了就戴上，熱了就拿下來。可是，當妳因爲我不能去振華讀書的時候，圍巾有什麼用呢？圍巾不是翅膀啊，但我知道妳想飛。」

我知道妳想飛。

陳見夏走過去，將所有擔心與憤懣拋諸腦後，狠狠地抱住了李燃。如果這時被爸爸媽媽看見……那她就告訴他們，這就是我的選擇。你們打死我，我也不會鬆開手的。

四十六 天使與惡魔

陳見夏回到家裡的時候，媽媽正蹺著二郎腿在客廳看電視，那套藕荷色的睡衣已經穿了很多年，恍然間陳見夏覺得自己從來沒有離開過家鄉。

「爸呢？」

「在房間看報紙呢。下次晚回來說一聲，大半夜的我還得等在這裡給妳熱飯。」媽媽沒想過陳見夏連手機都沒有要怎麼「說一聲」，她不過隨口抱怨，說完就起身要去廚房熱剩菜，被陳見夏攔住。

「爸！」

「小點聲，妳弟弟睡了！」媽媽皺眉甩脫陳見夏的手，「喊妳爸幹嘛？趕緊吃完飯趕緊睡覺！」

孟母勸學的計畫在幾天前徹底宣告失敗，小偉死豬不怕開水燙，媽媽讓他在書桌前至少坐到凌晨一點，他就真的坐到凌晨一點——坐著睡。

終歸是心疼了十幾年的兒子，她還是開恩讓他按時回房睡覺，不知是不是心裡清楚，都初三了，逼也沒用——這是媽媽對她自己都不肯承認的。

見夏爸爸拿著報紙從房間走出來，老花眼鏡從鼻梁上滑下，看上去有點滑稽。

「回來了？餓了吧？我看妳跟妳同桌做題目很緊張的樣子，就沒叫妳。」

「爸，我有話跟你們說，」陳見夏拉過餐桌旁的兩把椅子，「我們坐下說。」

媽媽漸漸有些明白過來了。女人的直覺總是領先於男人，她半笑不笑地抱著手臂，並不坐下，好像這樣就能率先擺明拒絕的姿態。

陳見夏並不生氣，也沒有再勸，自己先坐下了，然後抬頭看著呆站在門口的父親。她爸爸想了想，走了過來，坐在陳見夏對面。

「我沒別的事情，就是確認一下，是不是我在月考中能考第一名，我就可以回振華？今天老師提過，月考就在下禮拜一，成績出來很快的，用不了一個月那麼久。爸，我想你應該提前和俞丹……俞老師打聲招呼，就說我已經被教好了，可以回去了。」

媽媽眼睛一瞪，「這是大人的事，輪不到妳插嘴……」

「我的前途毀了，妳的兒子就會好？」

這是家中有史以來最沉默的時刻。讓媽媽忘記跳腳的原因，是陳見夏罕見的平靜。她從小到大無數次像孩子似地哭鬧，哭不公平，鬧爸媽偏心，鬧到有理變沒理，反挨一頓暴打。這個哭哭啼啼的女兒從未像現在一樣，無比冷漠而精準地戳中了藏在房間裡的大象。

這個侷促的客廳裡，一直讓所有人謹慎繞行的大象。

妳的兒子，和我。

「我們班導師瞧不上我家裡窮，不像別人一樣能給她送禮、辦事，所以惡整我很久了，我怕你們擔心，更怕你們知道了也沒什麼辦法，反而自責，所以沒跟家裡說而已。」

她用哭腔說，低著頭，掩飾冷靜。

「的確，我談戀愛，但我從沒影響成績，上次考試沒考好是因爲答案卡塗錯了，俞老師其實都知道。連我和那個男生一起吃麥當勞都被她撞見過，高二的時候，她根本也沒管過。」

陳見夏略過母親倒抽口冷氣的做作姿態，趕在對方追問之前，搶先開口把話說了下去，「早不管，晚不管，之所以在這個節骨眼把你們找到學校去，就是因爲我和另一個女生一起競爭南京大學的自主招生加分，她收了人家的錢，所以要擠掉我的名額。因爲你們把我帶走，現在加分我拿不到了。」

陳見夏期期艾艾，演得投入，內心平靜如寒冬凝結的湖面。她事先並未排演過，甚至在開口之前，她都沒想到自己會將眞相與謊言的比例均勻調和，攪成這樣扭曲的說辭。

靈魂深處好像有什麼改變了，但她不在乎。

見夏演完受氣包，抬起頭，直視父親，話卻是說給母親聽的。

「你是想要一個談戀愛但是考上名牌大學光宗耀祖的女兒，還是一個不談戀愛但是窩囊一輩子還要一輩子靠你養、靠你給嫁妝的女兒？我隨便寫張考卷就比縣一中的第一名考的分數高，縣一中的教學水準只會給我拖後腿。多少人削尖了腦袋要進振華，只有你會聽俞丹的指揮把我接回來，你知道嗎？她反而會在背後笑你們果然是鄉下人，送不起禮就罷了，養個孩子連點遠見都沒有。」

她就像一個失去痛覺的人在撕開手指上的倒刺，眼見鮮血淋漓，臉上沒有一絲波瀾。

陳見夏的父母震驚地看著她，彷彿她是一個深夜闖入自家客廳的陌生人，一個憑空降臨在市井生活中的預言家。

「你們就是再不想要我這個女兒，也把我生出來了，丟不掉了。沒人比我更在乎自己的前途，我好了，也能幫幫小偉。無論如何，我要回振華。」

陳見夏的父親遲疑地動動唇，想要說什麼，陳見夏已經走回到自己房間，關上了門。

她不急於讓他們當場低頭。過分逼迫會讓父母因爲維護自己的面子而越加固執，她要給他們足夠的時間慢慢地回想，疑心自己的確是被省城高中眼高於頂的班導師俞老師給耍了，卻因爲自卑而無法求證，最後只能站在她這一邊。

爸爸混辦公室不得志，最知道自卑的滋味。

陳見夏靠著門滑坐在地上，眼淚滴滴答答地落在衣襟上。弟弟迷迷糊糊坐起身，問她，姐，妳回來了？

陳見夏點點頭，又搖搖頭。她看著他，夜色中弟弟頑劣卻懵懂，並不知道姐姐剛剛劃出一道天塹，將他隔在了另一邊。

「嗯，回來了。」她安撫地揉了揉弟弟的頭，青春期的男孩本能地將她的手打開，陳見夏失笑。

但是也要離開了。她對自己耳語。

縣一中的教學品質堪憂，但是陳見夏無法否認它對課業抓得很緊，連月考都分秒必爭，四科考試擠在同一天完成。

她走出被暖氣烘烤到缺氧的考場，整個人都是昏沉的。回到教室收書包的時候，王曉利找她對了幾道他拿不準的題目，兩人的答案一樣，王曉利明顯鬆了一大口氣。

他忍不住又追問：「數學最後一道大題呢？」

「坐標是（-1，0，-1）。」

王曉利臉色暗了暗，「那我做錯了。」

「不一定，說不定是我錯了。」她安慰道。

王曉利半笑不笑的表情讓陳見夏客氣不下去了。上次差距極大的比試過後，她的任何謙虛都是對王曉利的不尊重。

「步驟分得滿了，結果差點頂多就扣個三、四分，比一道選擇題的分數還少呢。別想了，回家換換腦子。」

王曉利不置可否，目光忽然越過她看向後門口。見夏也跟著回頭，居然看到王南昱在朝教室裡張望，她連忙放下手裡的練習冊，跑過去。

縣一中的操場小得可憐，他們很快就轉了一圈又一圈。籃球架下十幾個高一的學生爭搶同一顆球，陳見夏小心地躲避開。

這裡的學生相比振華要傳統和拘謹很多，一男一女光天化日走在一起，是件稀奇的事情。陳見夏坦然地面對陌生同學的打量，像在和一個個過去的自己擦肩而過。

「我都不知道妳回來上課了，也不說一聲。」王南昱說道。

「你不是一直在省城上班嘛，我又不知道，」她笑著說，「回來看你爸媽？誰告訴你我在這兒？」

王南昱接住滾到他們腳邊的籃球，拋回去。

「旅行社畢竟我家裡親戚開的嘛，對我很照顧，看我都好久沒回家了，就給我放了一個禮拜假，正好……唉，」他頓了頓，「上次跟妳一起去滑雪的那個男生，上個禮拜去公司找過我。」

王南昱說完快速瞟了見夏一眼，偷偷觀察她的反應。

「他跟你說什麼了？」

「他問我我們初中同學有沒有在縣一中的，覺得妳可能在這裡，所以到現在還沒回振華……」

陳見夏低下頭很溫柔地笑了。

她剛剛沒有順著王南昱的話說「回來上課」，而李燃，把「回」這個字眼，用在了振華前面。

她把這種默契當成某種珍貴的約定。

「妳也知道，初中我們班就沒幾個讀書的，他這麼一問倒真把我問住了，我在『ChinaRen』的校友錄打聽了好幾輪才找到一個叫張雪的女生，她考到一中了，和我說妳剛轉過來。妳們見過？」

陳見夏想起那個叫張雪的女生，初中時總考他們班第二。她聳聳肩，「張雪啊，初中她總考我們班第二，不過我們不太熟。」頓了頓，又補充道：「我跟誰都不熟。」

「她還問我妳怎麼轉回來讀書了，是不是……」

「是不是在振華跟不上，被趕回來了？」陳見夏語氣譏誚。

「妳怎麼知道的，」王南昱大笑起來，「我以前上學的時候就不喜歡跟好學生玩，其實你們好學生特別壞心眼，老師還總說你們乖，聽話，單純。單純個屁啊，小心思比誰都多。」

「她知道我在一中，不直接來找我，卻跑去問你我的情況，還能有什麼好話，一猜就猜得到。」

「她是不是以前總考不過妳，心裡不痛快呀？」王南昱假裝思考了一下，「那就是妒忌，妳不用跟她一般見識。」

陳見夏平靜地點點頭，「那時候全校誰考得過我。」

王南昱一愣，這次笑得更大聲了。

王南昱在第一百貨商場請陳見夏吃肯德基，進門就憨厚地和值班經理打招呼，轉頭和陳見夏輕聲說：「以前就是她帶我的，總罵我。」
「那你還和她打招呼？」
「萬事留一線，日後好相見嘛，我舅舅跟我說的。都在社會上混，以後誰用得上誰還說不定呢。」
陳見夏知道自己這個高三生一時半會兒都用不上這些市井智慧，但不妨礙她好奇又認眞地聆聽。
「你這麼討厭好學生，還和我做朋友，也是因爲萬事留一線？」她忍不住問。
「妳說你們這些書讀得好的，怎麼那麼喜歡……那個詞怎麼說的，舉一反三？往自己身上扯什麼。」王南昱把番茄醬擠在漢堡盒蓋內，瞟了一眼陳見夏，「妳跟張雪他們不一樣。他們太愛比較了，跟誰都比，比得上就瞧不起，比不上就酸，反正我不喜歡。」
「我也很喜歡和別人比，」陳見夏搖搖頭，「只是不跟他們比罷了。我去了振華，眼界高一點，僅此而已。」
「人和人之間不就差那麼『一點』嗎？」王南昱邊吃邊問，歪著頭看她。
陳見夏啞然失笑。
放榜的日子終於來了。
冬季天亮得晚，陳見夏大半張臉都縮在圍巾裡，半瞇著眼睛，睏倦地走在昏暗的上學路上。紅綠燈前，一陣冷風襲來，她一個激靈，茫然地止步於三岔路口，一時忘記了學校的方向。

剛走進教學大樓就看到許多學生圍在布告欄那裡。

振華歷來只是將每個人各自的學年名次附在班級名次表的最後一列，完整的全學年排名則是厚厚一疊的Ａ４列印紙，裝訂成冊，有興趣研究的學生可以自己去老師辦公室借閱。縣一中則完全沒有這層「素質教育」的虛偽，大刺刺地用毛筆蘸墨汁，寫在一張張巨大的紅紙上。

陳見夏定了定神，走過去，甚至不需要擠到最前面，就看到了攢動的人頭上方，紅榜第一行：

第一名　陳見夏。

她站在人群外圍，仰頭望著自己高高在上的名字。離得最近的幾個女生注意到了她，竊竊私語，其他人也紛紛轉過頭來向這位新女王致以注目禮，人群竟像摩西分紅海一樣，在她面前讓出一條通向教室方向的道路來。她有點尷尬——眞的踏上這條路，顯然是張狂得不知好歹了，但若非要繞開走，又很小家子氣。

解圍的人是王曉利，他呼著白氣從她身後走過來，行走間防水運動褲發出窸窸窣窣的響聲。他剛好穿過人群分出的路徑看到了他自己的名次，第二名，而且稱不上「屈居」，因爲總成績和陳見夏相差了四十五點五分。

王曉利只是瞄了一眼，十分平靜地和陳見夏說：「這下好了，等妳一走，我再考第一也沒意思了。」

陳見夏連忙跟在他背後一起往教室走，人群漸漸散開。離開大廳前，她最後抬眼瞄了瞄紅榜上自己遙遙領先的第一名，心中微哂：還真是山中無老虎，猴子稱大王。

然而，那些陌生同學的眼神，卻讓陳見夏的心口脹滿了驕傲感，像在火上烘烤的棉花糖，蓬蓬的，甜甜的。在班級門口他們兩個人遇到了懷抱一疊考卷的班導師，老師的眼神飄向她，笑著點點頭，表達著一種無聲的肯定。

曾經她的老師和同學就是這樣看她的。

她是怪物，是神仙，是另外一個世界的存在，是連王南昱等不良少年都默認「不能惹」的金鳳凰；她心中懷抱著理想，羨慕又悲憫地旁觀同齡人調笑胡鬧，遙遙領先，讓試圖一爭高下的張雪等人望塵莫及，每天坐在教室裡，抬起頭，都能看到老師善意的眼神，滿滿都是期待，都是「與眾不同」……

三年前坐井觀天的陳見夏實在太富有了。因為實力差距懸殊，她的自信和驕傲中滿滿都是篤定，這種無知所帶來的篤定，是如履薄冰的楚天闊永遠也無法擁有的。

直到被振華踩進泥土裡，她才發現，背井離鄉失去的是什麼。

陳見夏挨過了兩堂講月考考卷的課，蹺掉課間操，朝王曉利借了手機，握在手心裡，慢慢沿著走廊踱步。週六只有高三集體補課，高一、高二的區域空得發冷。

以前聽大人說過，縣一中的校舍是保護建築改建的，大金朝留下來的文物，古色古香，連鍋爐房角落的柱子都雕龍刻鳳，她從小心嚮往之。真的來讀書了，她卻一眼都沒好好看過這所從小憧憬的學校，此時此刻也無心觀覽，心思都在手機上。

她先打家裡的電話，擔心是媽媽接的，迅速掛斷，想了想，撥通了爸爸的手機號碼，幾聲等待音過後那邊接起來，陳見夏努力讓語氣聽起來平靜溫和，「爸爸，在忙嗎？……我們月考放榜了。我考了第一。」

上次夜談過後，陳見夏終於得到了她期盼的允諾，雖然擅長打官腔的父親用了「到時候」、「看情況」、「盡量」、「積極」、「協商」的說法，但終歸是為了定她的心，答應了。

難題拋到了父親那一邊。他沉吟片刻，說，那就週一……

陳見夏急了，「爸！」

許久，父親那邊說：「好吧。」

陳見夏定定看著窗外，操場上的積雪被潦草地推到四周，藍色鐵皮板在東南角圍出了一小片簡陋的人工溜冰場，門口警衛拿著水管，慢悠悠地注水。她默默數著鐵皮上凹凹凸凸的楞條，一條、兩條……一直數到視線最遠方。

她再次撥打爸爸的手機號碼，被掛斷了；撥打家中電話，忙線——陳見夏推測他正在和俞丹通話，心跳如雷，震得她幾乎什麼都聽不清了。

漫長的十分鐘過去，手機終於響起，「我剛才在跟你們俞老師通話，妳看妳這孩子急的，怎麼不上課？」

他虛弱的東拉西扯讓陳見夏的心墜崖了。

「她答應了嗎？」她問。

陳見夏掛了電話，回到教室，被暖氣撲面一烘，整個人是空濛的，像冰雕蒙上了水汽，什麼都看不真切。她將手機放在王曉利的桌上，王曉利於是起身給她讓開通道，陳見夏卻沒走進去。

「能再借我一次嗎？」她再次抓起手機，近乎絕望地看著王曉利，「就一天。」

王曉利遲疑了一下，點點頭。

感激的笑容在陳見夏臉上迅速綻開又迅速衰敗，她轉身跑出了教室，穿過操場，迎著凜冽的風，邊跑邊將羽絨衣外套拉鍊從下一直拉到脖頸，即使不小心夾到垂下來的馬尾髮絲，她也粗暴地扯出來，絲毫沒感覺到痛。

耳朵和手已經凍得通紅，手機按鍵錯了好幾次，終於撥通了。

「喂，王南昱，」她輕聲說，「有一個忙，你一定要幫我。」

下午兩點鐘。陳見夏站在隔著一條馬路的對街，靜靜看著振華的赭石圍牆。她曾經每天放學都從這面圍牆下走，有時候走著走著發起呆，路線歪了，不小心蹭到牆，粗礪凸起的石面會刮破她書包側面裝水壺的網袋，她就坐在宿舍藉著檯燈的光自己縫，後來還幫李燃縫過漏了的校服內袋，在宿舍大樓門口還給他。

他看她的眼神像看外星人。

「怎麼突然有種過日子的感覺，」他不自在地接過校服，翻開內袋，「不對吧，妳縫反了吧，這線腳應該是能藏起來的呀，妳應該從那邊縫……」

陳見夏立刻從口袋裡拿出針線盒，作勢去縫他的嘴，被李燃一把撈進了懷裡。

當時沒有路燈，只有月亮。

陳見夏收回思緒，掀開厚厚的遮風簾，在雜貨店角落的小板凳上坐下。她打了一通電話，撥給振華的國文教學研究組，問接電話的老師，俞丹在嗎？

「她不在。」

「她已經下班了嗎？」

「沒有吧，好像下午第三節還有課，」男老師答道，「您哪位？」

陳見夏掛斷了電話。

她花了十元，買了一包康師傅蘇打夾心、一杯豆漿和兩個塑膠包裝的鄉巴佬牌滷蛋，換得老闆同意她龜縮在溫暖小屋一角的板凳上。板凳有些矮，她需要伸長脖子才能望見窗外，一動不動地，目不轉睛的。

老闆一邊看小電視一邊嗑著花生，時不時朝她瞟兩眼，有時候端詳的時間長了，這個穿棗紅色羽絨衣的女生會轉過來和他對望，麻木的臉上有股死氣。

一個壯士要去赴死的時候，她就已經死了。

她靜靜地坐了三個小時。陰天的黃昏以沉降的方式來臨，黑暗吞沒了人。

下午第三節下課後十分鐘，她看見一個腹部隆起的女人戴著口罩、帽子走出了教學大樓，下台階的每一步都很慢。陳見夏將餅乾和豆漿放在窗邊，面無表情地站起身。

她隔著一條街，和俞丹以相同步速前進，走到華燈初上，俞丹向左轉，她穿過馬路跟上，不疾不徐，目光瞄準前方的女人。

俞丹終於踏進了大樓的大門，雖是電子門，但看樣子壞了許久了。陳見夏仰頭看著樓梯間裡的感應燈一層層亮起，最後停在了四樓。

陳見夏拉開電子門，踩亮了一樓的燈。

每一層都是三戶，陳見夏從四〇一敲起，一下就中了。俞丹的聲音從門後響起，「誰呀？」

陳見夏沒遮貓眼，輕輕地喊了一聲，俞老師。

俞丹似乎是一時間沒想起她是誰，居然開了門，雖然只是一道門縫，看見陳見夏的臉，她一愣之下想要關門，但陳見夏拉住了邊緣。門夾住了她的左手腕。她像是不知道痛，彷彿獻祭自己的一隻手就可以拉開希望的門。

「妳瘋了！」俞丹大喊，嚇得鬆開了，陳見夏收回顫抖的左手，用右手開了門，站進室內，將門從身後帶上了。

「陳見夏妳幹什麼？」俞丹護著肚子退後，靠在客廳的牆上，略顯浮腫的臉上又驚又懼，「妳別胡來啊我跟妳說我要報警了！我給妳爸打電話！」

「我爸跟您通電話，說您要把我的學籍退回縣一中，是真的嗎？」

「我退不退輪不到妳一個學生說話，妳怎麼找上門的？妳家裡沒人教沒人管嗎？妳想幹什麼？我給妳爸打電話！」

妳想幹什麼？妳想幹什麼呢，陳見夏？

妳願意爲妳的渴望付出什麼？

陳見夏靜靜看著俞丹，面無表情地跪了下去。

生怕陳見夏拿刀子出來的俞丹徹底呆住了。她們在安靜的客廳一起凝固，陳見夏沒有低頭，而是微微揚起，平靜地看進俞丹的眼裡。

「我求求您，我要回振華讀書。」她說。

四十七 ◆ 最簡單的事

老房子隔音不好，樓梯間裡有人上樓的聲音打破了客廳中的死寂，來人在鐵門外拿鑰匙。俞丹連忙走向陳見夏，想拉她起來，陳見夏疼得一哆嗦甩開她，俞丹這才看見她左手腕上被門夾出來的紫紅色凹痕，大門鋼板上的毛刺劃破了皮，血順著掌心滴了幾滴在米色地磚上。

「妳趕緊起來！」她催促的聲音柔和了一些，怕門外的人聽到，「像什麼樣，快起來快起來，沒不讓妳回來，起來！」

說話間背後的大門被拉開，陳見夏起身，轉頭看見一個矮胖的中年男人攙著老太太站在門口，驚愕地看著她。

「我摔倒了，」陳見夏說，「叔叔好，奶奶好，我是俞老師的學生。」

她低頭看了一眼自己的靴子，不急不緩地脫了下來，整齊擺在玄關旁的簡易鞋櫃上，給門外兩個人讓出位置。

「妳過來坐下，過來。」俞丹扯著陳見夏的手臂將她按在沙發上，然後迎向門口狐疑的一老一少，接過丈夫手裡裝大蔥的塑膠袋和黑色公事包，又給老太太搬了一個方便換鞋的小圓凳，趕在兩人發現前用拖鞋踩著抹布蹭掉地磚上的血跡。

兪丹最後走向陳見夏，垂著頭，從茶几上扯了一段捲紙摺成幾摺遞過去，還是不看她，「洗手間在那邊，妳去沖沖手，我給妳拿ＯＫ繃。」

陳見夏在洗手間聽見兪丹丈夫問，「誰啊，怎麼回事，妳怎麼還不做飯啊？」

「就是個學生，我帶回來談談心。」兪丹賠著小心，語氣閃閃躲躲的，「玥玥送過去了？圖畫本帶了吧？她止咳藥我都一起放在床頭櫃上了，你走的時候拿了吧？」

「呀，藥忘了。」

「我白囑咐你那麼多遍。」

「妳有那時間給我直接裝進包包裡不就好了嗎?!」兪丹丈夫的脾氣上來了，「妳光嘮嘮叨叨的我能記住嗎？」

兪丹壓低了聲音，「我學生還在這兒呢！」

丈夫的語氣緩和了些，音量不減，「那什麼時候煮飯啊?還沒談完？」

陳見夏輕輕關上水龍頭，走出洗手間，乖巧地對兪丹說：「兪老師，我幫您做飯吧？」

兪丹的表情彷彿已經預見了陳見夏要給他們全家下毒。

雖然兪丹的丈夫拿陳見夏當小孩，並沒給她什麼好臉色，但畢竟是個外人，他終究還是給了妻子面子，朝臥房裡喊了一聲：「媽！」

兪丹的婆婆便沉著臉走進了廚房，他自己則進了主臥室，將客廳留給了師生兩人。

俞丹沒說話，看著陳見夏自己貼ＯＫ繃，又把茶几上裝花生和牛軋糖的食盤往她面前推了推，盡到了禮數。她自己也在沙發上坐下，背後的牆上是一幅已經泛黃的裝裱書法，寫著「玉壺冰心」。

陳見夏注意到她把腳從拖鞋裡拿了出來，踩在鞋面上。

「您腳背腫了？」她問。

俞丹壓著火氣，「別東拉西扯的了，到底要幹什麼？還敢闖到老師家裡來了，妳爸媽讓妳這麼做的?!」

「我爸媽不知道，」陳見夏搖頭，竟然笑了，「您放心，我今天不會在您家裡鬧的，我現在還沒瘋。」

「今天」，「現在」。俞丹教了多年國文，當然聽得出弦外之音，她怕，卻又覺得不該怕一個學生，臉上的表情十分糾結。陳見夏沒有等待她做出任何回應，她從食盤裡摸出一個砂糖橘，輕輕地剝開。

「俞老師，我以前也離家出走過，最遠只走到了我們縣裡的第一百貨商場。今天我是從縣一中跑出來的，託我一個在省城打工的老同學帶上了我。一路上我什麼都沒想，我到了振華門口，我就想等您出來。週六補課其實您未必會來，但我也沒有別的辦法，我只能等。」

她將橘子上的白色筋膜小心地撕下來，用皮墊著，掰了幾瓣放在俞丹面前，剩下的，自己連著筋膜塞進了嘴裡，含混不清地繼續說。

「我都忘了在雜貨店等的時候在想什麼了。我甚至都不知道見到您要說什麼，怎麼才能讓您把我調回振華。我也不是特意要跟著您回家的，但我相信我如果在校門口攔住您，您一定沒耐心聽我說這些，說不定就當街喊人了。我也是沒辦法，我覺得只有這樣，您才會聽我講話。」

俞丹看她，像看一個外星人。

陳見夏抬起手腕，即便在ＯＫ繃的遮擋之下，瘀青看上去也十分可怖。

「您別生氣，」她笑盈盈的，「我就當用這隻手跟您道歉了。剛才沒覺得，現在真有點痛了，手指頭都不會動了。」

俞丹終於意識到陳見夏不對勁了，雖然還是穿得土裡土氣，但曾經那個怯怯懦懦的縣城女孩彷彿被附體了，一顰一笑都不是原來的樣子，連帶著面容都顯得陌生。整個高中兩年半，她似乎從來沒聽見過陳見夏完整地講過任何一段超過五十個字的話，何況像現在這樣，不疾不徐，彷彿一本書剛翻開了第一頁。

「我給您跪下也不是抱著委屈的，跪了就跪了，絕對不會記恨您。但是如果您還是記恨我，我可以天天來跪，就算被我爸媽關在家裡，我也會在家給您跪著的。」

俞丹聲音有些抖，「見夏，妳是個本分的孩子，不要鑽牛角尖，高三壓力大，老師理解……」

「俞老師，」陳見夏打斷她，「我沒鑽牛角尖。振華比縣一中好，我想回振華，這個想法很正常。」

她看著俞丹的腳背，「別人都說小孩不記事，其實我記著的，我記得我媽媽就總說懷兒子辛苦，兒子在肚子裡鬧媽媽，女兒就不會。她會讓我給她揉腳背，我才那麼一丁點大，也使不上勁，她就是逗我玩。小時候我媽跟我很親的，但她還是偏心我弟弟。「現在怎麼都親不起來了。我要是沒發現她偏心就好了，可我長大了，長大了人就什麼都明白了。」

陳見夏的眼淚毫無預兆地滴下來，她依然笑著，彷彿湧出來的只是汗。

「俞老師，我們班家長聯合起來趕您走的時候，我沒有在校長那裡說您壞話，如果您不信，我可以去找校長。當時大家都以爲您不會回來了，我也這麼想，以前您就不喜歡我，所以我的確有過要不要趁機說幾句話的念頭，但最後我忍住了，就像我媽媽再怎麼偏心我弟弟，我也沒對她和我弟弟做什麼，一碼歸一碼。我爲我自己感到驕傲，我是個好人，不管您信不信，我都是個好人。」

俞丹的神色有幾分難堪，她迅速把責任推了回去，「妳什麼意思，老師因爲這點事報復妳？妳是因爲談戀愛！」

「只是因爲談戀愛嗎？」她深深地看著俞丹，「即便是因爲談戀愛，那至於要把我遣送嗎，要毀我前途嗎？要在我媽發飆打我的時候笑得那麼開心嗎？」

「陳見夏！」俞丹喊了起來。隨即臥室裡傳來她丈夫翻身下床的聲音，他趿著鞋奔過來打開了房門，探出頭，「怎麼了，吵什麼？」

陳見夏本以爲他是擔心學生氣到自己的妻子，沒想到他是衝俞丹去的，「媽那心臟動不動就顫動的，妳小點聲不行啊？」

他關門的時候順便白了陳見夏一眼。俞丹剛抬起的氣勢一下就漏乾淨了，見夏看得出她正在拚命想找話說，卻怎麼都想不起來自己剛才是要說什麼。

見夏媽媽以前總說一孕傻三年，其實不止三年，後來的十幾年她只記得住兒子，記不住女兒了。

她沒給俞丹重新準備好說話的機會，「俞老師，知識改變命運，我如果沒來過振華也就算了，但我明明抓到機會了。您是不是討厭我，我是不是太早談戀愛，都不能剝奪我在振華讀書的機會，人生命運就那麼幾步最關鍵，您放過我，不要毀了我未來幾十年的人生。您自己也有小孩。討人厭的小孩也有人生。」

俞丹愣愣地看著她。

「我媽媽以前就說我心眼小，凡事都要爭，從來不低頭認錯，但我願意爲讀書的機會給您跪下，我不覺得低頭有什麼屈辱的。今天來的路上，我都不確定能不能碰見您，可是我也不覺得忐忑。我在雜貨店等您，望著外面，幾個小時一動都不動，什麼感覺都沒有。我終於明白了，人一旦只想做一件大事，不做成就去死，就是使命感。有使命感，心裡一點都不慌。這比讀書簡單多了，比什麼都簡單。」

陳見夏笑了，那是她十八年來最燦爛的笑容。

「這是我這輩子做過的最簡單的事。」

俞丹沒說話，因懷孕而浮腫的臉頰讓她看上去比平日多了幾分倦怠，反而和氣些，她的眼睛有些濕潤，看向陳見夏的目光融滿了不解、嫌憎和心疼，每眨一次眼睛就換一個主題。

廚房門開了，老太太端著一疊碗筷出來，俞丹連忙起身，從客廳角落笨拙地搬起摺疊圓桌，陳見夏趕過去幫忙，一起將桌子擺在了客廳中央。俞丹朝她微不可察地笑了一下。

「妳留下吃飯吧，一會兒我給妳爸打電話。」

「打電話接我回去還是打電話讓我留在振華讀書？」

「高三該學完的都學完了，其實主要靠自覺，妳在哪裡讀書不一樣？」

陳見夏正在幫忙擺碗筷，放下一雙筷子，「老師不一樣。」

又放下一雙，「同學不一樣。」

又放下一雙，「第二輪複習筆記不一樣。月考考題不一樣。」

「模擬考難度不一樣，猜題準確度不一樣。」她擺完最後一只碗，「心氣不一樣。」

桌上一共三副碗筷，沒有陳見夏的。她並不打算留下。

「好了好了好了！差不多可以了！」俞丹極為不耐煩地打斷她，然而語氣裡多了一絲絲長輩的親暱，「我去拿雙筷子，妳再去洗洗手，吃飯。」

俞丹丈夫邊吃飯邊看《新聞聯播》，幾乎沒說什麼話；婆婆自打進門就拉著一張臉，連咀嚼的嘴角都是下垂的；只有俞丹時不時張羅：媽，您吃這個，大平，喝點湯，陳見夏，飯不夠了自己盛。

俞丹婆婆做飯並不好吃，醬茄子鹹了，倒是很下飯，陳見夏緊繃的神經十根斷了九根，終於覺得餓，竟然吃得很香。

《新聞聯播》結束，飯也快吃完了，俞丹丈夫終於問了一句：「妳家住哪裡啊？大人來接了嗎？」

「我是外地生，」陳見夏報了家鄉縣城的名字，「寄宿，就在學校旁邊住。」

意外發現俞丹婆婆和她是同一個縣裡的人，老家還有不少親戚至今留在縣城，只有她跟著考進省城大學的兒子移居到了這一邊。老太太問了幾句縣城的情況，陳見夏答得很少——她終於明白俞丹爲什麼從高中入學就不喜歡她了，怕是恨屋及烏——現在自然不敢和老太太拉關係。

她主動幫俞丹洗碗，洗得飛快，俞丹剛把熱水壺提過來，她已經洗完了大半。

「水涼不涼啊？」

「沒關係。」

俞丹看著她凍得通紅的手，「我給妳爸打過電話了。妳背著他們跑出來，家裡的人和學校都急死了，差點報警。妳這孩子太不懂事了。」

陳見夏不說話。

「太晚了，沒有來省城的大巴士，妳爸說妳家在這邊有個表姑還是堂姑，妳去那邊湊合一晚上吧，地址知道嗎？我這身子沒辦法送妳。」

陳見夏想聽的不是這些。她關了水龍頭，扭過臉注視俞丹，許久，俞丹嘆了口氣。

「妳明天回家，收拾收拾東西，」俞丹頓了頓，「禮拜一來上課吧。」

陳見夏轉回頭繼續洗碗，眼淚滴在手背上。

她說，謝謝老師。

原來她眞的做了世界上最簡單的一件事。

四十八 ◆ 同學，我找李燃

陳見夏沒有去姑姑家住。

課間操那通令她絕望的電話過後，她決意要破釜沉舟，只聯繫了王南昱。原本他還要在縣裡待幾天的，陳見夏電話一打來，他就開著舅舅借給他探親用的黑色桑塔納趕來接她，一路把她送到了振華門口。

陳見夏坐在副駕駛座，雖然是冬天，車座上的涼蓆坐墊還沒撤，王南昱很不好意思地問她是不是久等了，天太冷，他要先把蓋在發動機上保暖的棉被撤下來，放進後車廂，然後慢慢等車熱起來。

「耽誤妳時間了。」王南昱說。

「已經麻煩你這麼多了，你別這麼說。」見夏低著頭。

上車後她坐在副駕駛座——這是她人生第一次坐在副駕駛座，學著電視上的樣子繫安全帶，王南昱笑了，說用不著，我舅舅說我天生就是開車的料，很安全的。

見夏說你也繫上吧，以後都繫上。王南昱愣了愣，突然笑了，很高興的樣子，立刻給自己也繫上了。

車上他們只說了幾句話。

「妳要去找妳老師？」

「嗯。」

「她不答應怎麼辦？」陳見夏面無表情。

「那妳找完她住哪裡？」

「我得先找到她，別的沒想。」

「那妳晚上找我吧。我不住公司宿舍，我租房子了，跟饒曉婷他們合租的，我跟她打個招呼，妳可以來找我們。給我打電話就好。」

「好。」

她拒絕了王南昱陪她一起等，車停在校門口空轉浪費油，沒必要。王南昱離開時滿滿的擔心，不斷用手在耳邊比劃「給我打電話」，見夏在雜貨店門口目送他的車遠去。

他穿著皮衣，戴著耳罩，陰天也架著一副飛行員墨鏡，見夏忽然想不起來他初中時的樣子了，連肯德基服務生的樣貌也跟著一併模糊掉了，他好像一下子變成了一個男人，一個會被小學生喊叔叔的年輕男人。

碗也洗完了，見夏穿上羽絨衣和靴子，俞丹到底還是決定陪她下樓。她輕輕扶著俞丹，樓梯寬度剛剛好足夠她們兩人並行，陳見夏的羽絨衣蹭在樓梯間的牆面上，刮得厚厚一層灰。

「俞老師，是男孩還女孩啊？」

俞丹頓了頓，「你們小孩不懂，現在醫院都不讓人測了。」

陳見夏不相信，求子迫切的人一定會找關係偷偷驗超音波的，她媽媽就做過，十幾年過去了，現在就算查得再嚴，只要醫院有熟人，總有一扇後門留著的。人世間銅牆鐵壁，總有一扇門。

俞丹又說：「男孩女孩都好。」

她感覺到俞丹被問到之後情緒有些低落，隱隱猜到了結果，生怕哪句話沒說對，又讓俞丹收回成命，於是也沉默了，樓梯間裡只能聽見陳見夏不斷召喚感應燈的跺腳聲。

「妳就不能讓著妳弟弟一點，一家人能偏心到哪裡去，讓妳說得那麼冤屈的。」半晌，俞丹找了個話頭。

陳見夏不反駁，「俞老師，妳以後要做得比我媽媽好。」

俞丹沉默了。她此時更像個普通的阿姨，而不是老師。

見夏在路口招了一輛計程車，俞丹從口袋裡拿出二十元遞給陳見夏，她沒收，從自己羽絨衣的口袋裡拿出一張一百元晃了晃，讓俞丹安心。「老師我帶錢了。」

王南昱走之前把自己身上的所有零錢和一張一百元整鈔都留給了陳見夏，她沒推辭，在雜貨店數清楚了，一共一百三十四元五角，打算未來還給他。

車要起步前，俞丹轉身往回走，陳見夏搖下後座窗戶，朝她喊：「俞老師，您答應我了！我們週一見！」

俞丹轉回頭，沒好氣，「週一我產檢，見不著。」

見夏一愣，笑了，緊接著，她看見俞丹臉上有了今晚第一個也是三年以來面對她的第一個眞切的笑容。

她不知道這笑容因何而來，只能回以更燦爛的笑。

俞丹說：「陳見夏，妳要回來就安分守己，那種家庭好的小男孩沒定性、不正經，妳長大了就明白了。好好讀書。」

半路上又飄起了鵝毛大雪，車開得很慢，又遇上博物館主幹道封路，幾公里的路走了二十分鐘，終於她遠遠地看見等在路邊的王南昱，人凍得哆嗦，頭髮被雪蓋成了花白。

「你怎麼不穿羽絨衣啊？」她打量他的皮夾克，「開車不穿也就算了，室外也不穿？」

「這饒曉婷他們賣的貨，送我了，說我穿著好看。這不是要見妳嗎？穿得有朝氣一點。」

陳見夏沒接話，她沒戴手套也沒戴圍巾，總不能把羽絨衣脫給他穿。這樣想著，忽然記起幾年前的雪夜，她拿下圍巾繫在李燃身上，李燃把臉縮進圍巾裡，牽起她的手。

她心裡一抽。這樣家庭的小孩沒定性、不正經，「妳長大了就明白了」——可即便長大了，她還是會記得他牽住她的手。

她不信這些大人。她爸爸媽媽，俞丹，他們各有各的苦，沒見誰眞的活得明白。

他們憑什麼說李燃，他們憑什麼說小孩長大了都會苦？

「沒落下東西吧？」王南昱朝計程車後座瞄了一眼，甩上了車門，「走吧。」

他就租住在臨街居住區的三樓，房子比俞丹家大，有三個臥室，是舅舅朋友的國宅，象徵性收了點月租。本來是他一個人住，後來饒曉婷知道了，覺得有便宜不占王八蛋，就帶著男朋友張軍一起住了進來，交三分之一的房租。

「張軍跟她分手了，」王南昱輕聲說，「妳別跟她提張軍。」

見夏失笑，「我不記得張軍長什麼樣子了，上學的時候都沒說過話，我提他幹嘛。」

「當時還是他們一起勸我來省城的，」王南昱走在前面，扭頭看了一眼見夏，「妳記得嗎？妳去振華讀書之後，國慶第一次回家，我們在肯德基礎上了。」

見夏點點頭。

「當時饒曉婷他們也在，她和張軍初中畢業分手了，那幾天又在一起了，叫我去唱歌喝酒。之前他們就一直勸我一起到省城找找發展機會，我猶豫很久了，那天看見妳，就下定決心了。」

陳見夏愣愣地思考著他的話，兩人已經爬上了三樓，王南昱哆嗦地拿出鑰匙，手凍僵了，鑰匙掉在地上，發出清脆的響聲。陳見夏彎腰去撿，大門卻自己開了。

「回來了？」饒曉婷倚在門框上，室內暖氣燒得很旺，她只穿了一件寶藍色吊帶睡衣，腳下踩著一雙粉色人字拖，陳見夏彎著腰，先看見的就是她鮮紅的腳趾甲。

見夏朝饒曉婷點點頭，算是打了招呼，饒曉婷瞟了她一眼，越過她朝王南昱笑笑，算是回覆。

「見夏，快進門，屋裡暖和。」王南昱推著她往屋裡走，兩人站著換鞋，王南昱的皮鞋好脫，他彎腰幫見夏找拖鞋，「妳穿我的拖鞋吧，這雙是新的，裡面有絨，暖和。鞋子大不大？」

見夏搖搖頭，「拖鞋大點沒關係。」

「妳什麼都沒帶吧？我剛剛等妳的時候去旁邊小超市買了新的牙刷，漱口杯妳用玻璃杯湊合一下，我還給妳買了瓶洗面乳和擦臉的，洗髮精妳就用我的吧，都差不多。」王南昱從包包裡把東西一樣樣拿出來，放在客廳的邊桌上。

客廳雖然比俞丹家大，但衣服都散亂地搭在沙發上，這裡一件那裡一件，牆角堆滿紙箱，定睛一看，餐桌椅背上還掛著一件胸罩，陳見夏連忙收回目光，對王南昱說：「你不用這麼客氣，我用香皂洗臉就好。」

饒曉婷坐在沙發上看電視，噗哧一笑，斜了他們一眼，「王南昱你什麼意思啊，都是同學，她用我的洗面乳和護膚品不就好了？我的有毒啊？」

王南昱不理會，陳見夏摸不準他們之間究竟是什麼關係，有多要好，也不方便搭話。饒曉婷不罷休，繼續盯著陳見夏發作：「我聽說妳不是有個男朋友嗎？妳怎麼不去找妳男朋友啊？」

王南昱喝止：「饒曉婷！」

雖然落魄不順，還不至於誰都能來踩一腳，陳見夏淡淡地看著她，「我愛住哪裡住哪裡。妳是房客吧?王南昱是妳二房東,他借我住處,需要經過妳同意嗎?」

饒曉婷也不生氣,陳見夏的暗諷對她來說彷彿抓癢,不輕不重的。

王南昱打圓場,「見夏,我跟曉婷商量了,雖然有三間房間,但有一間裡面只有一張摺疊床,上面堆的都是曉婷店裡的貨,床上也全是灰。妳要是不介意,跟曉婷湊合一晚上吧,要實在覺得不習慣、不方便,妳睡我房間,我睡沙發。」

陳見夏連忙客氣,「不用不用不用,我睡沙發。」

饒曉婷急了,「我讓給妳半張床不錯了,妳他媽嫌我臭啊?」

見夏皺眉,「嘴裡別不乾不淨的,上學的時候我就討厭妳這樣。」

饒曉婷起身,趿著拖鞋朝她過來,王南昱眼見不妙,連忙擋在兩人中間,饒曉婷開始指著王南昱的鼻子罵:「人家高材生不願意跟我睡,你趕緊帶去你房間吧,你不就盼著這天嗎?你來省城就是爲了她,現在混得也不錯,她哪裡了不起啊,不是也被學校趕回老家去了嗎?男朋友也沒你孝順,我要是你得趕緊抓住機會,要不然今晚就帶去你房間裡把她給帶上床了吧!」

王南昱揚手就是一巴掌。

巴掌不重,但陳見夏看得心驚膽戰,恍惚間有些想起王南昱初中時候的樣子了——他畢竟曾經是個混混,上課中間聽到樓下一聲口哨號令就從書桌裡抽出金屬指虎套在右手上往樓下衝的打架高手,面對陳見夏時或許憨厚守禮,但從來不是個馴順乖巧的孩子。

何況他現在也不是孩子了。

饒曉婷沒哭，捂著臉倔強地看著王南昱，眼睛異常明亮。

「妳把嘴巴放乾淨點。」王南昱說完就轉身去看見夏，他並沒因爲自己暴戾的一面被喜歡的女孩看到而羞赧，或許這對他來說是非常正常的，並不需要遮掩。

王南昱拿起茶几上的盥洗用品抱去了洗手間，邊走邊說：「妳穿長袖長褲睡覺還是換睡衣？我有件大T恤，妳能當睡裙穿，是乾淨的，給妳放沙發上了，這房子暖氣燒得旺，晚上穿太多會熱醒。」

他關上洗手間的門，「我先刷牙了，一會兒把洗手間讓給妳。」

客廳裡只剩下陳見夏和饒曉婷，見夏往旁邊靠了靠，她怕饒曉婷的長指甲劃花自己的臉。饒曉婷卻突然冷笑了一聲，放下了手，拿起茶几上的小鏡子端詳左臉頰，上面一點印子都沒有。

「幹你娘，」饒曉婷對著鏡子輕聲咒罵，斜了陳見夏一眼，「妳到底住哪間房？」

她就這麼算了？見夏不敢置信。

「本來是怕麻煩妳才說我睡沙發的，但是我還是和妳一起住吧。」她彌補似地說道，「我能去妳房間裡換衣服嗎？……妳還別說，這屋子暖氣燒得旺，還眞是有點熱。」

她刷牙洗臉後，和王南昱道了晚安，又給爸爸打了電話。這通電話因爲媽媽在旁邊不斷搶電話的咒罵而拖了足有十五分鐘，最後她找來饒曉婷在電話邊故意說了幾句閒話，才讓爸爸相信她是和初中女同學住在一起。

不相信也沒辦法了，大半夜的總不能從縣城殺過來。

見夏回到饒曉婷的臥室，換上了王南昱的舊T恤，韓流來襲的第一年這種超大款式的衣服就風靡全國，的確可以做睡裙了。她在T恤裡面依然穿著內衣防止露點，胸口的骷髏頭被撐出小小的起伏。

下面光腿她不自在，穿上長褲又太傻，正爲難著，一條純色緊身內搭褲被丟到了她面前，饒曉婷站在臥室門口，一臉嫌棄，「穿這個吧，剛拿的貨，新的。穿不下我就沒辦法了。」

見夏朝她露出了見面以來第一個笑容，「眞的給妳添麻煩了。」

饒曉婷冷笑，「眞假，比上學時還假了。」

陳見夏挨了罵也沒生氣，她反問饒曉婷：「妳喜歡王南昱？」

饒曉婷這才愣住了，少女情態浮現在化著濃妝的臉上，只是一瞬，又用不耐煩僞裝起來，「妳問我這話什麼意思，他喜歡妳，我喜歡他，妳比我厲害吧?!」

陳見夏笑了，搖搖頭，「王南昱知道妳喜歡他嗎？來的路上他還跟我說讓我別提那個誰，說妳正因爲分手傷心呢。」

饒曉婷翻了個白眼，把床上堆積成山的衣服挪到梳妝台前的椅子上，給自己騰了個地方盤腿坐下，拍拍另一側的床沿，示意見夏也坐下。

「妳會跟王南昱好嗎？」饒曉婷單刀直入。

見夏失笑，想都沒想就搖頭。

饒曉婷嗤笑，「那他眞他媽可憐。」

「王南昱沒說過喜歡我，我們上學時候也沒說過話，我……我不想睜眼說瞎話，說什麼他一定不喜歡我之類的話，但我覺得，就衝著他這三年沒怎麼找過我這一點，喜不喜歡我這件事，對他沒那麼重要。」

陳見夏驀然發現，經過戀愛之後，她竟也成了感情大師，能說出一些道理來了。

饒曉婷神秘一笑，「他在旅行社交過女朋友的，帶的團裡面的遊客，看對眼了，就在一起了。兩人在一起半年，在這裡一起住，那女的以前還經常跟我們去ＫＴＶ唱歌。」

見夏笑了，「所以我說的沒錯嘛。」

王南昱應該是對她有些想法，她不是傻子，但也只是想法罷了。一個混社會的男生，沒拿她當妞泡，盡可能尊重她，讓她努力讀書爭口氣——或許是珍重，或許就像她對饒曉婷所說的那樣，沒那麼在乎。可無論如何，陳見夏也珍重他。是他二話不說開車去接她，沉默地把她送到振華門口，改變了她的命運。

她們關了燈，躺在狹小的床上，見夏盡可能靠近床邊，不想擠到饒曉婷。她忍不住好奇，張軍應該也是個高個子吧，一點二公尺的窄床，他和饒曉婷怎麼睡得下？

想著想著想到別處去，臉紅了。

「欸，」饒曉婷翻個身，臉朝著她，「妳跟妳男朋友，『那個』過嗎？」

陳見夏這次臉是完全燒得通紅，「妳胡說什麼！」

饒曉婷嗤笑，「不就是談戀愛嗎？有什麼的啊，談戀愛『那個』很正常啊，王南昱也跟前女友一起住，不睡覺你倆都幹什麼啊，一起自習？」

陳見夏懶得和她說：「對，自習。他送我去補習班。」

「妳是找男朋友還是找了個爹啊？」

見夏翻身背對饒曉婷，饒曉婷卻興致高昂，一個勁兒拉她的手臂，「跟我說說，讀書好的人在一起都幹什麼？牽手嗎？親嘴嗎？妳笑了，親過吧！都親了怎麼可能沒……」

陳見夏坐起身，「我去睡客廳。」

饒曉婷扯著她的後領將她拽倒，「妳挨處分他沒幫妳嗎？妳來省城怎麼不找他，是不是人家不要妳了，妳就來找王南昱了？妳這女人可真厲害……」

在饒曉婷的絮絮叨叨中，陳見夏漸漸閉上了眼睛。千里奔襲、僵直苦守、壯士斷腕……她用意志力屏蔽的疲乏和恐懼終於還是摸回了她的身體裡，拉著她無限下墜。

將睡未睡的混沌中，一個念頭倏忽閃了過去。

要買個大床，很大的床，和李燃，如果有未來。

週一又是大雪，升旗儀式取消，改爲室內廣播，學生們鞋底的雪一路化成水，走廊裡都是一片片的污漬。張大同拿著拖把走出來，咒罵著擦地，然而每每將班級門口擦乾淨，總有遲到的學生跑過，再添幾個泥腳印，如此反覆三、四次後，他終於忍不了了，對著視線範圍內又鬧出來的一雙靴子大罵：「沒長眼睛啊！那麼寬的地方，非踩我剛擦過的?!」

張大同抬起頭，眼前的女生有些面熟。

女生朝他笑笑，說：「你是十四班的嗎？麻煩幫我找一下李燃。」

正說著，趴在最後一排座位上打盹的李燃聞聲抬起頭，目光穿過敞開的後門，迷濛了幾秒鐘。

雪在背後的窗外簌簌落下，少年澄澈的雙眼綻放無比燦爛的晴朗。

「陳見夏。」

他輕聲唸著，笑了。

你有過被愛的感覺嗎？被愛沒有愛人好。要主動去愛。

這世界上最幸福的事不是絕望之中等到了愛人駕著七彩祥雲來拯救妳，是妳披荊斬棘奔襲萬里，去遠遠地看他一眼。

愛的世界裡沒有度量衡，你感受到的一絲一毫都有千鈞之重，愛是答案，愛是意義。

陳見夏感受到存在。她存在。

男孩奔向她的動作很慢，一瘸一拐，卻毫無保留，彷彿整個春天的花不管不顧地朝著她一個人開。

她做到了。

不是隨波逐流，不是人云亦云。

她做到了世界上最簡單的一件事，爲自己，爲愛人。

從沒有過如此篤定的快樂——

小學考了第一個雙百；

第一次擔任升旗手；

第一次因爲乖巧懂事、考第一名被大人從小飯桌叫到大飯桌上說吉利話拜年，而弟弟只能在一旁憤恨地看著；

過年時在奶奶家看《女人不是月亮》，被二嬸誇獎「我們小夏長得多像女主角扣兒啊」，於是當女主角扣兒被人誣蔑「亂搞男女關係」，不肯接受肩背草鞋遊街的命運，她看得出神，握緊拳頭，心想我也永不屈服；

初中畢業考試模擬上了縣一中的分數；

招生辦公室主任和她說，妳被振華看上了；

……

人生中那麼多驕傲，那麼多瞬間感受到「自我」，沒有一個比得上李燃一瘸一拐奔向她的那一刻。

他緊緊摟住她，彷彿要將她按進自己的胸膛裡，火熱的頸窩貼著她的臉頰，陳見夏忘了走廊裡別人的目光，忘了前程遠大，淚水淌進他的身體裡，突然覺得，世界此刻末日也好，烈火漫過吧，她早就不怕痛。

她仰頭看著李燃的臉，還有瞌睡時留在面頰上的紅印，頭髮亂蓬蓬，全是黑的，曾經張揚的紅毛早就無影無蹤了，只有一雙眼睛，依然如狗一樣純淨。

我爲你下跪過。我爲你差點去死。爲你。

這是我最驕傲的事。

陳見夏緊緊抱住他。

四十九 妳喝不喝熱巧克力

午休時他們去了體育場。冬季蕭索，體育場正中的草皮枯黃凋敝，清靜得很。

「妳想不想在我的石膏上寫字？」李燃忽然把寬大的褲腳往上拉了一下，「張大同、許會他們都寫了，連我們班導師姜大海都寫了，但我把這兒圈起來了。」李燃指了指中間很大的一個空白區域，「這是留給妳的。」

陳見夏笑出聲，從書包裡拿出深色記號筆，想了想，在那個圈裡豎著寫了兩個大字——蠢狗。

李燃絲毫不意外，笑嘻嘻的，像個傻子似的，陳見夏回來了，這份喜悅讓他頭頂光環，身披翅膀，心中有天使在唱聖歌，看什麼都喜歡。

他雙手往後一撐，想像往常一樣跳到看台上去坐著，因爲腿使不上勁，險些摔倒，是陳見夏眼疾手快扶住他，勉力將他推了上去。李燃的牛仔褲和水泥台之間摩擦力太大，她幾乎將手臂推脫臼，不小心羽絨衣袖口蹭到了瘀青的手腕。

陳見夏臉色一變，到底還是忍住了沒叫出聲。

「怎麼了？」李燃訝異。

她搖搖頭，「沒事。」

小時候跟著弟弟看偶像劇，總有個橋段是女主角爲了男主角付出很多，要嘛遍體鱗傷，要嘛被賤人誣蔑，面對一無所知的男主角，她們總會勉強笑笑，說沒事。

爲什麼要忍著呢？她當時氣悶，恨鐵不成鋼——爲一個人付出了就要告訴他啊，你媽不講理，撒錢逼迫我離開你；你愛慕者不講理，爲了搶到你四處抹黑我——爲什麼不說呢？我爲你犧牲了，我好慘，你良心被狗吃了嗎還敢誤會我?!

然而此時此刻面對歪頭凝視她的李燃，訴苦的話半句都說不出口，她的心柔軟成一攤水，撈不起成句的抱怨或邀功。

只能輕輕地說，沒事。

她絮絮給他講王曉利，給他講縣一中走廊的雕龍畫柱，給他講弟弟有了喜歡的女同學，無論如何也不肯離開縣城……

李燃穿著灰白相間的羽絨衣，脖子上戴著她送給他的圍巾，半張臉埋在領口，只留下一雙黑白分明的澄澈眼睛，好像在聽她說話，又好像一丁點都沒往心裡去，只是看著她，眨都不眨。

「今天返校上課，沒人爲難妳吧？」他問。

早上見過李燃之後，陳見夏趕在預備鈴響之前回了一班教室。她離開了近一個月，同學見到她自然驚異，不過一班的學生向來少年老成，抽氣聲寥寥，更多人只用眼神傳遞訊息，沒幾個敢跑來八卦的。

于絲絲垂著臉，不和她對視，只是默默讓出走道，讓她進去。陳見夏那一巴掌被一個月的時間稀釋成幾十份，薄得彷彿讓于絲絲徹底忘記了似的。

只有陸琳琳不出所料，轉回頭無喜無悲地陳述：「妳回來了。」

見夏燦爛一笑，把陸琳琳嚇了一跳，「嗯，養好病了。」

陸琳琳沒給她面子，嗤笑道：「養什麼病啊，都傳開了……」

「我男朋友嘛，」陳見夏笑得越發燦爛，「叫李燃，妳一定聽說了，是不是很帥？」

陸琳琳驚呆了，嘴半張著，手裡的半張考卷輕飄飄落下來，被陳見夏眼疾手快接住了，重新遞給她，「有人喜歡我男朋友，看不慣，就跟班主任舉報了，我就被送回家教育了，現在放出來了，的確不完全是養病，但現在好了，我回來了。」

她的聲音不輕不重，確信周圍的人都能聽得見。

看陸琳琳呆愣著不接考卷，陳見夏起身，彎腰探上前去，將考卷重重拍在了她桌上，「有嚼舌根的儘管繼續，我男朋友脾氣不好，我脾氣也不好，很小心眼，既然已經轉圈丟人了，就沒想跟誰交朋友，死一個算一個。」

陳見夏徹底出了名。

她倒了開水的保溫杯就那樣開著蓋子放在桌上，無論陸琳琳還是于絲絲，進出時都小心翼翼，一上午過去，水杯都不再冒熱氣，依然穩如泰山，一點都沒移動過。

肝火太旺，沒吃早飯也不覺得餓，鬥雞似的，寫一會兒考卷就看看四周，誰敢回頭窺視陳見夏就直接瞪回去。

下課後終於有人敲了敲她的桌子。抬起頭，果然是楚天闊。

楚天闊憋著笑，「跟俞老師談過了？」

見夏笑笑，「嗯，談了。」

「需要筆記嗎？」楚天闊說著回到座位去翻抽屜，拿了一套素淨的筆記本遞給她，「國文、英文詳細些，數理生化有點潦草，不過妳看應該沒問題，不懂的地方問我吧。我也缺了一個星期的課，補得不太齊全。」

見夏接過來，抬頭問他：「去北京面試了？結果出來了嗎？」

楚天闊笑了，「昨天半夜出來的。徹底確定了，電子郵件和紙本的都收到了。我保送清華了。」

百分之百真心實意的笑容在陳見夏的臉上綻放。她沒說任何恭喜的話，只是笑，笑著笑著，寵辱不驚的楚天闊也跟著一起笑出聲來。

「班長，」見夏揶揄，「你不累嗎？這麼高興的事，都不跟同學炫耀一下？」

楚天闊沉吟許久，壓低了聲音，「我也就跟妳說句實話吧，這個結果我不意外，但凡事都有萬一，我之前有點緊張是怕出差錯，幸好一切都很順利，所以，沒覺得特別開心，更多的只是鬆了口氣罷了。」

見夏氣笑了，「你也就跟我這麼說說吧，跟別人說會被打死。」

楚天闊也笑出聲了，「我知道。」

陳見夏摩挲著筆記本，半晌，忍不住詢問：「班長，我聽說，凌翔茜……」

「茜」字拉了很長的音，楚天闊都沒什麼反應，陳見夏再次抬頭，看見楚天闊的臉，那是第一次，她在班長臉上看到了接近於普通人的神情：流動的、顫抖的、無法掩飾的。

陳見夏有些後悔。

她是從陸琳琳那裡聽說的。陸琳琳這人就一點好，目的明確。她只喜歡讀書和八卦，從陳見夏那裡吃了癟，只是態度上受損，卻聽見了實實在在的「男朋友」和「被舉報」，也不是不滿足，於是兩堂課過後，她就如常回頭跟陳見夏繼續八卦別的事情了：也就是凌翔茜的事。

陳見夏在振華接近於隱形人，又是連初中、小學熟人都沒有的外地生，太早談戀愛被抓也不過在一班內部議論議論；凌翔茜是校花，風吹草動都轟動全校。陸琳琳說，在申請學校推薦的保送生與自主招生統一考試中，凌翔茜被教務主任發現作弊，當場請出了考場，此後就再也沒出現在學校裡。

楚天闊絲毫沒掩飾那種屬於少年人臉上常見，而於他卻極為罕見的羞愧和脆弱。

他輕聲問：「妳跟她認識吧？」

「嗯，之前在補習班說過話，」陳見夏道，「怎麼？」

楚天闊鄭重地看著她，用從未有過的迫切語氣說：「見夏，妳能不能幫我一個忙？」

陳見夏把楚天闊拜託給她的事情在體育場說給李燃聽。

「屁，」李燃聽到這裡，翻了個大白眼，「我聽林楊說了，不知道是誰故意整凌翔茜，往她抽屜裡放了資料，她就被教務主任抓了，現在全校妒忌心發狂的女生都在笑話她，她乾脆就不上學了。你們班長算什麼，凌翔茜被冤枉得離校出走，他都沒種去找她，窩窩囊囊地回教室去繼續答題了。現在保送成功了，又想起她來了？在妳面前充什麼英雄！懦夫。」

陳見夏嘆氣，「那可是保送考試，班長本來十拿九穩，半路跑出去就全完了，保送資格就廢了，競賽也都白考了，怎麼能讓他拿前途開玩笑？」

李燃豎起眉毛剛要反駁，突然想到了什麼，安靜了下來。

「你怎麼不說話？」見夏疑惑。

「不為什麼。就是覺得自己也沒資格指責別人。誰都不應該拿別人的前途開玩笑。」李燃說。

陳見夏看著他。還是白皙的少年，眉宇間透露出不馴服的氣息，眼神清冽，有時候懵懂直接，有時候包羅萬象。

三年過去，他也成長了。

他終究還是因為她而懂了有些人活著的不得已。

「陳見夏，」李燃突然伸出手，捧住她的臉頰，「我才是懦夫。」

他注視著她的眼睛，「妳是最勇敢的人。」

見夏等待著什麼，也果然等到了。李燃靠近她，冰涼的嘴唇因為皸裂而粗糙，卻吻得很溫柔，輕輕的，彷彿生怕剮蹭到她、傷害到她，彷彿她隨時會蒸發。

陳見夏忽然擁住他的脖子，狠狠地回吻過去，唇齒交纏，舌尖貪婪地索取他身體裡的溫度，她用蠻橫無理來告訴他，她是值得依靠的，她心中有一頭野獸，永不退縮。

我是勇敢的。陳見夏想。

兩人氣喘吁吁地停下來，李燃看她的眼神裡有了別樣的意味，是火焰。

陳見夏感覺到他摟著自己腰的力氣加重了些，將她更緊地拉過去，少年緊實的雙臂禁錮住她，低下頭，額頭抵住額頭，撲閃的睫毛都掃在她眼睫上，呼吸間的白霧籠出一片森林，她隱約知道密林深處會有什麼，膝蓋軟軟的，卻不是因為怕。

到底陳見夏還是退後了半步，結結巴巴地說：「你別坐在那裡了，石頭冷，會著涼的。石膏都沒拆，幹嘛非要來上學？」她把李燃的手臂搭在肩上，扶他下來，「你是不是又沒穿衛生褲？」

李燃的眼神也柔和下來，揉揉她的毛線帽，趁勢在她額角輕輕地親了一下，冰涼乾澀的嘴唇碰在皮膚上，冷冷的，甜甜的。

「我去找妳的時候，妳親口說讓我等妳的。」他用那隻好腿踢著地上的雪塊，吐出來的每個字都和他一樣紅著臉，「妳說妳會回來的。我怕妳真的回振華了，我卻不在。」

他的右手臂搭在她肩膀上，摟兄弟似的，壓得她有些痛，痛得滿心都是安全感。

陳見夏笑了，忍住眼淚問：「家裡有人來接你嗎？我得回去讀書了，還有好多筆記要抄呢。」

「我放學再來找妳，送妳回宿舍。」

「不要，」陳見夏態度堅定，忽然有了幾分大姐姐的樣子，說一不二，「你安心在家待著，把腿養好，這件事你必須聽我的，可以嗎？反正你在學校也不讀書，如果只是為了下課、午休和放學來跟我見面，我覺得沒必要，你不在，我反倒能安心一點，我落下這麼多進度，得趕緊追上。」

李燃抗拒了一會兒，有些失落，但很快就想通了，「妳說得對。」

「還有半年，」陳見夏鼻子有些酸，她強壓著，笑著說，「還有半年，你養好傷，我考上南京大學，我們可以天天在一起。還有半年。」

李燃也笑了，「嗯，還有半年。」

在陳見夏連番勸說下，李燃安心休養了一個多月，兩人之間保持著簡訊聯絡。

李燃每天都發，反正他在家裡閒著無聊，想起什麼發什麼：

——突然打了兩個噴嚏，妳是不是想我了？

——我們還沒看過電影呢，也沒唱過KTV，好多事都沒做呢，遊樂場也沒去過，上次兒童公園那個不算，我們去香港或者東京的迪士尼，妳應該喜歡吧？也未必，妳這個女的很怪，說不準。

——妳上課手機關了吧，放學一起看，不用回，簡訊費很貴，別讓妳爸媽又發現了。我知道妳收到了就好。不用回啊，真不用回。

——也別一起看了，妳每次下課開機一次。
——也別都不回。我發得特別好的妳可以回一下。
陳見夏每次下課都從抽屜拿出手機，挨過漫長的開機畫面，低頭盯著小小的橘色螢幕。教室裡有百樣心思，角落裡的陳見夏，此刻心裡淌著草莓牛奶的溪流。
因爲李燃不在，陳見夏每天都不怎麼出教室的門，坐在桌前仔細研讀楚天闊的筆記。俞丹起初只是觀望，發現她的確安分守己，漸漸放下了戒心。
月考不比模擬考正式，安排得很緊湊，英文收卷後才下午四點，天剛剛黑。陳見夏放學後急匆匆跑出教學大樓，趕在晚上尖峰前登上了二路公車，坐過三站，到了醫科大學附屬第一醫院。
地址是李燃給她的。楚天闊連拜託她幫忙都妥貼到專門提醒忙完月考再說，所以月考最後一門科目前的午休時候，陳見夏才給李燃發訊息。
「你有凌翔茜的電話嗎？知道她家住哪裡嗎？」陳見夏問道。
「妳非要幫你們班長這個忙不可嗎？」李燃不耐煩。
「我自己和凌翔茜說，不用你管，她答不答應我去還不一定呢，你少替別人操心！」陳見夏不光是維護楚天闊，她聽見李燃在凌翔茜的事情上越俎代庖就心頭冒火，還好李燃識相，立刻就招供了。
而電話裡，凌翔茜居然答應了。
陳見夏邊走邊問，終於趕在五點前到了江畔花園社區的大門口，值班的保全穿著厚厚的軍大衣，戴著雷鋒帽，詢問了樓棟門牌號碼後，跑去值班亭內給屋主撥電話。

陳見夏愣愣地看著保全，又將目光投向裡面燈火輝煌的一幢幢三層小洋房，驀然想起自家破敗的大門，以及俞丹家年久失修的、宛如擺設的電子門。

她對淩翔茜漫溢的同情心忽然熱脹冷縮了。

保全示意她可以進門了，指著右手邊說：「從這條路走到頭，右轉第三棟就是。」

陳見夏道謝，順著他指的路前行，靴子踩在積雪上發出嘎吱嘎吱的聲響，是靜謐世界裡唯一陪伴她的精靈。

鐵門沒關，輕輕一推就開了，見夏穿過冬季枯敗的花園，站在大門前，剛想抬手敲門，突然想到什麼，四處看了看，在左手邊牆壁上找到了門鈴。

門很快就開了，室內暖融融的，熱氣飄到陳見夏臉上，讓她睫毛結了霜。

「妳眞的來啦？」淩翔茜穿著一套白粉相間的條紋珊瑚絨居家服，笑盈盈地說：「快進來！」

她看上去比在學校時還快樂，笑容那麼燦爛，向陳見夏證明自己「過得非常好」。

這層明亮刺眼的結界切割開了兩人曾經共享的那條黑暗小巷，陳見夏忽然清醒過來。她是陌生人，還是淩翔茜很可能正在厭憎的敵方的信使，這次探訪，她或許只能得到對方比燦爛更燦爛的假笑。

陳見夏沒急著換鞋，而是從書包裡拿出了一套很重很重的、用牛皮紙和繩子包好的複習資料，沒說是誰給的。

「這個……」陳見夏語塞，細細勒進她的掌心，「不知道對妳有沒有用。」

凌翔茜愣了愣，笑容淡了些，說：「謝謝。其實林楊、周周他們也定期給我送筆記和考卷的，不過謝謝了，這麼重，妳大老遠背過來，辛苦了。」

眞妥貼，眞周全，眞落落大方，眞像。陳見夏想，凌翔茜和楚天闊彷彿注定會變成自己小時候在《正大劇場》週日電影院裡看過的美國幸福家庭養兩個孩子的爸爸媽媽，卻為什麼會變成這樣呢？

凌翔茜沒有接過去。「很重吧？」她指著玄關旁的換鞋凳，「快放下吧。」

陳見夏順從地將一整包資料放在了地上，想了想，又往外拉了拉，拉到了屏風裡側，從客廳也能看到的角度。

「快進來！」凌翔茜恢復歡快，「妳喝什麼？我給妳泡熱飲吧，或者熱巧克力？不是脫脂可可高樂高，是我表哥給我帶的一種國外的，巧克力味道更純，但我覺得和高樂高也沒那麼大差別。」

「我喝水……」陳見夏客氣道，忽然覺得這樣離凌翔茜就更遠了，一不大氣，二也完成不了楚天闊的囑託，於是改口，「那我嚐嚐吧，看看國外的高樂高是什麼味道！」

有時候當別人想分享給你好東西的時候，適當「麻煩」他們，反而讓他們更快樂，要學會領情，學會大大方方地領情。

這都是李燃教會她的。他從未向她灌輸道理，卻讓她明白了如何將與他相處時的坦然接受推廣到四面八方，一定程度上緩解了她娘胎裡帶來的侷促。

就當這趟是專程來喝外國巧克力的吧，她想。

她坐的位置能看到不遠處的小吧檯，凌翔茜把桶裝純淨水倒進電磁爐上的小水壺，那個壺真好看，是蛋殼黃色的漆面，不像商店裡千篇一律的不鏽鋼燒水壺。還有，她不用自來水燒水的嗎？純淨水燒出來的水真的會有味道上的區別嗎？

陳見夏像在讀一本書一樣，讀著凌翔茜和她的日常生活。

淺色大理石地磚，歐式浮雕門廊吊頂，實木樓梯，客廳角落的三角鋼琴，彷彿是陳見夏和弟弟在偶像劇裡看到過的家。這個家唯一比偶像劇真實的地方就在於茶几上堆著一些用塑膠盤盛著的牛軋糖、獨立包裝的徐福記鳳梨酥和散裝開心果。這才像個中國的家。

她坐在真皮沙發上，捧著凌翔茜端給她的熱騰騰的巧克力，說自己覺得有點熱。

「那我把露台的落地窗打開一點吧，」凌翔茜拉開了落地門，外面有一個伸出式的小露台，欄杆是白色石膏樣的，外面一片常青松樹，像暗夜裡潛伏的海浪。

「好喝嗎？」凌翔茜問，「應該不燙，我用純淨水燒的，本來就乾淨，所以不用燒開，加熱到六十度就自動斷電了，省得妳還得放半天。」

她笑起來真好看。陳見夏想。

「好喝，」見夏點頭，「第一口覺得沒有高樂高好喝，後來覺得好像奶精味沒那麼多，很醇厚。」

這是陳見夏第一次用「醇厚」這個詞，她在作文大賽獲獎作品集裡看到上海的中學生這樣形容咖啡。

於是她們捧著馬克杯，喝著各自的熱巧克力，陷入了短暫的沉默。

陳見夏所有打好草稿的安慰都碎得不成形。

這樣的人，不拿加分也沒什麼吧？不上好大學也沒什麼吧？

李燃以前笑她，妳讀書，到底是爲了求知識還是爲了脫離貧窮？

陳見夏所設想的美好的 office lady 生活，只存在於英文課本裡，即便成眞了，能買得起這樣的房子嗎？要花多少年呢？

本來就是陳見夏自己主動打電話找凌翔茜的，對方願意見她就不錯了，現在輪到見夏道明來意了，她卻因爲私心忽然失語了。

「妳好像過得很好，」她悶悶地說，意識到不對，補充道：「不是，不是，我不是覺得妳應該很慘才對。」

凌翔茜笑了。溫柔和煦的假。陳見夏忽然有點明白從初中到現在饒曉婷爲什麼一直討厭自己了，她的笑在饒曉婷眼裡怕也是差不多的。

「是我們班長拜託我來看妳的。」

凌翔茜笑咪咪的，假裝沒猜到，「是嗎？謝謝他了。他怎麼樣，保送成功了嗎？」

「嗯，」見夏點頭，「他保送清華了。」

「妳還要嗎？」凌翔茜一拍腦袋，注意到陳見夏見底的杯子，「水壺是保溫的，我給妳再沖一杯。把杯子給我！」

陳見夏看著淩翔茜跑進廚房。她願意見她，就代表想知道楚天闊到底要說什麼。既想聽到他的消息，又要矯情抗拒，果然這世界陷入愛情的女孩都一個樣。

陳見夏想起困在家中絕食得人不人鬼不鬼的自己，那是淩翔茜不知道的，她決定突破那層明亮堅硬的結界，告訴她，我明白的，我都明白的。

「班長很後悔！」她大聲地朝著廚房喊，「他還是很喜歡妳，也相信妳沒作弊，他沒臉見妳，他那麼驕傲的人會來拜託我，已經是把自己的臉放在地上踩了，他說妳可以討厭他，但是他必須要告訴妳，他相信妳沒作弊，他喜歡妳。」

吧檯前的淩翔茜停下了動作，半晌，轉身走過來，坐在了陳見夏對面的沙發腳凳上。

「其實我放棄過他的。」

淩翔茜突然說。沒頭沒腦的。

「我理解，我是妳我也放棄了，他……」

「我不是說這件事，」淩翔茜搖搖頭，「是以前。高一的時候。

「我沒有什麼藉口和他說話。高一剛開學一起參加學校讀書會，他長得太好看了，我就多看了兩眼，他也看我了。妳別笑哦，我覺得他看我的眼神和看別人不一樣，所以讀書會結束後就磨磨蹭蹭不肯走，妳眞的別笑我。」淩翔茜說著，自己卻先笑了，「我從小習慣了男生喜歡我，誰喜歡我我一眼就看得出來，他們一定會千方百計來找我說話的，我感興趣的就說兩句，不喜歡的就裝傻。我以爲楚天闊看我落在最後，一定會來找我的。」

凌翔茜摩挲著自己那杯熱巧克力，手指在杯壁的金絲凸起上輕輕蹭著。

「結果沒有。讀書會一結束，他背起書包就走了。」

凌翔茜不好意思地低著頭，「我一開始只是慫得慌，很氣，從來沒有人這樣對我，越想越氣……越氣就越想他。

「讀書會就辦了三期，本來就是個學生社團的試辦活動，碰上期中考試，參加的人越來越少，大家後來就散了。最後一期的時候我眞的慌了，藉著讀書的由頭，鼓起勇氣朝他借了一本書，把這本書當作我們之間唯一的線索，我想，還了再借，借了再還，我不信他還是無動於衷。」

陳見夏忍不住插話，「妳喜歡班長，是不是因爲他不喜歡妳？」

「他喜歡我！」凌翔茜眞的急了，高聲反駁，「他從第一次見到我的時候就喜歡我了！他後來自己說的！」

「喜歡喜歡喜歡……」陳見夏連忙補救，「我早就看出來他喜歡妳了，他就是很能裝。」

凌翔茜自己也不好意思了，羞紅了臉，陳見夏驀然明白什麼叫作面若桃花，想起李燃曾經對凌翔茜的愛慕，心裡又有點慪悶。

「但我還了幾次書，他都沒什麼反應，說幾句客套話就道別回教室了。每次都是我去你們班找他，別人都說我倒貼。」

可不就是倒貼嗎……陳見夏把頭埋進杯子裡，沒說話。

「有一次我真的心灰意冷了。我覺得可能他是眞的不喜歡我吧，我再那樣下去就眞沒意思了，自己都瞧不起自己。反正，我也分不清楚，我是眞的喜歡他，還是不服氣他不喜歡我，我自己動機都不單純，乾脆算了。以前我都是還一本借一本的，那次只還書，還是託林楊幫我轉交的。」

凌翔茜喝了一口熱巧克力，抿著嘴巴生悶氣，沉默許久才開口。

「我沒想到，那天課間廣播操，他站在後門口，當著我們班同學的面喊我出來。我故意磨蹭了一會兒才過去，問他有事嗎？他把我託林楊還的書拿出來，在我眼前晃，問我，妳爲什麼不自己還？」

楚天闊霸道地將書塞到凌翔茜懷裡，說：「下次妳自己還。我要妳親自還給我。」

陳見夏愣愣地聽著。

她見過楚天闊這一面，他微笑著應付他厭煩的女生時都十分溫柔，隨便彈普通朋友陳見夏額頭一下都能把無意撞見的李燃氣到七竅生煙，何況是面對眞心喜歡的凌翔茜，必然更在行。她想像得出凌翔茜那一瞬間被撩撥到無法平息的心動。

凌翔茜說話的時候望著窗外，一片漆黑，其實什麼都看不見，只能看見她自己映在玻璃上孤零零的影子。

她忽然想起什麼，跑去樓上，片刻後又奔下來，遞給了陳見夏一支筆、一張紙和一枝被書頁重重壓扁的玫瑰標本。

「妳把這個還給他吧，」凌翔茜說，「我不想留著了。」

紙上寫著凌翔茜三個字，字跡風格有些眼熟，陳見夏想起自己最近在抄的筆記，認出這是楚天闊的字。

「我爲了見他，眞的找過很多藉口。高一一二・九大合唱，我說要聯合兩個班的班級委員一起去挑服裝和伴奏帶，其實我沒約二班的班委，到集合的時候，妳猜怎麼樣？」

凌翔茜笑得彷彿杜鵑花開滿了眼簾，「他也是自己一個人來的，跟我說，一班的班級委員集體放他鴿子了。騙人。他那麼聰明，一定知道我是找藉口和他單獨相處，他和我一樣，也是故意的。他是故意的。

「於是就我們兩個人，公事公辦地，去逛街。說是買合唱服，其實什麼店都進去，就在一個文具店，我試斑馬牌的自來水筆，怎麼畫都不出水，他突然接過來，在紙上點了兩下，筆就可以用了，然後……他寫了我的名字。

「他說，好看，我送給妳吧。」

是筆好看，字好看，還是人好看？

到底還是問不出口。伶牙俐齒如凌翔茜，只是訥訥接過那支並不貴的自來水筆，低著頭說，謝謝。

楚天闊去付款，凌翔茜跑回去，從試筆的那個小本子上將楚天闊寫她名字的那一張撕了下來，摺痕都不肯留，偷偷放進書包最裡面那個平整的夾層內袋裡，每天都看一看。

眞好看。

凌翔茜仰著頭，眼淚撲簌。

楚天闊讓陳見夏傳達的只有歉意和「我相信妳沒有作弊」，沒有半句提到過挽回，更強調，不必替他說半句解釋、體諒或轉圜的話。他沒資格在自己卸下大學入學考重擔的時候，去回過頭無恥地把一切都補回來。

他作了抉擇。第一堂考完他就知道凌翔茜出事了，林楊和余周周因爲擔心凌翔茜當場就棄考出門了，他愣愣地站在走道，五分鐘後下一科目開考，他感覺時間將兩側的牆壁、牆壁上的名人名言、牆壁下的課桌椅都拉變形了，從他身旁急速流過。

這時有人說，麻煩你，讓一讓。

他呆站太久，擋住了其他要去上洗手間的同學的路，人家說讓一讓，他微笑說哦不好意思。

那個瞬間將他拉回了教室裡。預備鈴響起，楚天闊回到了座位上。

短短一個秋冬，他因爲一次考砸便遷怒進而拋下心愛的女孩，他面對女孩無端墜崖卻無動於衷。雪花落下的那天，從郵箱裡拿到清華許諾的提前錄取通知書，他突然發現，沒了競爭對手，愛情變得那麼可貴。

時勢戲弄著少年的原則，他既然任其擺布，就沒有資格訴苦。他告訴陳見夏，我沒有什麼想對她辯白的。我作了選擇，選擇就會失去。

因爲楚天闊的囑託，陳見夏沒有任何隻言片語可以塡補對話間的空白，「他也很辛苦」是事實，可誰的辛苦對凌翔茜沒有意義。她從茶几上抽出一張面紙遞給凌翔茜，想了想，好像能做的只有唯一一件事了。

就是說說她自己。

人與人開通橋梁，總是要站在河岸的兩端，朝著彼此的方向各自建造那一半堅實與眞誠。

陳見夏說：「我媽以爲我跟李燃開房間了。

「我被遣送回家那一個星期，沒去縣一中上學，每天不出房間，因爲只要一出房間，她就會罵我下賤。」

她們分享過一首歌，但陳見夏知道她們永遠不會成爲朋友，她聽了凌翔茜的苦，於是還給她一份苦，不虧不欠。

黑巧克力熱飲都比人生甜。

凌翔茜的眼淚止住了，匆忙打斷陳見夏，「妳不用跟我說這些的。」她極像楚天闊的那一面又浮上來，「不用，別用慘來換慘，妳別用這個安慰我，會後悔的，妳別這樣。」

說完她又有些眼圈紅，再怎麼拒絕，還是被陳見夏自殺式的安慰感動到了。

「我知道了，謝謝妳。」陳見夏站起身，「班長讓我給妳的東西我帶到了，話我也替他說了，就不打擾妳複習了。」

陳見夏換好鞋，抓緊書包帶子，彷彿包包裡那張寫著凌翔茜名字的紙和玫瑰花一起在燃燒，燒得她痛。

轉開大門把手前，到底還是忍不住說道：「不是爲了安慰妳，眞的不是爲了安慰妳，妳想想妳擁有的，看看妳住的房子，想想妳的退路——我知道人總是不滿足的，不能用一種難過比另一種難過。但是，妳往好處想，妳退路比我多，妳明白嗎？我知道比我好算不了什麼，妳沒跟我比，妳平時都想不起來我是誰，妳也不會天天想著自己住別墅就開心。我都明白，但妳偶爾這麼想想，就偶爾。我希望妳開心。」

凌翔茜伸出手幫她拿掉了東紅色羽絨衣領口鑽出的鴨絨，「難怪妳和楚天闊是朋友。我不知道爲什麼，覺得你們有點像。」

陳見夏走出幾步，回頭望著凌翔茜燈火通明的家，突然想問自己，如果有一個機會，讓她變成凌翔茜，擁有同樣漂亮的臉蛋和身材、住在這樣漂亮的大房子裡，但是要被所有人知曉、審視、議論、排擠、誹謗，被深深喜歡的男孩子的反覆無常折磨到耗盡自尊，每天坐在露台上喝用瓶裝純淨水泡的國外熱巧克力還是覺得委屈……她會選擇做陳見夏還是凌翔茜？她連在狹小環境裡被驅趕回縣城都是咬著牙頂下來的，摔了一跤都人不人鬼不鬼了好一段時間，要是像凌翔茜一樣，從雲上掉下來呢？

凌翔茜被她的家接住了，再也沒回振華。

還是做陳見夏吧。陳見夏從縣一中爬出來了。

她沒去過天上。想去。

五十 ♦ 迷霧

俞丹的身子越發重，常常在講課的中途陷入不明所以的沉默，一班的同學們面面相覷，誰也不敢提醒她。講類型題時，于絲絲站起來回答問題，被她晾了足足有三分鐘。

三分鐘後，俞丹才如夢初醒般示意于絲絲坐下，「這種給新聞擬標題的題目，首先不能超過字數，有的同學有僥倖心理，覺得老師閱卷時不能一個字一個字數，但是我告訴你們，正式考試時答案紙上是有格子的，多一個格子都沒有，誰平時練習不嚴格要求自己，考試時就傻眼。」

下課鈴響起，俞丹置若罔聞。

「這道題目的敍述對象是長江學者獎勵計畫，于絲絲的答案基本上正確，但是丟了一個很重要的東西，是什麼？」

俞丹環視全班，沒有人說話。

「數字。這則新聞在引文裡多次提到了數字，數字加上長江學者獎勵計畫，標準答案是：二〇二位新人受聘長江學者。」

同學們埋頭記錄，陳見夏發現俞丹的目光盯著教室後排的黑板海報欄，茫然空洞，像國文辦公室網速下打開的瀏覽器頁面，只有一片白。

「好了，下課吧。」頁面終於加載出來了，然而趕在同學們起身之前，俞丹忽然走過去將教室前門合上了。

「接下來兩個月，會由十四班的姜大海姜老師給大家代課，我會盡快回來，和大家一起備戰第二輪複習。」

沒有掌聲也沒有祝福，俞丹自己也沒有幸福地提起「生產在即」的任何事情，在一片事不關己的漠然中，俞丹再次拉開班級大門，抱著講義離開了。

陳見夏回過頭，看到黑板海報欄上還殘留著「恭賀新年」的主題海報，上面一群小娃娃臉上掛著制式規律的喜悅，手拉手向前奔跑。

她正出神，被莫名晾了許久許久的于絲絲忽然賭氣踹了一下桌子，陳見夏的水杯再次傾倒，水迅速漫過桌面，衝過筆袋和考卷，嘩啦一下浸濕了陳見夏的前襟和褲子。

很多人的目光都被杯子哐噹倒下的聲音吸引過來，陳見夏沒有動，任由溫熱的水滴在身上，她輕輕地問：「于絲絲，妳不道歉嗎？」

她們一整個月相安無事了。這一個月對于絲絲來說已經到了忍耐極限——誰喜歡挨一巴掌呢？但俞丹會讓陳見夏回來，于絲絲弄不準中間發生了什麼，是陳見夏爸媽送了禮，還是別的什麼微妙的默契——像今天課堂上一樣被俞丹說不出滋味的冷待已經不是一次兩次了，精明如于絲絲已經預感到是後者了。

但她只能等著，俞丹還在，如一開始對家長們承諾的一樣堅持到了待產的最後。

她起初非常戒備，發現陳見夏和以前一樣沉默乖巧，漸漸放鬆起來。狗改不了吃屎，人改不了，于絲絲打心眼裡不信脫胎換骨這回事。

終於換代班班導師了，誰都知道代班班導師不管事。陳見夏桌上那杯水，她早就想撞了。

直到被陳見夏揪著領子撲到地上。

于絲絲徹底傻了——這女人瘋了？

陳見夏毫無預警地跳起來，狠狠地撞倒于絲絲，兩人一起摔在水泥地面上，因為中間牽絆著椅子桌子作緩衝，摔得並不痛，但陳見夏兩手死死按住她的肩膀，力氣大得驚人，于絲絲動彈不得，只能發狠踢打，雙腳把周圍踹得歪七扭八，奈何一丁點都制不住對方。陳見夏跨騎在她肚子上，坐得實，壓得狠，若是扼住她脖子，此刻于絲絲恐怕已經翻白眼了。

然而見夏只是按住她的肩膀，居高臨下看著她，背對窗戶，整張臉籠罩在陰影中，面無表情地看著她。

「瞧不起我？」她問。

聲音不大不小，周圍人都能聽得大概。

陳見夏笑著問：「妳喜歡的男生喜歡我，不服氣？」

陳見夏再問：「拿我的加分？」

見夏的拇指掐進于絲絲肩膀，「還帶著一群八婆告密，去辦公室看我笑話，想我死？

「就妳，考南京大學？想加分？妳把我陰走了，拿到加分了嗎？加上分妳也考不進去啊，于絲絲。」

她就這樣直直地看著，彷彿索命的厲鬼，也不知道旁邊的同學是沒力氣還是無心相幫，一群人裝腔作勢卻依然沒辦法扳開陳見夏扼住于絲絲的雙手。

最後把兩人分開的還是楚天闊。抓起陳見夏、拉開殺紅眼的兩個女生並分別推向不同方向，對人高馬大的楚天闊來說是小事一樁，旁邊的同學也不好再繼續蹚渾水，這一次認真幫忙攔出了楚河漢界，但要她們最終停火，總歸還是要把一方帶出教室冷靜冷靜的。

他先看了一眼陳見夏。或許是覺得缺席太久的陳見夏需要一個澄清流言蜚語和修復同學關係的機會，於是轉向于絲絲，溫柔地問：「有沒有事？我先帶妳去醫務室。」

但楚天闊還是錯判了陳見夏一次。他話音未落，陳見夏就自己從後門離開了。

于絲絲迅速恢復狀態，整理了一下被扯亂的頭髮，拿下髮圈叼在嘴裡重新用手抓了抓，李真萍輕輕掀開她校服領子往鎖骨看了一眼，說，有點紅，沒破皮。

于絲絲勉強一笑，含著眼淚，說，不用去醫務室，沒事。

她留在了充滿同情的輿論場，楚天闊也笑著安慰她幾句，最後說：「陳見夏有不對的地方，妳是副班長，大氣一點，幫她把桌子和椅子上的水擦擦吧，高三這麼要緊的時間，別在俞老師關鍵時期因爲這點小事給她找麻煩。」

被殃及的前後桌陸琳琳、李真萍等人積極地按著班長的指示開始進行災後重建。只有于絲絲第一次沒給楚天闊半點笑臉，也沒按他說的做——楚天闊的話術她怎麼會聽不懂，他們是同類，要不是她總控制不住情緒，時時流露出妒忌，她可是比楚天闊還知道怎麼笑容和煦地偏袒的。

楚天闊毫不在意于絲絲的臉色。

倒是坐在行政大樓窗台上的陳見夏，在發完瘋之後迅速陷入了懊惱和忐忑之中。于絲絲有一點判斷是對的，人不會一瞬間脫胎換骨，那是電影裡的事，真實的人生是綿長的，反覆逡巡，不容細看。

「我是不是瘋了？你也覺得我太衝動了吧？」她問。

楚天闊沒說話，算是默認了。

「算了，」許久之後她嘆息，「她們要是覺得我欺負于絲絲，就那麼覺得吧，班長你不覺得很酷嗎？以後別人再提起我，說我高中欺負于絲絲，多酷啊。反正就半年了，以後大不了誰都不聯繫了，愛說什麼說什麼。」

楚天闊驚訝地看著她，「妳真的變了很多。」

陳見夏搖頭，「但是我對不起你。你人緣那麼好，于絲絲本來很崇拜你，現在恐怕也恨上你了。」

「哦，那倒沒什麼，」楚天闊學她說話，「就剩半年了，以後大不了不聯繫了，愛說什麼說什麼，反正我都保送清華了。」

陳見夏笑得趴倒在窗台上。

「張狂」的楚天闊比她更早正了正神色，勸道：「半年也不短，妳們還要做同桌，每天都起衝突一定影響複習的心情和效率，差不多就可以了。得不償失。」

這才是楚天闊的本色，他專注於眞正決定前途命運的事情。陳見夏感激地望著他，想：班長是我眞正的朋友。

她笑著調侃：「我還有更不專注學業的事呢，你怎麼不勸勸？」

「妳回來那天，早自習還沒開始，俞老師就單獨找過我，讓我盯著妳一點。」楚天闊說，「我以爲你們倆斷了，俞老師才同意妳回來的。最近也沒見到那男生，難道……你們沒斷？」

陳見夏搖頭，有點驕傲的樣子。她斷了自己的後路，義無反顧。

「我會考上南京大學，然後我們一起去南京。」

她聲音清亮，眼神也清亮，楚天闊彷彿想說什麼，到底還是沒有說。

第一次模擬考考完的那天，陳見夏從學校回宿舍大樓。地上還有殘雪，堆在行道樹下四四方方的泥土坑上，她把臉縮在圍巾裡，低著眼睛瞄準，從一個樹坑跳到另一個樹坑，最後一次起跳時，一個身影橫在了她的計畫路線中。

她一頭扎進李燃的懷抱，還來不及驚訝就尖叫：「你腿沒事吧？」

疼是一定有點疼的，但耍了帥就要撐到底，李燃抿嘴忍耐，眼睛卻是笑著的，「撞死我了，妳是不是胖了？」

「徹底好了嗎？能回來上學了？」

「醫生說想恢復到正常還得好幾個月呢。」

陳見夏狐疑地退後半步，「還要幾個月？你是不是想逃避大學入學考？石膏不是都拆了嗎？再說你又不用腿塗答案卡。傷筋動骨一百天，再來幾個月就兩百天了。」

李燃無語，「打上石膏之後不能動，人的肌肉會萎縮的，得慢慢走路、復健……還好是冬天，夏天穿短褲嚇死妳，我現在兩條腿粗細都不一樣。」

見夏突然恍神。天還亮著，她不知怎麼就想到去王南昱家借住的那一晚，饒曉婷在她背後絮絮叨叨，別太拿男的當人，三條腿的動物腦子裡全是那些事。

從來都沒人跟她這麼說過話，她卻一下子就明白什麼叫三條腿的動物，饒曉婷像一支亂晃的手電筒，專門往她視野裡一直存在卻從來不看的地方照。

她突然就憋得滿臉通紅，李燃困惑地歪著頭，「妳怎麼了？」

見夏轉話題，「那怎麼辦，你不能踢球了？」

李燃像被牽繩拉著的狗，見夏一拽就回來了，笑得滿臉花，「擔心我啊？怕再也看不到我馳騁足球場的英姿？」

「我以前也沒看見過。」

李燃被噎得沒話說。她的確從來沒站在場邊看過他踢球，反倒只見過他跟二班一幫女生合起來在場邊給人家籃球場健兒起鬨添麻煩，一整個娘子軍領袖。

他不知道，陳見夏在高一剛開學的考試時就看見過了。她的窗戶正對操場一角，只能看到他孤零零地不斷射門。但她不打算告訴他，那時候他還喜歡凌翔茜呢。

兩個人去吃飯，路過必勝客，李燃裝看不見，怕她想起被偷拍的事，反而是陳見夏主動推門進去，「我想吃披薩了。」

李燃覷著她的臉色，「妳第一次模擬考考得還好？」

「滿好的，」陳見夏說完又搖頭，「還好，一般般，不怎麼樣吧，感覺不太好……大概砸了。」

李燃面無表情。陳見夏知道，他已經習慣了。

考完必須說考得差，這是陳見夏的迷信，類似宗教儀式，也類似農村給孩子起賤名，生怕養不活。李燃以前還因爲這事跟她鬧過彆扭，覺得她在別人面前謙虛也就罷了，跟他也不說實話，是拿他當外人的表現。幾年過去，他終於徹底服氣了，陳見夏表裡如一，彷彿哭窮這種事只有夠虔誠，才會好運成眞，就算他給她上刑具，見夏咬斷舌頭也絕不會在成績出來之前說自己考得好。

不記得什麼時候起李燃就改了，成績出來之前半個字都不問，成績出來了往死裡誇——還是免不了拌嘴，因爲李燃根本分不清楚究竟什麼是陳見夏標準下的「考得好」，她在煩心，他還誇厲害厲害，兩個人吵得李燃拿頭撞樹，陳見夏才委委屈屈地道出眞實的心意：「你就不能記一下我上次的成績嗎，退步了還誇？班上排名都退了三名，比上次低了十五分呢！」

「我要是能記得住我自己就不會只考十五分了！妳有病啊！」李燃到底還是覺得用頭撞樹太虧了，改爲用腳踢。

陳見夏回想起過去種種，邊看菜單邊偷笑，突然聽到李燃說：「妳第一次模擬考只要考進年級前一百二十名，南京大學一定沒問題了吧？」

她一愣。他一定是爲她研究了歷年錄取分數以及振華的報考人數。

不是說記不住嗎。陳見夏把頭垂得很低很低，成績出來之前她還是不敢打包票，只能輕輕點頭，也不知道他看見了沒有。

「我要吃超級至尊，」她說，「我外地生飯卡補助下來了，最近一直吃食堂，自己存了點錢，這次我請你好不好？」

李燃沒跟她爭，「那我們去搭沙拉塔吧。」

她剛起身，又被他按住，「妳一定帶考卷了吧？妳做吧，我自己去搭，妳又搭不好，幫倒忙。」

陳見夏從包包裡拿出模擬考卷，捲成筒的模擬題集在桌上慢慢舒展開，她的目光卻一直追隨李燃，看他小心翼翼地建構沙拉塔，打完一層地基，探身去拿黃桃——微跛，的確有一條腿使不上力，但看上去大致無礙。

萬一有礙呢？

他去縣城找她的時候，講的都是她想知道的事情——他家裡讓他去英國，但是他絕不會去的，他爸媽就是因爲這個才急了，否則不會用那麼極端的手段把他給鎖起來。

當時她沒有多問。冬夜漫長，可他們沒有多少時間，兩隻冰涼的手牽在一起，她在自家社區門外，看著他因爲哈氣而結霜的睫毛，說我相信你。

「你等我，我會回振華的。」

然而此刻，隔著一段距離遙望，陳見夏突然意識到自己對李燃雖然有最深的信任，卻只有最淺的了解。

他有朋友嗎？她只知道絕交了的梁一兵、怪怪的許會，最近還多了一個屁話停不住的張大同，與其說是朋友，更像崇拜他的小弟。她聽見過李燃和張大同說巴蒂斯圖塔和席爾瓦，張大同說自己看英超不看義甲，李燃一臉索然無味的樣子，她差一點就插話了，想給李燃機會多說說「義甲」，但聊天就是這樣，有時候猶豫一秒就不對味了，他們倆轉而聊起別的，見夏也沒心思硬要加入。足球和她有什麼關係？

足球的確和她沒關係，但是李燃和她呢？

更早以前，當她第一次陶醉地在老街散步時，他爲什麼也一個人在夜裡遊蕩？他爲什麼不愛回家？明明愛看書爲什麼不讀書？他長大了想做什麼？

李燃端著沙拉盤回來，問：「先吃再寫吧……妳愣著幹嘛？」

「席爾瓦是誰？」陳見夏直勾勾盯著他問。

他們在必勝客待到打烊，中間有一搭沒一搭地聊天，陳見夏專挑不太費腦子的單選題做，做兩道就問他一個問題，李燃有些困惑，但都乖乖回答了，聊到後來他突然把遊戲機往桌上一丟，身子往前趴，「妳問那麼多幹什麼？」

「問問也不行啊，」見夏正小心地撕下一張考卷從桌面上遞過去，「你別玩了，也學一會兒吧，我給你挑了一張簡單的。你也不能眞不拿大學入學考當回事啊，萬一只考兩百分，你家裡又得多花錢給你找關係，本來他們就想……」

她打住了，不想提英國。

她看過盜版合訂本《哈利波特》。自打入學分進一班，她就在小本子上寫過「要成爲更優秀的人」，多看書、多看電影甚至多聽流行音樂這種休閒娛樂都是「素質」的一部分。振華周邊有不少書店，但以售賣參考書爲主，偶有閒書也都是動漫雜誌和言情小說，見夏更常去的是老街上的一家新華書店。

雖然這些書店因爲經營不善，早些年便將一樓位置最佳的門面都分租給了各類電子產品和兒童益智玩具專櫃，但三樓以上還是勉強維持住了書店本色。剛回振華那幾天，她趁一個週日去看了《查令十字路84號》。這是本書信體小說，不知怎麼忽然很紅，擺在三樓手扶梯口最外側，螺旋式陳列，高高一厚疊，硬殼精裝又很薄，最適合站在店裡讀，不用花錢。

雖然不難讀，每一個字她都認識，陳見夏依然半懂不懂。那本書裡講的是另一個世界的情誼與承諾，戰火連綿年代從未見面卻書信不斷的兩位陌生人，不知道彼此的面容，更不知道下一封信會在什麼時候來，會不會來……

她自己收到過的唯一一封掛號信是振華的錄取通知書，比招生辦公室的通知晚了一個多月。她家樓下的信箱早就鏽跡斑斑，外壁貼著通水管的廣告，信箱口塞滿花花綠綠的劣質傳單，那張牛皮紙信封都不屑被放進去，是郵差打電話讓家人下來簽字取走的。因爲早知道自己被特別招生了，所以稱不上多大的驚喜。

然而郎便書裡記錄的每封信都很無聊，陳見夏卻驀然覺得自己被比下去了。她和李燃生在和平年代，省城和縣一中只相隔幾十公里，她都不會相信自己會收到他跛著一條腿的來信。

英國。英國是一八四〇年歷史書必提的知識重點，是照片上漂亮的街景，是她不願意面對的李燃的犧牲。

李燃對她的心思一無所知，驕傲地湊近她，「說誰兩百分呢，我有一次考過四百分呢。」

好厲害哦。陳見夏憋著笑，把考卷硬塞到李燃手裡，「讓你做你就做！」

回宿舍的路上陳見夏才想起一件很重要的事，「我們這段時間的代班班導師是你們班導師姜老師。許會以前提過，你剛開學就借他打火機，差點就死在他手裡。」

「海哥啊，」李燃開心，「海哥很酷。」

李燃很少誇別人酷，見夏好奇，正要追問，李燃忽然想到了什麼，走路越發慢吞吞。

「怎麼了？」

「見夏，我聽海哥說了，我媽是不是說話很難聽？」

陳見夏呆住了。

「海哥說我把妳害慘了，太不是個男人了，」李燃迴避她的目光，「他基本上全跟我說了，他說詳細女人們吵架他也記不住，反正我明白他的意思，我媽話說得一定很不是東西，妳、妳別……我之前沒提是因爲我怕又讓妳想起來，會難受。」

陳見夏想找些客套話圓過去。其實在她心中李燃媽媽的臉已經模糊不清了，只剩下一個保養得宜、似乎比自己媽媽要年輕許多的輪廓。那幾根深深扎進她心裡的刺，她一直沒有和李燃講起過，就是怕他難堪。

她比誰都知道父母會讓人多難堪。

他們繼續並肩默默向前走，到了距離宿舍大門還有一段距離的路燈下。爲了防止宿舍管理老師從收發室看到，他們向來在這裡道別。

「你快點回家吧。」見夏說。

她沒走出兩步，李燃從背後緊緊抱住了她，用臉頰蹭著她的頭頂。

陳見夏傻了，第一個念頭是，因爲考第一次模擬考，她兩天沒洗頭了。

「見夏，」李燃低低地說，「我媽媽就算說了再不是東西的話……」

也是你的媽媽呀，你也沒辦法。何況哪有說自己媽媽講話「不是東西」的，眞是狗嘴裡吐不出象牙。她心中感激，卻不敢再讓他冒出什麼大逆不道的話了，正要截斷他艱難的告白，李燃把後半句說完了：「那也跟我沒關係。

「她是她我是我，她說她的我做我的，她講話不是東西，妳生氣妳就罵她，我是站妳這邊的。」李燃說完，一臉卸下負擔的愉快，「對不對？我覺得……滿有道理的。」

陳見夏掙脫他的懷抱，回頭盯了他很久，把愉快少年盯回了戰戰兢兢、眼神閃躲的樣子。

然後笑了。

依稀記得兩年前，她鼓起勇氣想和他談那通電話裡媽媽和二嬸髒話連篇的爭執，因爲太過羞恥，連具體的指向都不明晰，他卻聽懂了。

李燃說，我都聽見了。

李燃說，妳怕什麼，一家人也不用一起丟臉啊。

「狗嘴裡吐不出象牙」原來是有前瞻性的，是不是未雨綢繆，就等著今天用來堵她的嘴呢？陳見夏也不知道自己在笑什麼，她越笑他越緊張，比路燈站得都直。

「腿還疼不疼？」她問。

李燃點頭，又搖頭，像個傻子。陳見夏笑得更大聲，好像完全不在乎宿舍管理老師會不會聽見了。

「我陪你去前面路口招計程車吧。你上車我再走回來。」陳見夏說。

陳見夏一一駁斥了李燃提出的「女孩子自己走夜路不安全」、「就幾步路我不用妳送」等理由，後來乾脆丟下他，獨自向他往日招計程車的大十字路口走去。

計程車司機把表朝下一壓，掉了個頭開走，李燃搖下副駕駛座的車窗，把臉幾乎扭到一個畸形的角度，努力對著車後面的陳見夏喊：「妳進宿舍鎖好門給我傳訊息！」

計程車的尾燈漸漸消失在冬末春初混混沌沌的夜霧中，陳見夏卻在十字路口站了很久。

什麼時候她自己也能像他一樣坦然說出，他們是他們，我是我，我們不用一起丟人？

什麼時候，他們在橘色路燈下小心翼翼的擁抱、克制的悸動和眞摯到心口都微微疼痛的愛，不會因爲李燃媽媽一句「這種事反正是女生吃虧」而被輕易碾壓成如同這迷霧一般無邊無際的羞恥？

答案彷彿是淸晰的，即便迷霧遮住前路，她已經走慣了，宿舍就在前方，只需要筆直向前，躲開行道樹，推開鐵門，只需要這樣就可以了。

回去讀書，宿舍熄燈後，應急檯燈的電大概還能撐一個半小時，一點前睡覺，明早六點起床，去食堂吃兩個包子、一碗小米粥，等待第一次模擬考成績，然後是第二次模擬考，然後是大學入學考……人生路上的迷霧也沒什麼可怕的。

反正她只知道這一條向前走的路。

五十一 ◆ 不要回頭

第一次模擬考結束後，一班的學生陷入了一種陳見夏幾乎從未見過的懈怠之中。

雖然上課時依然跟著老師做第二輪複習，下課也大多留在座位上溫習，心不在焉的氣氛卻在蔓延。

前段時間保送、加分的暗戰結束了，終於迎來正正經經的第一次模擬考，意義非凡，老師閱卷也謹慎許多，評分速度沒有以往月考那麼快，懸而未決的等待讓平日心態極佳的同學都多少有些失常，桌上鋪著考卷，手裡轉著筆，眼神卻盯著某個地方發直。

楚天闊等幾位已經確定保送的學生紛紛默契而識趣地隱匿了自己的存在感。

陳見夏努力地自我對抗，等待就是浪費時間，她逼著自己照常完成每天的模擬考卷，雖然每寫一道題目，總會回憶起第一次模擬考裡相似的類型題——做對了沒有呢？沒解出來的那道題目，步驟分能得多少呢？

陳見夏趕在應急檯燈最後幾下閃爍中完成了數學倒數第二大題的第一小題，終於，凌晨一點半，整間宿舍陷入了完全的黑暗。陳見夏靜坐了幾秒，身體還算醒著，頭腦已經完全罷工了，起身時差點弄倒了椅子。她純靠摸索從書桌抽屜裡拿出手電筒，又從枕頭底下摸出一包衛生棉，渾渾噩噩地穿過走廊上廁所。

宿舍爲了省電向來只給走廊超遠間距地配了瓦數不足的小燈泡，每一盞只能照幾步遠，最亮的是走廊盡頭的洗手間。她遊魂似地飄了幾步，隱約聽見抽抽搭搭的嗚咽聲，剛適應黑暗不久的雙眼漸漸鎖定了遠處蜷縮成一團的影子。

見夏心臟跳了兩下，很快鎮定下來。住了好幾年了，還能有鬼不成？誰在哭，不是鄭家姝就是王娣。她睏得不得了也憋得不得了，沒有時間給對方留面子了，於是徑直向前，從旁經過。

等她換好衛生棉、用冰冷的水洗乾淨手，人也清醒多了，出門的時候哭泣的女生已經走了，或許是逃得急，把應急檯燈和壓在下面的幾本練習冊給落下了。女廁所門口左側踢腳線上方有個插座，是平日打掃阿姨打掃衛生需要的，偶爾有時候白天忘記給應急檯燈充電，見夏也會在十一點熄燈後跑來這裡偷用插座，甚至因爲應急檯燈線短，廁所味道太重，特意備了一個坐墊和一條兩公尺長的延長線。

陰森的走廊外，冬夜的風淒厲呼號，又一次冷空氣來襲，霧應該散了。陳見夏彎腰撿起散亂一地的電器和書本，走向鄭家姝和王娣那間宿舍門口，將東西一一堆在牆邊。正在此時門輕輕地開了，見夏抬頭，昏暗如此，還是能看出鄭家姝眼睛通紅。

要是王娣也就算了，哭的是鄭家姝。見夏有些後悔自己多事，還不如作沒看見，鄭家姝的自尊心會好受些。

轉念一想，當初跟著于絲絲故意跑去俞丹辦公室門口「問幾道題目」還探頭探腦看她和她媽媽熱鬧的也有鄭家姝一個，見夏又覺得心裡不是滋味，鄭家姝在背後說她的壞話都夠編一本國文選修教材了，有什麼好同情的？

見夏不說話，還剩應急檯燈在臂彎裡，準備放下就走，線卻纏住了她的珊瑚絨睡衣袖口，她垂臉把插頭撥弄開，聽見鄭家姝用很輕的聲音說：「謝謝。」

「沒什麼。」

「妳睏嗎？」

見夏已經走出幾步，回頭看到鄭家姝從門裡探出半個身子。她想和陳見夏說話。

「我睏。」陳見夏說。

然而回到宿舍躺在床上，她竟翻來覆去睡不著，應急檯燈沒電了也不能繼續複習，陳見夏人生第一次瞪著眼睛失眠了。

第二天她一早就趴在桌上睡得酣熟，把代班班導師姜大海老師的第一節國文課完完整整地睡了過去，卻沒有被叫醒。

見夏以前也偶爾會在課堂上撐著下巴打瞌睡，這是第一次睡了個完整的覺。這本是初中那些校霸特有的張狂，難道她跟于絲絲打完架之後，已經被當成流氓頭子了？她看向四周，于絲絲不在座位上，其他人不小心跟她對上眼神，大多沒什麼異樣，不知是不是裝的。應該是裝的。

陸琳琳對她倒是一如往常。她一直是遇上街頭火併也要擠到前線觀戰的，看熱鬧從沒怕過刀劍無眼。

據常年國文考一百四十分的陸琳琳評述，姜大海的講課水準還可以，知識點都帶到了，清清楚楚，而且不像俞老師愛囉嗦，唯一的缺點是——都什麼節骨眼了，還愛講些「超出考試範圍」的內容，文人逸事什麼的。

「還都是些不積極不正面的故事，講了也白講，作文裡根本不能用，」陸琳琳面無表情，「要是他能把這些時間也用來講知識重點，水準會更高，活該他帶十四班。」

陳見夏心想，難怪李燃會說「海哥很酷」。李燃就愛聽這些跟考試沒關係的胡說八道。她昨晚九點開始複習，直到現在都沒開機，天知道手機裡又堆了多少條訊息，超出數量的話，發再多新的訊息也收不到了，得趕緊刪些以前的……可是捨不得。什麼時候手機能多存點訊息呢？

見夏想著想著走神了，發現陸琳琳瞇眼睛審視她，迅速轉移話題，「姜老師沒發現我睡覺吧？」

陸琳琳把紙面上的橡皮屑都吹到地上，「發現了。」

「啊？」

「他衝妳走過來了，于絲絲都繃不住要笑了。」只要有機會，陸琳琳一定會生事。

「不過他看了妳一會兒，又繼續講課了，沒管。」

見夏困惑，陸琳琳瞟她一眼，因爲是從前排扭頭過來，很像飛了個白眼——或許就是個白眼。

「妳是不是從早自習就睡著了？姜老師一進門就說了，都十八歲這麼大的人了，讀書靠智力，努力靠自律，有國文問題可以問，班上其他雜七雜八的事情就先找楚天闊，反正他保送了也沒事幹。」

雖然俞丹也的確是這麼管資優班的，但就這樣被姜大海直接講出來，聽著還是微妙。

「哦，還說，除了解題，也可以去辦公室找他談心，談什麼都可以，自己不怕耽誤寶貴的讀書時間就好，」陸琳琳的聲音淹沒在第二節課的預備鈴裡，「姜老師說，『第一次模擬考成績一出來，恐怕你們都會想找人談談，青春期那點事嘛——成績、情竇初開、跟爸媽過不去唄。能談開，就別想不開。』」

陸琳琳講八卦是一流的，一臉麻木卻繪聲繪影，連標點符號都不會落下。

陳見夏在心裡自嘲地笑。這個海哥滿好玩的，她的青春期，還眞就是「那點事」。

上課鈴響起，于絲絲回到教室，陳見夏餘光看到她演了全套——半途急煞車，在衆人目光中刻意放慢腳步，彷彿同桌是德州電鋸殺人狂，但最後還是鼓起勇氣走過去坐下了，並對周圍關切擔憂的目光報以感激一笑。

有意思嗎？陳見夏垂目。她早已不是剛入學的時候在醫務室被于絲絲這套交際大法蒙得暈頭轉向的小女孩了，但她還是不明白，于絲絲一直堅持到今天，不累嗎？還有幾個月就大學入學考了，周圍人的同情和喜愛能幫于絲絲加分嗎？

懶得理她。陳見夏自打回到振華的那一天起，內心就莫名燃著一團火，覺得自己是女主角。

做完課間操回來，她聽見第一批進教室的同學竊竊私語，物理老師已經在看著值日生擦黑板了，講台桌上赫然一疊考卷。

見夏腳步一滯。

第一次模擬考的各科成績陸續出來了。破天荒，理科綜合竟然是分數最快出來的。陳見夏盯著于絲絲發到自己手裡的考卷，一眼掃到卷上的成績，一言不發。

物理老師是個五十多歲的特級教師，帶了很多屆畢業班了，極有經驗，考卷發下去後沒急著解題，默默地留了五分鐘的時間。他知道除了幾個對分數極滿意的，其他學生此刻根本沒心思聽他分析這次第一次模擬考的出題思路、難度和各班平均分，更不想聽他從第一道選擇題開始講解——每個人都在忙著看自己的扣分項，課堂裡嗡嗡嗡滿是對答案的聲音：這題不選C那選什麼？這道我跟你步驟寫得一樣為什麼沒給我過程分？……

陳見夏面無表情地翻著考卷。

和她自己估的差了二十多分。

然後出來的是數學成績。等到英文課甚至把國文的考卷也一起發了。

除了英文發揮正常，其他每一科都讓她不知作何心情。要說失常，還真算不上，不過比預估的低了二十分左右，但若這次真是大學入學考，她已經不知道掉到哪個地方去了。

竟然連「請選出以下成語中書寫無誤的一項」和「書寫有誤的一項」這種低級干擾型的選擇題題幹都能讀錯，腦子是被狗吃了嗎？

陳見夏抱的最後一絲希望是這次第一次模擬考大家普遍低分，她道聽塗說過，振華歷來喜歡用第一次模擬考壓分來「殺殺學生的銳氣」，讓他們在第二、三輪的複習中沉下心態不要輕敵。說到底，大學入學考是一場排名賽，名次和志願博弈比分數重要，還有希望的，還有希望。

晚自習的時候，姜大海拿著一疊排名表走進教室，陳見夏看著這個鬍子拉碴的男人按厚度隨隨便便將它四等份，交給第一排的同學往後傳，「傳到後排不夠的互相分一分啊，我沒數。」

這一次的排名，她和于絲絲近得宛若一對眞正的同桌。她聽見于絲絲的輕笑聲，也感覺到對方側過臉看了自己好幾次，但她無心理會，腦海裡一直迴盪著以前看過的《聖經》故事裡那個忘了叫什麼的聖人在拖家帶口離開罪惡之城時，上帝萬般囑託：

不要回頭。

姜大海留給一班學生消化這份排名的時間比物理老師還要長，搞不清他是有大智慧還是純粹在偷懶。終於，懊惱嘆息與魂不守舍地敲擊計算機的聲音漸漸平息，姜大海從上衣口袋拿出一副近視眼鏡，用衣服下襬擦了擦鏡片，戴上了。

「第一、二、三次模擬考都考得好，大學入學考砸了的，有的是。第一、二、三次模擬考都不好，大學入學考還不錯的，也有的是。沒考好的慶幸這不是大學入學考吧，看錯題目的下次認眞點，水準不到的就抓緊時間多用功，高興或者難過，就這一晚上，隨便你們怎麼笑怎麼哭，明天都給我好好的，這事已經過去了。嗯？都聽懂了沒有啊，別讓我廢話第二遍啊！」

說得很好。見夏想。是個通透的好老師。

除了他說的道理基本上沒有人做得到之外。

陳見夏趕在宿舍澡堂關門前衝回去洗了個熱水澡，回到宿舍後坐在床邊，用在批發市場買的極小功率吹風機慢慢吹乾。說是吹風機，熱度和風力跟老家親戚養的大黃狗哈氣也差不多，但爲了不被宿舍管理老師沒收，她這三年都是這麼用過來的。髮梢還滴水的時候就發一會兒呆，吹到半乾了就可以把複習資料攤在腿上看，被不爭氣的吹風機浪費的時間，她也能爭分奪秒搶回來。

但今天她吹了很久很久的頭髮，沒看習題冊，只是一綹一綹地吹。香格里拉的那個小梳子早就被她媽媽折斷後不知丟去哪裡了，她回振華後在附近小超市隨便買了一把塑膠的，冬季只能梳濕髮，否則會起靜電。李燃倒是很喜歡看她起靜電，兩人一起踏進必勝客，陳見夏拿下毛線帽時劈啪作響，李燃一定要揉她頭頂上立起來的那幾根毛，揉到她發火，再用手指溫柔地將因爲靜電而緊貼在她臉頰上的額角碎髮別到耳後。

陳見夏失蹤了一天的淚水終於在閉眼的瞬間悉數滴在大腿上。

幸好腿上沒有書。

她把手機開機，熬過簡陋的開機音樂，右上角終於有了訊號，等不及將這一瞬間湧入手機的來自李燃的訊息翻開，直接撥通了他的電話。

「回宿舍了？」他語氣輕鬆，旁邊似乎有電視機在播放球賽。

見夏沒說話，也不敢呼吸，怕他聽出自己哽咽。

球賽解說的聲音迅速就沒了，李燃應該是關了電視，「妳怎麼了？」

「考砸了。」

到底沒憋住，陳見夏放聲哭出來，邊哭邊往窗邊走，遠離不隔音的宿舍門，最後甚至打開衣櫃，把頭伸進去，將嚎啕聲悶在裡面。

李燃靜靜聽著，早已知道這種時刻的陳見夏不需要任何安慰，心疼的同時也感到慰藉，不知不覺中，她一點點地卸下了自尊和防備，像一隻小獸，野心勃勃有時，哀痛挫敗有時，但總歸願意依偎他，共淋一場雨。

「我去找妳吧。」

陳見夏哭夠了，把頭從櫃子裡收回來，鼻音悶悶的：「都這麼晚了，我出不去了。」

「下次會考好……」李燃把話吞回去，「下次再認眞點，妳以前不是有次把答案卡塗錯行了，但是分數加回去甚至比過去分數還高嘛。這次妳哭夠了就再分析分析，哪些地方是疏忽了，哪些地方是不會做，不會做的就努力練習，疏忽的地方更認眞，一定能考好的，第一次模擬考砸了總比大學入學考砸了強，對吧？」

見夏連眼淚都呆滯在腮邊了，「你是誰？」

李燃清朗的聲音裡有溫柔的笑意。

「我知道第一次模擬考很重要，但我也幫不了妳別的，萬一再說錯話惹妳生氣，那不就更幫倒忙。所以我就去問了問我初中那幾個書讀得好的朋友有什麼需要注意的——我剛才說得是不是超好？」

陳見夏剛要破涕爲笑，猛地收住，「你初中書讀得好的朋友？」

「林楊！我說林楊！」李燃急得都破音了，「凌翔茜根本沒參加第一次模擬考！」

「我提凌翔茜了嗎？」

「陳見夏妳這樣有意思嗎？妳這是引誘犯罪！釣魚！沒水準！」

「直鉤都能釣上你，活該。」

靜默了一會兒，他們一起笑了，李燃問：「高興點了嗎？」

「林楊是能考學年第二的，都是客套話，那些道理你不說我就不知道嗎？」陳見夏撇嘴，「他跟我的壓力能比嗎？」

「他女朋友好像也考砸了，」李燃努力回憶，「他倆都因爲保送考試棄考，只能參加大學入學考了，第一次模擬考砸了壓力一定也很大吧，說不定正後悔呢。」

「余周周？」她做賊似地放低了聲音，「他倆眞成了？」

「八九不離十吧。」李燃的語氣透著一股謎之信心，「反正林楊自己說快了，八九不離十了。」

陳見夏想，果然少根筋的愛和少根筋的交朋友。

掛了電話，陳見夏坐回到書桌前，強迫自己靜心做題目。不知過了多久，手機又響起來，是一條新訊息。

「陳見夏，看樓下。」

見夏站起身，拉開窗簾，望見那個熟悉的、穿著灰藍色羽絨衣的少年，在窄街對面拚命地對她招手，像成了精的跳跳糖，一蹦一蹦跳進她的嘴巴裡，給她最溫柔的甜蜜爆炸。

她回訊息：「神經病！」

「我就來看看妳。」

「外面那麼冷，快回家！」

「那妳看見我了嗎？」

「看見了，看見啦！」

陳見夏的手緊緊貼著胸口，都跳進心裡來啦。

她看著李燃試圖挑戰側手翻卻只成功了翻，摔在雪地上，笑著笑著想到他的腿，胸口的手機卻先振動了，「我的腿沒事！」

傻子。陳見夏看著李燃耍寶，越耍越遠，最後終於依依不捨從她的視野範圍內消失。

陳見夏的笑容沒有一秒鐘消失過。李燃穿過白色的街道，最後一縷哈氣隱沒於黑暗，她還在笑，肌肉牽著嘴角上揚，再上揚，好像這樣就能抵達眼睛，爲眼淚改道。

陳見夏推開桌上做了一半的數學考卷，從書包裡拿出被壓在最底下、已經縐巴巴的名次表，于絲絲的名次僅僅在她下面六行，最後一行是鄭家姝。大學入學考當前，振華終於收起了此前按姓氏筆劃排名的溫情脈脈，直截了當把排名次序和總分列在了慘白表格的左右兩側。

李燃是一汪巧克力糖漿，黃連在裡面匆匆一滾，裹得滿身甜蜜，然而只消片刻，那苦味便沁出來了，滿口滿心，順著眼睛再次流淌出來。

就在幾天前，她卡著于絲絲的脖子當衆誇下海口，說她們雲泥之別；她自信滿滿地對著試圖勸她的楚天闊說，我會考上南京大學，然後堂堂正正和他在一起。

李燃不會知道她不只是爲考砸了而哭。她永遠不想告訴他，第一次模擬考究竟砸出了她內心深處怎樣的恥辱。

陳見夏曾經能感覺得到那股力量。

它徘徊於淸眞寺台階上空，在她漫長無望的等待的最後一刻直衝而入接管了她的軀殼，讓她決絕地用裁紙刀自我了斷，韜光養晦，自如撒謊，做交易，守獵物，燃盡十八年積攢的憤懣，燒出了一個張狂歸來的、嶄新的陳見夏。

現在那股力量在流瀉，從她的嗚咽聲中，從她自我質疑的迷茫雙眼，從她不斷幻聽到自己對著于絲絲與楚天闊羞恥而壯麗的「宣言」的耳朵裡……無法阻止地流瀉掉。她一身彈孔，早就是個死人了，卻好像這一秒才剛剛低頭看見。

終於流瀉殆盡了。

神明借給軟弱的人以無懼的靈魂，讓她錯覺伸手能搆到一線陽光，卻偏偏在她至為張狂時重挫其銳氣，盡數收回。走時還切切叮嚀，索多瑪的罪人不要回頭。

五十二 燕雀

薑果然是老的辣。

第一次模擬考過後，一班找姜大海談心的人排成長隊，平日裡再怎麼成熟冷靜，到底還是十八、九歲的青少年。代理班導師比家長冷靜，比親班導師看得清，最適合聊天。

陳見夏從國文辦公室門口經過，發現了幾個和她動機相似的一班同學都在抱著複習資料心懷鬼胎地閒晃，她就知道一定排不到自己了，排到了也不知道應該說什麼。

姜大海像那種一眼望見人生盡頭的中年人，你問他從這條岔路口往左走二十分鐘會走到哪裡，他會說不知道，反正人總是要死的。

正巧更遠一點的行政大樓窗台邊，楚天闊正在和一個眼熟的女生說話，陳見夏定睛，是余周周——後面還跟著另一個氣盛的男孩，一看就對楚天闊很不客氣。是傳說中的林楊。很快就被余周周轟走了，一步三回頭，像丟了魂的小狗，陳見夏隱身在柱子後，覺得有一點好笑，也就一點點，想八卦的心思迅速就退卻了。

別人的事怎麼都蓋不過自己心裡的苦。

她口袋裡放著李燃前幾天送給她的ＭＤ，戴著耳機，時不時看一眼遠處窗台的楚天闊和余周周，路過的人以爲她是躲在陰影處聽英文聽力。

他們聊得比陳見夏想像的更久，久到陳見夏眞的不知不覺背起了單字，才注意到窗邊只剩下楚天闊自己了。他雙手插在口袋，站在那裡望著外面淺灰色的天幕發呆，像一棵冬天的樹，挺拔而蕭索。

「班長？」她跑過去。

陳見夏懷裡抱著第一次模擬考的全科考卷，楚天闊低頭瞄了一眼，「妳這次沒發揮好吧，要我給妳講講嗎？」

「你剛在給余周周解題嗎？我都不知道你們倆原來這麼熟。」見夏想起余周周和另一個女生從一班離開去學文科的時候，楚天闊還主動提議要給她們辦歡送會，班級幹部們興趣缺缺，還是見夏出於同桌一年來對余周周的了解，暗地勸楚天闊，不必勉強面面俱到，余周周恐怕根本不願意參加。

難道當時自己多管閒事了？見夏正忐忑，楚天闊已經乾脆給了答案：「不熟。剛才就是碰見了。她第一次模擬考也考砸了，名次都跌出文科前五名了。文科總共也沒多少人。」

「我聽說當時她有機會加分的，她要是學校推薦選拔統一考試的時候沒棄考，現在怎麼也有二、三十分保底了……」見夏止住話頭，想起楚天闊被李燃他們詬病就是出於那場考試裡對凌翔茜遭遇的遷怒，不禁感嘆，她本就不太高的情商現在是徹底被第一次模擬考的成績給啃了。

楚天闊破天荒地沒有打圓場，「她自己的選擇，她自己承擔。我也一樣。」

見夏心中嘆息。楚天闊拜託她去看凌翔茜，第二天只關心她好不好，其餘半句都沒問——送出去的資料凌翔茜看了嗎？有沒有原諒他？還會不會回來讀書？……

楚天闊聲音裡透出罕見的疲倦，他轉過頭看見夏，「別人不理解甚至瞧不上我，我沒覺得怎麼樣……懶得解釋。我如果跟他一樣也從小有那麼高的容錯率，輪得到他跟我囉嗦？好煩。」

見夏愣住了。

楚天闊雖然在她面前一貫放鬆，最多不過帶點面對「自己人」的、調皮的囂張，但從未有過此時此刻的戾氣。

窗外層層疊疊的雲延展向世界盡頭，像凝固的倒置海面，不知什麼時候會降落下來，將整個世界都吞沒。

「你生氣了？」見夏問。

楚天闊沒回答。像個不肯向情緒認輸的小孩。看來林楊把他氣得不輕——莫非和林楊「八九不離十」的女朋友余周周聊了那麼久，是爲了反過來氣林楊？

她站在班長這邊。反正陳見夏對李燃那幾個初中狐朋狗友都沒什麼好印象，他們聚在一起時周邊彷彿有一層結界，陳見夏不願意去碰一鼻子灰，所以連一次破局的嘗試也沒有過。

「余周周把林楊轟走時我看見了，」見夏笑了，「他走得灰頭土臉的，你應該解氣了吧？」

「倒也不是因爲這個，」楚天闊不太好意思地摸摸鼻子，「剛好提到，跟她講了個故事。」

「有機會也給我講吧，等你休息夠了，」見夏一笑，「那麼長的故事，連著講兩遍大概得累到不行。」

「我們剛才提到妳了，」楚天闊感激地一笑，「我是想起妳以前跟我說的話。後勁上來了。」

「什麼話？」

「妳跟我說不用勸妳，直接放話考南京大學，和喜歡的人光明正大地在一起。」楚天闊目光柔和，充滿說不清道不明的羨慕，「我不如妳，我做不到，再來一次，我也做不到。」

這段話不啻於鞭屍。陳見夏低下頭掩住表情，懷裡的考卷被摟得勒出深深的摺痕。

楚天闊拉過她的考卷主動分析。除了見夏發揮正常的英文，數學和理科綜合都被他迅速圈出了幾個薄弱處，他叮囑她，第二輪複習的時候這些知識重點要更加重點地加強。

「妳畢竟中間斷了一陣子，做題目的量不夠。最重要的是，提高心理素質，別再疏忽犯低級錯誤了。」

陳見夏不得不承認，楚天闊的話和前一天李燃跟著林楊依樣畫葫蘆講出來的複習策略差不多。

「作文怎麼才四十五啊……妳離題了？作文我不敢亂指導，」楚天闊嘆口氣，「妳自己要是想明白了就算了，如果不知道哪裡錯了，還是去找姜老師分析一下吧，他講課真的還可以。」

見夏點頭，「班長，耽誤你時間了。」

楚天闊笑笑，「我保送了，妳忘了？」

「但大家都還是想讓你正常參加大學入學考衝衝理科榜首的，」陳見夏關切，「我聽說考了榜首進大學之後待遇跟普通學生不一樣，而且，振華還有獎金，聽說去年我們文科榜首洛枳就拿獎了。」

「對哦，」楚天闊笑得意味不明，「還有錢賺。」

陳見夏站在國文辦公室門口，強迫自己不去回想那個灰色陰冷的黎明和她懵懂間踏入的天羅地網。姜大海的辦公桌在角落靠窗的位置，桌與桌之間的玻璃隔板遮擋了部分視線，陳見夏只能看見姜大海肩膀以上的背影，和站在他對面泣不成聲的鄭家姝。

鄭家姝在第一次模擬考剛考完那天夜裡就在宿舍大樓走廊邊念邊哭，恐怕當時已經預感到結果了。

「妳這樣不行。」姜大海起身從掛在椅子上的夾克口袋裡拿菸，看來癮不小，拿一半覺得不妥，又塞回去了。

「考不好一定難受，但妳這也不是發揮失常，我查了一下，妳以前也這水準。」

這算什麼話……陳見夏默默後退，她覺得還是不向姜大海討教作文比較好，李燃喜歡他太正常了，他們應該去做個親子鑑定。

「妳是這次特別難受，還是以前就難受，因爲現在快大學入學考了，撐不住了大崩潰？妳跟我說實話，我給妳再多安慰鼓勵，也得靠妳自己下苦功把名次往前提，但如果妳苦功已經下過了，還這樣，那就……難聽的話我就不說了，雖然是大實話，但妳都這樣了，我說了妳一定受不了。」

已經等於全說完了。陳見夏腹誹。

果然，鄭家姝哭得更兇了。幸好，國文辦公室正熱鬧，來諮詢的學生幾乎都哭喪著臉，沒幾個人關心他人喜悲。

「換個想法，妳想考哪個大學？學什麼科系？有目標嗎？妳在振華，又是在一班，老這麼墊底一定難受，但大學入學考是全省範圍的競爭，錄取率跟報考人數、計畫招生都有很大關係，說不定妳現在的分數對想考的學校來說綽綽有餘呢，那還哭什麼。而且報志願也是門藝術，遇上考生人數少，撞大運也不是不可能，妳別盯著這張單子了，」他手裡那張名次表輕飄飄落在玻璃壓板上，「妳想過沒有啊，妳要考哪裡？」

鄭家姝只是哭，半句話也不說。

「妳是不是沒想過啊？」

鄭家姝的哭泣停頓了片刻，然後繼續抽噎。

「就是沒想過唄。」姜大海毫不留情。

「姜老師，」鄭家姝打起哭嗝，「我每天都覺得別人在笑話我。連選班級幹部她們都當著老師的面說我成績不好，不讓我當。」

兩年多以前于絲絲爲了讓陳見夏做吃力不討好的衛生股長而順手拿家姝當槍使，鄭家姝這兩年卻一直在努力和于絲絲搞好關係，現在開始抱怨了？陳見夏心裡正冷笑，記憶的海面上突然飄過一只玻璃瓶，裡面裝著剛開學時她低聲下氣給于絲絲和李眞萍寫的求和紙條。

她笑不出來了。再次投向鄭家姝的目光裡多了一些自己也梳理不清的情緒，像宿舍水管爆了的那天一樣，她隔門聽見了鄭家姝如何講自己壞話，卻不知道她們其實一直都泡在同一片暖氣裡。

如果沒有遇見過李燃，她這三年還會給于絲絲寫多少張小紙條？

姜大海聽鄭家姝哭了一會兒，到底還是忍不住拿出了菸，將菸盒往上顛了兩下，一根菸冒頭，他直接叼起來卻沒點燃，就放在嘴裡過癮。

「不能再這樣下去了，妳再憋下去要出事。」姜大海半是自言自語，無意往後一瞟，盯上了自以爲躲得很好的陳見夏。

「妳在這兒排隊呢？」姜大海的菸幾乎要叼不住了，卻又一直沒有掉下來，「妳倒是說一聲啊，嚇我一跳。我以爲你們班學生都是悶葫蘆呢，今天排隊過來一個個跟我掏心掏肺，眞有點吃不消。」

他從桌上隨便撕了一張原稿紙遞給陳見夏，「先領個號碼牌。」

陳見夏和雙眼血紅的鄭家姝面面相覷，她沒接，欠身鞠躬，「謝謝姜老師，我沒事了。」

今天因爲暖氣出了問題，高三晚自習暫停，放學時天才微微黑，陳見夏接到李燃的電話，「我上午在醫院陪我爺爺，下午來上學了。晚上帶妳去吃那俄國餐廳吧，我聽說他們要重新裝修了，以後不一定會變成什麼樣了。」

「你在哪裡？」

「我在一樓大廳，公布欄旁邊，妳慢慢收，不著急。」

陳見夏頓了頓，「要不然還是算了。我想早點回宿舍。」

「讀書嗎？」

「嗯。」

李燃沉默了一會兒，再開口時語氣比剛才還輕鬆愉快，「那我送妳回宿舍。」

她從二樓往外延伸的欄杆向下看，高高瘦瘦的李燃穿著寬大的連帽衣和滑板褲，羽絨衣抱在懷裡，書包丟在腳邊，癱成一攤，一看就是空的。

他沒有玩手機，也沒有電話裡聽上去那麼開心，空空茫茫看著前方，不知道在想什麼。

陳見夏知道他特意跑來上學是爲了見她，也知道「請吃飯」是李燃哄人的大招——

他被許會那群社會朋友包圍就是因爲愛請客，他和陳見夏相熟也是因爲吃串串、吃西餐……李燃滑頭，招數卻不多，他被愛的理由很少，一旦某一招有用，就用個沒完。其實傻乎乎的。

她快步跑下樓，從公布欄背後繞過去，踮起腳輕輕地蒙住他的眼睛，剛抬到他肩膀，右手直接被他抓住了。

「見夏。」李燃轉過身將她一把摟進懷裡。

他們躲在布告欄背後傳達室視線的死角，只是靜靜相互依偎著，陳見夏埋頭在他胸口，聞著衣物柔軟精的香氣，忍住了洶湧的淚意。

他那麼好，卻又那麼沒有用，於此時此刻的她來說。

老街的西餐廳救不了她，他也救不了她。只有第二次模擬考能救第一次模擬考，只有新成績能覆蓋舊成績，只有她自己相信，她才會有擁抱他的勇氣。

這勇氣裡不知爲什麼摻著一點點恨。

北方的春天像怠惰而不得志的畫家，捲著沙塵隨手粗暴一筆，風一夜帶綠江岸楊柳，匆匆便走。

到春寒的時候就是第二次模擬考了。

臨考前一天，陳見夏趁週六不停電熬到凌晨三點，第二天八點鐘強迫自己起床，左手漱口杯右手扶牆，昏頭脹腦地往前走，看見一對中年夫婦正在打包行李，一個收揀，一個往塑膠手提袋裡裝，把不寬的走廊占滿了。

「這兒還有空，還能再塞點。」女人把手提袋往地上壓了兩下，對男人說：「把那個檯燈放進來，你把立柱壓過去。」

半開的宿舍門裡面傳出鄭家姝的聲音：「旁邊不是還有空袋子嗎，別都擠一個裡面，把燈都給我擠壞了！」

女人抬頭看見陳見夏，連忙用腳把擋路的袋子往牆邊踢了踢，「孩子，從這邊過，別絆倒！」

鄭家姝正好抱著滿懷雜物出來，看見陳見夏，兩人都愣了愣。

「阿姨，沒關係，我跨得過去。」見夏朝鄭家姝媽媽笑笑。

她就著刺骨的冷水刷牙，每一口都要小心翼翼地把水在嘴裡含溫一點再漱。沖漱口杯的時候鄭家姝走進來了，明明立著一排水龍頭，她破天荒主動轉開了見夏身邊的那一個，低頭洗一塊小抹布。

「妳怎麼這個時候收拾東西？明天就考試了。」見夏問。

「我要回家。」

見夏驚訝地看向她，鄭家姝卻先去伸手關她的水龍頭，埋怨她，「不用了就趕緊關起來，別浪費水。」

「回家？」

「對，回我們縣讀書。我們縣第二次模擬考是下個禮拜，振華是自己出題，我們第二次模擬考是跟省裡統一的考卷。」

鄭家姝從來沒有這麼正常地跟陳見夏說過話，彷彿她們從沒發生過任何齟齬，也不見往日拉幫結派鬼鬼祟祟的眼神和小動作。

「爲什麼回家？」

鄭家姝答得迅速：「家裡有點事。」

看他們一家三口的樣子，家裡能有什麼事？報紙上每年都有報導，在乎孩子成績的家長有時恨不得連長輩過世這種事都瞞著考生，就怕「影響孩子發揮」。

兩人心照不宣。陳見夏重新轉開水龍頭，繼續用通紅的手洗杯子，問：「那妳還回來嗎？」

鄭家姝一愣，猛地轉頭看她。

陳見夏也不自在，解釋道：「家裡事情辦完了就早點回來吧，因爲、因爲人家都說振華第三次模擬考以後會有很多密卷。」

「我讓王娣幫我留著，她答應寄給我。」

意思就是不打算回來了。

「大學入學考也在家裡考嗎？」陳見夏忽然想到什麼，「妳把學籍都轉走了嗎？」

鄭家姝低頭擰抹布，遲遲不肯承認，就等於承認了。

大學入學考報名和體檢還沒開始，鄭家姝如果不轉學籍，就還得每次都跑回振華辦理；更重要的是，對縣中學來說，不轉學籍的鄭家姝考得再好都跟他們沒關係，一定心裡不舒服。

陳見夏自己也是經歷過一遍的人，心念一轉都明白了。

實在沒什麼話說了，她正思考要不要說兩句道別的話就回宿舍，絞盡腦汁時，鄭家姝關上水龍頭，把小抹布遞向她，「妳要不就用這個擦臉吧，乾淨的。」

陳見夏忘了帶毛巾了，她是先洗臉後刷牙的，剛剛一直放任被打濕的碎髮貼在腦袋上自然晾乾。

「妳讓我拿抹布擦臉？」

「這是毛巾！」鄭家姝急了，把小方巾抖開，原來方巾的一角還印著Kiki&Coco，「愛用不用，不用拉倒！」

陳見夏被喊傻了，過了一會兒，笑了，接過毛巾，鄭家姝也笑了。

「姜老師找我爸媽了。我跟他說，有好幾次我都想從窗戶跳出去，有次都上樓頂了，不敢跳，自己下來了。」

上次在辦公室的尷尬碰面，兩人都不曾提起，在教室也一如往常像看不見對方似地相處，不料鄭家姝自己講出來了。

陳見夏震驚，「妳眞的……難道眞的想過要……」

鄭家姝頭搖得像撥浪鼓。

想過嗎？或許有，但遠沒有鄭家姝講給姜大海聽的那樣嚴重和頻繁，她只是哭著哭著，情緒發洩過了頭，回過神來才看見姜大海青白的臉色和快要燒到嘴唇的菸頭。

陳見夏想到李燃提起過，他的「海哥」幾年前帶過的一個畢業班上，有學生因為壓力過大離家出走，在跳跨江大橋前的最後關頭被路過的小轎車司機攔了下來，報紙上轟動了一陣子，牽扯到各方面，振華聲譽、應試教育反思……最後費了很大勁才將輿論壓下去。

這麼大的事，見夏聽都沒聽說過，三屆學生一波人，即便確鑿發生過漸漸也會變成傳說，最終湮滅。

難怪姜大海對鄭家姝到樓頂上晃蕩的事情遠比對她的成績重視，迅速找來了她爸媽。起初兩夫婦是無論如何也不答應的，甚至想過要給姜大海送禮，求他別讓自家孩子「退學」，後來經人提點，這個吊兒郎當的老師只是個代理的，說了不算，還是得找正經班導師。

俞丹正在坐月子，身體還虛弱，然而如見夏所料，俞丹的態度比姜大海還堅決——當然，她講話比姜大海順耳不知道多少倍，慢條斯理地說動了鄭家姝的父母。

從第一次模擬考拖到第二次模擬考，夫婦兩人從批評鄭家姝心理素質差到循循善誘「還能不能再堅持一下」，再到批評她這孩子怎麼軟硬不吃哄不好……終究還是無計可施。

「我中間撐不住了，差點跟他們承認我和姜老師說想跳樓是誇張的。但最後沒有，撒謊撒到底了。」

為了防止媽媽隨時進洗手間，鄭家姝和陳見夏轉移到了二樓的側樓梯，一起站在樓梯轉角用暖氣烤手。

「我辦好了就直接走了，之前誰也不知道，只有我們班班長知道，班長答應我不告訴任何人，連王娣都是昨天晚上才知道的。等我走了，別人怎麼說我就聽不到了，笑話我跟不上也沒關係，反正我聽不到了……」鄭家姝喃喃，語氣中一分低落九分解脫，有種繃斷了弦後自暴自棄的平靜，整個人都換新了似的。

然而不等見夏心軟，她又來了興致，「妳知道妳因爲那件事退學的時候，她們都怎麼說妳嗎？可難聽了！尤其是于絲絲，我要是妳我就把她掐死算了……但我後來服了妳了。妳就跟沒聽見似的，理直氣壯的，妳都談戀愛被抓當成範例了，我只是回家備考，我更沒什麼好怕的了。」

可能是意識到自己在「淸白大賽」中獲得了優勝，鄭家姝回魂了，渾然不知陳見夏正在心裡罵她狗改不了吃屎，甩開了鄭家姝不知道什麼時候習慣性挽上的手臂。

「反正我不想讓別人那麼說我。」鄭家姝說。

見夏反嗆：「妳自己少在背後嚼別人舌根了？」

鄭家姝不服氣，「可是太早談戀愛就是不好啊！」

陳見夏翻了個大白眼。

雖然不知道自己錯在哪裡，鄭家姝還是識趣地走了。上了幾步台階，猶猶豫豫地扭過身看著陳見夏，「太早談戀愛眞的不好，但我滿佩服妳的。可妳做的就是不對，但是……但是……」

陳見夏靜靜等著「但是」後面的話。

「但妳膽子很大。」鄭家姝囁嚅。

陳見夏示意她：妳還是趕緊走吧。

第二次模擬考第一科國文她完成得很快。主觀題沒多少修改的餘地，最多在空白處盡力填滿，說不定能多拿幾分。檢查過選擇題後，其實就沒什麼事可做了。

作文難度中規中矩，見夏沒太用心，只求不離題，反正她沒文采，本就寫不出花來，分數一直在四十八分到五十四分之間徘徊，從沒編出過哪怕一次範文。

距離考試結束還有十分鐘，她毫無理由地抬眼，目光茫然地從黑板上略微褪色的紅色校訓巡向所有人埋頭做題目的安靜教室。這一刻的心情似曾相識，好像就是在剛入學的開學考試的時候，上帝點了一下她的額頭，彼時她感覺每個認眞做題目的人都在發著光，自謙又自負，誰都不服輸，連帶著彼時自卑膽怯的陳見夏也莫名沸騰了起來。

然而這一次，只有安靜，冰冷，嚴肅。

陳見夏忽然想起鄭家姝跑上樓梯時的背影，腳步登登登，伴著「媽我來了來了」的大嗓門，漸漸遠去。

輕盈得像隻飛走的麻雀，留了這一屋子鴻鵠。

五十三 遙遠的相連

見夏呆坐在床上，床邊是四張排名表。

第一次模擬考，兩次臨時月考，以及最新出爐的第二次模擬考。

中途王娣來敲門，問她要不要吃棗子，她爸媽從老家帶過來的，剛洗好。見夏和她說了幾句話，關上門，捧著鐵盤坐回到床上，繼續看著棗子發呆。

又過了一會兒，她從枕頭底下摸出手機，劈劈啪啪按出一串倒背如流的號碼，響了十幾聲，沒人接。

她知道李燃的爺爺病情惡化，從ＩＣＵ出來沒幾天，又進去了。這會兒他人恐怕在醫院裡。

失落是有的。但不知怎麼，也有一絲慶幸。還好他沒有接。

這段時間李燃雖然經常跑醫院，卻還是堅持每天放學等她，但他們再也沒有一起去麥當勞或者必勝客自習，因爲見夏還是覺得他不在自己面前的話，讀起書來更專心，於是他們相處的時間只剩下回宿舍那短短的一段路。

李燃說，不差這幾個月，那妳專心念書吧。

雖然在宿舍門口道別時這樣說著，擁抱著她的雙臂卻不肯鬆開，他用臉頰磨蹭著她的髮絲，把紮好的馬尾辮都蹭亂了，還是不肯鬆手，即便見夏原本摟著他後背的手都率先放下了。

往大門走了幾步，一回頭，對上少年寂寞的眼神，她轉身大步跑回去，再一次撲進他懷裡，踮起腳主動吻了他。

心裡湧起溫柔的痛意，卻同時冒出念頭：下一次，不要回頭看他了。

更多是透過電話交流。見夏在宿舍讀書時會把手機電池拔下來，睡前才打開，李燃自說自話的訊息常常爆掉她儲存數量不足的收件匣，他說著自己做了什麼，哪個隊又贏了球，爺爺今天精神好多了，海哥今天給你們上課又說什麼瘋話了嗎，妳要睡了嗎？

我今天能給妳打電話嗎？

這個電話起初常常打不成。見夏凌晨一、兩點鐘回覆的時候，李燃早就睡了。幾次之後，凌晨兩點的李燃竟然也醒著，聲音倦倦的。

她心疼地說不必，他說，管得著嗎妳，我願意。

只是漸漸地，漸漸地，陳見夏窮盡了李燃的安慰鼓勵的話語。

終於吵了起來。因爲無論李燃怎麼說，說什麼，絞盡腦汁找角度，統統只能得到陳見夏的一句「你不會明白我的感受」。

妳開心點——你覺得我開心得起來嗎？是我主動想不開心的嗎？

下次一定能發揮好——都多少個下次了？

陳見夏妳一定沒問題的——你別說了，我沒問題還錯這麼多題？

堅持一下，時間過得很快的，熬過這幾個月就好了——你懂什麼叫熬嗎？大學入學考前這幾個月是能熬得下來的嗎？你熬就是偶爾來上上課，我熬是用生命熬，是半夜啼血地熬！

那我們去吃飯？——我沒那麼多時間可以耽誤了。

一直好聲好氣哄著的李燃，詞窮了。

「那我到底爲妳做什麼妳才能好受點？」

當時陳見夏捏著第二次模擬考的成績單，整個人都在抖，她眼淚往下滾，語氣卻前所未有的冷靜：「你什麼都做不了。你根本不明白我的感受。你連學都不用上，你以前還問我考大學是不是爲了脫離貧窮，你隨隨便便就能去英國，我跟你聊成績，聊大學入學考，我自己都覺得我可笑。」

李燃終於爆炸了。

「不是妳可笑，是我閒的，」他語氣譏誚，怒極反笑，「我那麼多好玩的事不做，每天幾個小時窩在快餐店硬邦邦的破沙發座上看妳做了三年的考卷，妳太好看了，比歐冠都好看，我可太他媽愛看妳了。」

他總算讓陳見夏回想起了高一開學第一天就開炮把李眞萍嚇到撒腿就跑的「混混」。他從來都不是個軟柿子，只是她捏多了，忘了。

「而且認識妳以後我還愛上極限運動了，跳窗可好玩了，妳想試試嗎？我怎麼不讀書了，我輪椅都有駕照了，拄枴杖都能彎道超自行車，怪不得人家都說，得跟書讀得好的人一塊玩，我都近朱者赤了。」

陳見夏火力全開：「把你關家裡的是你爸媽，逼你跳窗戶的也是你爸媽，不用謝我，你瘸了也沒改變任何事，李燃，我是靠我自己回到振華的，那個時候我都沒靠你，以後也永遠不會！」

在李燃沉默的時候，陳見夏掛斷了電話。

後來他發了訊息。陳見夏是臨睡前才看到的，她抱著第二次模擬考的成績單哭到快睡著，迷迷糊糊間，還是習慣性地摸出手機，橘色螢幕上只有簡單誠懇的五個字：見夏，對不起。

陳見夏把棗子放在書桌上，對著衣櫃上的鏡子重梳了一遍馬尾，從衣櫃拿出外套，想了想，連書包也沒背。

她漫無目的地穿梭大街小巷，漸漸遠離了振華附近的商業街。孩童們蹲在路邊大呼小叫摔畫片，小飯館後門有人往下水道傾倒髒水，倒著倒著被樓上拍打被子的居民喝罵，暮春的風捲著地上的紙屑和塑膠袋打轉。

世界是清晰的，只有她自己被包在一層油膜裡。

不知道走了多久，她差點被地上堆的木料絆倒，才回過神。周圍的房子不再是六、七層的老居住區，而是平房，或者說曾經是平房——不少人正在加蓋。

灰黑色牆壁上一個巨大的紅圈，裡面寫著「拆」字，樓頂卻在生長，長出了銀閃閃的塑鋼架和白亮亮的新牆壁。兩根電線杆中間懸掛著白底橫幅，黑字寫得歪七扭八，似乎被揪扯過，隱約是和拆遷有關。

見夏決定折返，遠離施工現場，一轉身，看見了楚天闊。

楚天闊沒注意到她。他正蹲在平房的公用水管前面發呆，盯著水龍頭下面的紅色塑膠盆。陳見夏慶幸自己剛才因爲呆滯太久，沒有第一時間喊他，問他爲什麼在這裡。

他穿著拖鞋。顯然是住在這裡的。

在她要走的瞬間，楚天闊盯著水盆打招呼，「陳見夏。」

見夏愣了愣，走過去，也蹲下了，和他一起盯著那只水盆——原來楚天闊不是在發呆，他在看水龍頭滴水。

「這樣不走水表，」他說，「雖然我們沒分戶，但大家都這樣做。」

「我知道，」見夏點頭，「不急用水的時候，我媽也會往水槽裡放一個盆子，把水龍頭轉開一點點，讓它往下滴，差不多一下午能接兩盆，淘米洗菜，最後沖廁所。」

楚天闊點點頭。他倆又看了一會兒，什麼都沒說。

等到紅色水盆滿了四分之三，楚天闊才關上水龍頭，問：「妳怎麼在這裡？」

見夏想跟著起身，腿麻了，差點一屁股坐在地上，楚天闊拽住了她的胳膊，靜待她緩過來。

「我也不知道，我亂走的。」她回答。

遠處有人大喊，見夏嚇了一跳，以爲吵架了，再一聽發現是要從樓頂上往下拋建材，讓下面的人躲遠點。楚天闊的表情像是已經習慣了。

「也不知道蓋了能不能算面積，一家蓋了所有人都蓋。」他自言自語。

「滿正常的。」見夏說。

楚天闊低頭看了一眼自己的鞋，「妳等我一下，我去換個鞋，我也想走走。」

陳見夏的目光從楚天闊身上已經洗得褪色變形的長袖T恤移到他坦然微笑的臉上，忽然覺得自己周身的油膜破掉了，她重新能夠聽見、看見、呼吸。

楚天闊也掃了一眼自己的T恤，突然笑了。

「妳知道嗎？高一有一次我和……凌翔茜約好了一起幫合唱比賽選班服、道具和伴奏帶什麼的，路過一家，那種賣飾品的眼花繚亂的店，叫……阿呀呀？是這個吧？」

見夏點點頭。她也鼓起勇氣走進去過，仗著店裡滿滿全是女孩，混進去也不突兀，好好瀏覽了一番，最後買了一只上面有兩顆紅色小櫻桃的髮圈。

「我不光知道這個，我還知道你們去了文具店，你寫了她的名字……她跟我說的。」

「是嗎？」楚天闊語氣溫柔，好像很高興，「對，文具店。我們還去了飾品店，她說冬天嘴巴乾，忘記帶護唇膏了，想隨便買一支。顏色淡淡的，像水蜜桃。剛塗好，下樓梯的時候絆了一跤，蹭到我襯衫袖子上了。

「以前她說過我校服裡面總穿白襯衫，是不是沒別的衣服。我說對，就這一件，非常珍貴。她笑得可開心了，以爲是玩笑。護唇膏蹭上去之後，她還說，你完蛋了，唯一件也毀了。」

陳見夏聽著也笑了。

「後來洗掉了嗎？」她問。

「還是留了一道印子，很淺，」楚天闊下意識用右手摩挲左手臂，彷彿唇印還在，「所以我就買了第二件。」

「現在眞的有兩件了。」他輕聲說。

他們呆站了一會兒，各想著各的事。

陳見夏忽然喊道：「班長！」

像是跟她對著幹，不遠處暴起刺耳的電鑽聲，淹沒了她的哭腔：「我覺得我遭報應了！」

不知道楚天闊究竟聽清了沒有。他寬和地笑笑，再次指了指自己的鞋，轉身快步走了。

陳見夏靠在貼有海報的電線杆上等，楚天闊穿著校服外套出來的時候，她已經哭過一場了。她本來就愛哭，最近哭得更多了，即便忘記帶手機也不會忘記帶面紙，外套裡一包，褲子口袋裡一摸，又一包。

「班長，我從小到大，從來沒說過大話。我怕說大話會遭報應。」

許久的沉默之後，她再次重複，「班長，我覺得我遭報應了。」

他們都是考了十幾年試的人，也都隱約明白，考運是很玄的事情，努力到了某一個階段，有時會連續不斷地發揮失常，越做越錯，越錯越急。

人急了能發生什麼好事。

所以楚天闊沒有安慰她，任她講。

到底做錯了什麼呢？是不是因爲太早談戀愛眞的沒有好下場？是不是因爲她掐于絲絲的脖子？是不是她大言不慚地接受楚天闊和鄭家姝誇她勇敢？

是不是她天生不被允許哪怕一刻的放縱和囂張？

等他們重新走回到車水馬龍的大路上，楚天闊問：「就算妳大學入學考眞的考砸了，重考，會怎麼樣呢？」

「不是說很多人第二年還不如第一年嗎？」

「沒人統計過比率，只因爲重考了卻還不如不重考的故事，大家會更感興趣，所以傳得更廣更邪門而已。」他冷靜地答道。

見夏搖頭，「萬一那個故事就發生在我身上了呢？一年的時間我耽誤不起。」

「妳到底是更怕前途不好還是更怕丟人？」楚天闊目光犀利，「于絲絲欺負妳妳欺負回去，這跟妳考不好有什麼關係？」

見夏沉默。

「而且，妳跟李燃約定了要去同一個城市，到時候大學入學考分數出來，就算妳考砸了，不夠南京大學的分數，妳就換個別的地方，北京、上海學校多得是，反正他都會跟妳去，哪個城市沒有花錢就能讀的學校？他又不會怪妳。」

陳見夏停步，很久很久才抬起頭，看著楚天闊。

她清晰記得她是如何明媚自信地在窗台前對著楚天闊誇下海口，卻遙遠得彷彿上輩子的事了。

「這事情跟他沒關係。我說的是我。」

爲了保送能十拿九穩而置凌翔茜於不顧的楚天闊，靜靜看著坦然說我只關心自己的陳見夏。

「我明白了。」他說。

楚天闊把她送回到老街，陳見夏才驀然發現自己剛才竟茫然間走了那麼遠的路。道別時，她終於從自己的悲喜中抽離出來一點點，大著膽子問，班長，你記不記得以前跟我講《挪威的森林》？

楚天闊愣了一會兒，垂下了眼，應該是想起來了。

百分之百的戀愛。愛你所有的弱點、缺陷，愛你內心的黑洞，愛你自私，愛你口不擇言，愛被你扎在心口的尖刀。

陳見夏當時聽了也無法懂得。她被李燃愛得完全，她的小家子氣、喜怒無常，她亂七八糟的家庭劇，她付不起的補習班學費……

所以她積極鼓勵楚天闊，班長你是九十九分的人了，不要怕被凌翔茜知道你扣了一分啊。

所以她也曾坦然接受楚天闊對她的讚賞。陳見夏妳眞勇敢，陳見夏妳眞有種，你們愛得百分之百。

當她和楚天闊一起蹲在公共水管前盯著紅盆底那對錦鯉戲蓮，見夏的嘴裡終於湧上一股黏稠的甜味，是凌翔茜家進口巧克力粉的甜，甜過頭了，卡在喉頭。

班長是一步都錯不起的人，扣一分都不行。

「班長，我站在你這邊。」陳見夏大聲地說。

楚天闊沉靜地看著她，紅了眼圈，一瞬又正常了，彷彿是陳見夏的錯覺。他笑了，抬起手彈了一下她的腦袋，「妳要是今天實在沒心思複習，就去旁邊新華書店看會兒書吧，上四樓，有社科、小說和漫畫。」

「那不還是看書。」見夏低落，「我今天一個字也不想讀。」

「讀點別的。隨便拿本名著，讀一下原文，不是我們作文素材大全給總結的大略情節和中心思想，是原文。《紅與黑》到底寫的是什麼，《包法利夫人》到底寫的是什麼，尼采除了『上帝已死』還說過什麼……相信我，眞的有用。」

楚天闊說完，自己也不好意思了，「主要是我也不知道有什麼別的辦法。他們都說發洩應該去卡拉ＯＫ，可我到現在還沒去唱過一次呢，或許那裡更好玩吧。」

見夏笑了。

她穿過一樓的卡西歐、語言學習機專櫃，坐手扶梯將二、三層的參考書拋在腳下，來到了人很少的四樓。陳見夏背靠書櫃，坐在地上，挑了一本叫《魔術快門》的漫畫，一共只有三冊，她覺得這個長度應該能看完。一開始有點讀不懂，十幾頁後才弄明白，漫畫是要從右往左翻頁，每一頁也都要從右往左看的，難怪她以前總覺得同桌余周周翻書的順序很怪，原來都是包了書皮的漫畫。

是滿好玩，但也滿幼稚的。陳見夏嘆口氣，她一時改不了閱讀習慣，沒想到漫畫讀起來竟會這麼累，真不明白有什麼好著迷的。她站起身，走向社科大樓，面前整整一櫃裝幀統一的商務印書館叢書，壯觀極了，直接把她喝退了。

往旁邊的櫃子一看，離她最近的一冊薄薄的三聯的書，作者正是楚天闊提過的尼采。《論道德的譜系》？她翻開序言。

六點多，終於餓了，褲子口袋裡的手機適時振動起來，她以爲是李燃，屏幕上跳動的名字居然是饒曉婷。她們交換過電話號碼，但從沒聯繫過。

「你們學校禮拜天也上課嗎？」饒曉婷劈頭蓋臉地問。

「不上，什麼事？」

「我們初中同學在省城的不少，今天聚一下，王南昱非說也叫妳一起來，我想妳得讀書，妳好好讀書吧！」

陳見夏哭笑不得，「我今天晚上不讀書。」

饒曉婷那邊僵了一會兒，報了個地址，就在振華旁邊老街上的家常菜館，二號包廂，特色菜是燻肉大餅，陳見夏雖沒吃過但常路過。

她被服務生領到包廂門口的時候裡面的人吃得正高興，抬頭看到陳見夏，都愣了一下，但很快集體起鬨，「高材生來了！」

餐廳本來就不大，包廂是用隔板從大廳硬隔出來的，一張圓桌上擠十個人有些侷促，見夏坐到了饒曉婷左邊，王南昱坐在饒曉婷右邊，王南昱剛要跟陳見夏說話，饒曉婷就探身向前將手肘撐在桌邊，把陳見夏擋得嚴嚴實實。

見夏跟桌上的大部分人在初中都沒怎麼說過話，有點拘謹，好在他們在她來之前已經喝了幾瓶啤酒，早就聊開了，沒人在意她。服務生把還在滋滋作響的餅端上來，每張圓餅都四等份，中間是空的，外酥裡嫩，油香四溢，見夏學著饒曉婷的樣子，夾起桌上的燻肉和黃瓜條蘸甜麵醬塞進餅裡。

旁邊還有一碟蔥絲，饒曉婷的筷子停頓了一下，沒夾。她弄好後，直接把餅放在了王南昱盤子裡。桌上的人轟地一下笑開了，這次是真的熱烈起鬨，跟敷衍陳見夏進門的時候不一樣。

王南昱衝他們喊：笑你媽！他快速看了見夏一眼，想把餅還給饒曉婷，可能是看見饒曉婷要殺人的臉色，罷手了，伸筷子去夾蔥，再次被饒曉婷用自己的筷子壓住了。

「傻瓜，人家沒給你放蔥什麼意思還不知道啊，」斜對面一個陳見夏至今沒想起名字的矮胖男生喊道：「親的時候有味道！」

這次陳見夏羞得眼睛都不知道往哪看，低頭去咬自己的餅，他們笑得排山倒海，轉盤上的玻璃板被拍得直晃。陳見夏只和爸爸喝過一次啤酒，象徵性的，小半杯，不明白這種苦苦的東西到底有什麼好，但此刻卻忽然想試一試，或許能分到一點點他們的快樂。

但大家彷彿有默契，一開始就給她倒可樂，像初中上學的時候一樣，將她用無形的隔板擋在了外面。

陳見夏認真聽著，仔細端詳每一張臉，彷彿和這些同學是初見——她終於「看見」了他們，看見了生活本身。

在老街 Baleno 理貨的女生說自己剛跳槽三天就被一個大姐欺負所以走了，現在在它對面的專櫃上班，站在門口拍手攬客，跟大姐對著喊，回家喉嚨疼得口水都嚥不下，但沒關係，「更嚥不下那口氣」。

家裡有點小門路的男生現在在給長官開車，擠眉弄眼地說：「那傢伙大冬天晚上去辦事，讓我給他停在兩條街外，當我不知道他去幹什麼？自己快活，還他媽囑咐熄火，省油，讓我凍得蹲在旁邊雜貨店等了二十分鐘！」

其他男生爆笑，說這二十分鐘可能是兩分鐘辦事十八分鐘抽菸，饒曉婷也跟著嗤嗤地笑，看陳見夏懵懂，故意大聲喊：嘴巴放乾淨點，人家高材生還在呢！

趁他們三三兩兩開始說話，女生抱頭痛哭，男生吞雲吐霧，陳見夏看看時間，輕聲對饒曉婷講：我得回宿舍了。

饒曉婷已經喝趴在桌上了，頭一點一點，沒理她。

見夏剛要起身，最強專櫃店員突然丟下交心小姐妹，扭頭摟上了她的脖子，把嚎啕的眼淚也均分了過來，邊哭邊喃喃：陳，陳，那個……

陳見夏心裡好受了些。原來同學們也忘了她的名字。

「妳記住啊，一定記住，四十多歲的女人……」

女生吸吸鼻子，見夏靜等她說完，手機在口袋裡振動，然而無尾熊沉沉地掛在身上，陳見夏實在不好意思打斷一個涕淚橫流的老同學。

「四十多歲的女人？」她引導女生說下去。

「四十多歲的女人，領兒子來的……」女生神神秘秘，「最捨得買衣服。看見這樣的人進店裡，得立刻跟上，妳不跟上就讓別的店員給搶了。」

見夏苦笑，「我記住了。」

「還有！」她迷迷糊糊地盯著陳見夏的臉，「好好讀書。書讀得好就不用打工了，站一天，很累。不想站了。」

見夏溫柔地拍了拍她的肩膀，讓她坐回椅子上趴好。

經過吧檯的時候，王南昱正在結帳，彎腰跟服務生一起核對塑膠籃裡剩下的啤酒瓶數，把沒喝完的都退掉。雖然臉紅了，但人還相當清醒，聽其他人說是這兩年在旅行社拉生意，跟著他舅舅應酬多，練出來了。

「我正好買完單了，妳宿舍是不是在附近，我先送妳回去。」

「不用了，你留下來照顧他們吧，都喝多了。」

「他們老是這樣，我都習慣了，放心，從來沒出過事，」王南昱毫不在意，「反正就幾步路，讓他們趴一會兒，我回來再管。」

正說著，饒曉婷跌跌撞撞從包廂跑出來，直勾勾地盯著他倆。

王南昱眼見饒曉婷要摔倒了，趕緊上前兩步去攙，就這個工夫，陳見夏大聲說了再見，掀開塑膠門簾離開了。

老街依然流光溢彩，牢固到成為都市傳說的地磚被無數遊客的足跡磨得光滑，路燈照在上面，反射出溫潤的暖玉色。陳見夏給李燃回撥電話，李燃說他剛剛在宿舍下面。

「我爺爺轉出ＩＣＵ了。」

「那太好了，是好轉了嗎？」

「也不是。只是能轉出來了。在ＩＣＵ裡面只能從小窗戶看他，他看不見我們，萬一……爺爺就只有一個人了。所以一旦可以出來，他就想出來，但也不能進普通病房，還是重症加護，每天只讓一個家屬陪。這幾天都是我。」

陳見夏想為自己向他傾瀉出的刻薄和沒傾瀉出來卻清清楚楚浮現在心頭的惡意與仇恨道歉。她在他最難過的時刻和他吵架，罵他靠不住，李燃聽到了是什麼心情呢？

「李燃……」

「我等了妳一個小時，看妳房間關燈了我以為妳去洗澡或者買東西了，很快就能回來。妳在外面嗎？」

「初中同學找我一起吃飯。難得……難得聚一次。」難得個屁，她哪裡是愛聚會的人。語言會在不經意間塑造人，她從小聽多了大人這麼講，此刻隨口便講起一樣的客套話。

但卻無數次拒絕李燃一起吃個飯的請求，因爲「耽誤讀書」。

他們沉默了一會兒，見夏快步跑起來，「我馬上就到了，馬上，還有一個路口！」

「我上車了，都開到西橋了。」李燃笑了，「妳別跑啊，我都聽見妳喘了。慢慢走，到宿舍告訴我。」

陳見夏回到宿舍，看著窗外路燈照耀下空蕩蕩的街道，半晌扭亮檯燈，從外套的大口袋裡拿出了下午剛買的那本薄薄的尼采。

我們還不認識自己。

我們從來不去尋找我們自己。

生命只是體驗，此外還跟什麼相干？

陳見夏愣愣地看著序言那幾行字。

二〇〇六年暮春一個平凡的週日，狹小的宿舍角落，一個來自小縣城的、清晰又糊塗地成長著的平凡女生，好像聽見了來自遙遠時空的召喚聲，告訴她，她瑣碎生活中所有緊迫、重大而苦痛的難題，都指向同一個母體，分散世界各地的人類一代一代地以不同語言不同方式詢問著，詢問著。

可那連接太微弱了。母體從來沒有回答過。

五十四 ◆ 妳的名字

再一次站在俞丹家裡，陳見夏彷彿沒來過。班級幹部們七個人把客廳塞滿了，俞丹的婆婆拿出了高矮不一的各種椅子給學生們坐，見夏挑了一把最矮的小凳子，躲在一角，無視了楚天闊遞過來的眼色。

她被退回縣一中後就不再是衛生股長了，但這次探望即將出月子的班導師，楚天闊還是把她也一起叫來了。陳見夏知道楚天闊的好心，但楚天闊卻不知道陳見夏早就見過這間明亮卻略顯侷促的客廳在冬夜燈光下的樣子了。

俞丹若看見她，怕是心裡不痛快，但機會是楚天闊創造的，而她更是有不得不來的理由。

她努力聽著他們和俞老師說笑。于絲絲等人就是有本事把肉麻的話講得自自然然，陳見夏根本看不清那包得嚴實的孩子長什麼樣，俞丹也怕學生毛手毛腳，沒有讓他們抱一抱的意思，但大家就是能繞著孩子長得多好看、睡著了是乖、哭了是健康活潑嗓門大有福氣等場面話打轉二十多分鐘，茶几上的水果是拿班費買的，于絲絲和另一個女生洗的，俞丹又分給大家吃，其樂融融。

好像之前什麼都沒發生，好像誰都沒說過俞丹壞話，俞丹也從來沒懷疑過誰。陳見夏不是看不懂人情世故，然而只背了公式卻做不出題，還是只能隱在最遠處做個盆栽。她眞心爲俞丹高興。之前透過熟人找關係做的超音波不準，最後生的是兒子。她不應該高興的。她是有弟弟的人，見不得別人爲了生兒子努力，但即便感情不深，她總是能回憶起在樓梯間聽到俞丹對著電話哭泣的沙啞嗓子，還有誤以爲又要生女兒時丈夫和婆婆在飯桌上的冷臉……

那樣不對。但生了兒子，是不是一切都會變好呢？俞丹的平靜和幸福都寫在臉上，婆婆殷勤地給她的學生們搬椅子、招呼大家吃東西的樣子和上一次判若兩人，誰會拒絕這種幸福？誰會見不得他們都幸福？

這幸福不對勁。但很幸福。

陳見夏正胡思亂想，背後臥室門開了一道縫，一個小女孩露出半張臉。見夏猜到是俞丹的女兒，但小孩長得快，變化大，她已經沒辦法和高一時在麥當勞見到的小孩連結起來了。何況那驚魂一刻，心都跳出來了，哪有工夫去記。

小女孩有點怕生，和見夏對上眼神的那一刻，好像很不希望她大驚小怪地喊：呀，俞老師這是不是妳女兒呀——等了幾秒鐘，小孩發現她比自己還呆。

陳見夏的確是呆。好一會兒，她才把楚天闊分到她手裡的小橘子遞向小女孩。

小女孩沒接，把門關上了。

陳見夏轉回來，過了一會兒又聽到很輕的開門聲，她再把橘子遞過去，這一次，小女孩接過去了。

但她不想吃橘子。她小聲說：「姐姐，我想尿尿。」

見夏啞然。他們這一大群人把客廳給堵住了，俞丹生性並不熱絡，不想讓學生抱嬰兒，也不想讓內向的女兒被圍在中間難受，結果就是害人家小女孩憋得厲害。

陳見夏點點頭，壓低身子去戳楚天闊的後背，輕聲問，班長，什麼時候走？

楚天闊以爲她是著急要跟俞丹私下談，這本就是他今天特意幫她製造的機會，於是笑著讓她稍安勿躁。他應和了大家幾句，然後迅速抓住了俞丹打哈欠的疲態，站起身。

「俞老師累了吧？大家都很想您，我們今天就是把同學們的心意帶到，差不多也該走了，您還是好好休息，過幾天學校見！等考完了放鬆了，我們再來看寶寶！」

大家紛紛起身，因爲自帶了電腦課用的塑膠鞋套，省去了擠在大門口穿鞋的時間，魚貫而出。楚天闊留在最後，對俞丹耳語了幾句，俞丹瞥了一眼坐在角落的陳見夏，沒什麼表情。

但她還是說：「你們先走，楚天闊你留一下，我有事單獨交代你。陳見夏妳也留一下。」

于絲絲即便有再多疑問，也不得不走，磨蹭到最後一個出門，把大門帶上的時候，眼睛還長在陳見夏身上。

正當俞丹皺著眉要數落陳見夏時，陳見夏做的第一件事是彎腰對著她家臥室的門說：「妳快去。」

小女孩穿著紅色塑膠小拖鞋，踩著木地板咚咚衝向洗手間，哐噹一聲帶上門。

俞丹愣住了。

「剛才人多，她不好意思出來，憋壞了。」見夏輕聲解釋。

俞丹的目光瞬間柔和了下來，帶了些笑意，若有所思半晌，說：「楚天闊跟我說了。妳想好了嗎，跟家裡商量了嗎？我幫妳往上報一下沒問題，資料、面試都得妳自己準備。」

看來俞丹是真的累了，沒有循循善誘的耐心，問題一股腦拋了出來。

陳見夏咬著嘴唇，低下頭。

四天前，楚天闊忽然趁沒人管的自習課把陳見夏叫到行政大樓的隱蔽處，問她，妳想不想去新加坡？

陳見夏想了一會兒，反問：「你是說高二上學期招生的那個項目？去年年初不就都招生完了嗎？」

她記得高二時這個項目引起過一陣討論。新加坡在國內一些知名中學公開招募學生，集體培訓一年，有九成九的機率可以進入南洋理工或新加坡國立大學讀書，學費全免，同時每個月還有生活補助——唯一要履行的義務是，畢業後在新加坡工作滿五年，但五年不是白打工的，可以獲得綠卡進而入籍。

雖然南洋理工和新加坡國立大學都是很好的大學，但對振華最頂尖的那批學生來說，不知爲何還是北大、清華更有吸引力一點。

何況家長的疑慮更甚：聽說是個才運轉了一、兩年的新項目，萬一幾年後政策變了呢？萬一讀了一年不守承諾不讓人進入南洋理工和新加坡國立大學呢，難道退貨回來重新考大學入學考嗎？孩子還那麼小，萬一在外面遇到危險了、學壞了怎麼辦？萬一不讓人回國怎麼辦？違約的話要賠多少錢？守約的話，讀書工作加起來算整整十年，誰捨得？

就在觀望中，項目遇到冷門，報名和最後被選走的，大多是理科班的「第二梯次」。

陳見夏當時就沒覺得這事情會跟自己有關。

「我也是偶然聽到的消息，詳細原因不清楚，可能是去年在國內招的學生裡有退學的，忽然緊急補招生了，高三的也有機會。但振華的老師不太熱衷，第二次模擬考都結束了，要嘛不上心，要嘛直接賣人情給之前落選的人了。我們一班是代班班導師，好多事作不了主，所以姜老師直接把這事情告訴我了，讓我回班上問問有沒有想申請的，時間很緊，報了名大概就要面試了。」

她想了一會兒，終於明白過來，「班長，你沒問別人，就跟我一個人說了?!」

「我會說的，就是晚點說，姜老師馬上要走，俞老師還沒回來，既然他們兩個都不愛管，交給我，我愛先跟誰說就跟誰說，自己作個主不過分吧？」楚天闊滿口私心一身正氣，無恥得極爲坦蕩大方。

在陳見夏消化撲面而來的消息時，楚天闊認眞地補充道：「妳如果選上了，就不用參加大學入學考了。南洋理工和新加坡國立大學，哪個都比南京大學的國際排名高。就看，妳捨不捨得走。」

在俞丹忍不住開口催促的前一秒，陳見夏抬起了頭，說，俞老師，我想去。

俞丹哄著懷裡的寶寶，女兒從洗手間跑出來，也躥上沙發，親暱地靠在了她肩上，歪頭看著弟弟。

「準備資料和面試很耽誤複習，妳要是沒選上，參加大學入學考吃虧了，誰都幫不了妳。」

陳見夏點頭。

「謝謝俞老師。」她和楚天闊異口同聲。

來之前楚天闊就和她說過，俞丹愛躲清靜，但是不貪，也不勢利眼。

陳見夏說我知道。

大人有太多面了，看得她眼花。還是看自己好，永遠是正面，照不見後腦勺，做再多自私的事情，也不會顯露出來。

多虧這幾年的住校生活，準備資料裡面大多數的證件複印本她宿舍裡都準備著，包括戶口名簿首頁和內頁，基本上不需要開口跟家裡要。從小到大的獲獎經歷和照片也都因爲以前經常陪著跑申請校內資優學生和優秀幹部，完完整整留存在了衣櫃底層的文件袋裡。

筆試考了兩項，英文和數學，難度不高，或許因爲是緊急補招生，走的是簡易流程，很快便迎來面試。

「保送了沒事幹」的楚天闊會偶爾陪陳見夏臨陣磨槍練口語，做了幾次模擬面試。他們的鬼鬼祟祟自然引起了于絲絲等人的疑心，連著幾次于絲絲藉著裝熱水的名義，不遠不近地跟在陳見夏背後想看她去哪裡，終於見夏忍不住了，直接停步，站在走廊正中央抱著手臂看著于絲絲，反倒是于絲絲尷尬地問：「妳怎麼不走了？」

「累了，歇會兒。」陳見夏說，「妳先走吧，難道妳也累了？」

于絲絲恨恨地瞪了她一眼，端著滿滿的保溫杯硬著頭皮進了茶水間。

楚天闊用的是托福考試的教材當參考，實際上面試官到底會問什麼，他也不知道，有一次兩人都卡住了，一個不知道問什麼一個不知道答什麼，他難得嘆氣，不好意思地說，我眞怕都是白費工夫，像俞老師說的一樣，耽誤妳複習大學入學考。

「已經都是白費工夫了，」陳見夏面無表情，「第二次模擬考以後我根本讀不進去。起了這個心思以後，更讀不進去了。班長，好壞我自己擔著，賴不到你身上，從來沒人這麼幫過我，我心裡都明白。」

楚天闊連連擺手，「不說了不說了，我們繼續練吧，妳別這樣，有點嚇人。」

從來沒人這麼幫過妳嗎？陳見夏。她聽見身體裡有另一個自己在提問。

沒有。沒有。沒有。什麼都沒有聽見。

面試的前一天晚上，李燃意外消失了，沒有任何訊息或電話。

陳見夏淩晨兩點躺在床上還在默背英文自我介紹。楚天闊讓她不要很無趣地只顧著介紹自己的成績排名和得過什麼獎項，也不要說客套話，背幾個 dedicated、strategic thinking、self-driven、confident、open-minded 就一個勁兒往身上套……大人都精明著呢，他們一眼就能看得出來妳是在瞎扯。

「那說什麼？」

「就說妳自己。」

我自己？夜色溫柔，天花板上的日光燈罩上有斑斑點點的印記，都是過去每個夏夜裡趨光赴死的蛾蟲。她生在五月末，北方夏天短暫，四月有時還會下雪，五月乍暖還寒，聽說她出生的前夜，天忽然就熱起來了，好像夏天終於決定降臨。

於是她叫陳見夏。

這個名字小學時候給她惹過麻煩，小學生致力於給所有人取外號，齙牙的叫齙牙蘇，胖的叫豬，戴弱視矯正眼鏡的叫四眼田雞——雖然沒人想過青蛙跟眼鏡究竟有什麼關係，而什麼都不沾、白白瘦瘦的陳見夏得到的名字卻最糟糕：下賤陳。

僅僅因爲一個人發現她名字倒過來可以這樣唸，男生們就哄堂大笑。陳見夏氣得趴在桌上哭了一堂課，後來就沒人這樣叫了。男班長還過來安慰她，說妳看過劉青雲演的《傻瓜與野丫頭》嗎？裡面的男主角——男主角妳知道吧，電影裡男女主角一定都是好人——男主角的口頭禪就是「下賤」，他看誰都喊「下賤」，沒別的意思的，大家就是覺得好玩，妳平時那麼正經，他們就更得寸進尺。

其實陳見夏生氣的不是別人說她下賤。小學生沒什麼女性意識，還沒發育的小孩只知道這個詞不好，喊的人無所指，聽的人也沒受侮辱。陳見夏不過是覺得自己最寶貴的、最獨特的存在被否定了：她的名字。

她的出生是有故事的。即便弟弟的出生更令所有人欣喜，弟弟的名字至偉更飽含長輩的期望與看重，陳見夏仍然在幼年和少年時代每一個落寞的瞬間想起自己的故事——她的名字是有故事的。

即便已經不記得究竟是哪個長輩告訴她的，即便很可能是編造的。

但她願意相信，自己的出生結束了北方反覆無常的寒流，帶來了確定無疑的夏天。地理書上說新加坡永遠是夏天。漫長的、永不結束的夏天。

陳見夏沒能保證每個詞的發音都足夠「純正」，卻仍然講起了「自己的故事」。或許是面試官神情中的溫和與鼓勵讓她放鬆，她漸漸不再糾結於語法，結結巴巴卻萬分真誠地，向三個完全陌生的人介紹了「我是誰」。

她說完之後才覺得尷尬，不太敢直視面試官，後面幾個慣例的問題都是半垂著頭，間或望一下，其中一位頸間戴著藍色絲巾、華人面孔卻一看氣質就很「海外」的女老師朝她溫柔一笑。

陳見夏不知怎麼地覺得，自己一定會長長久久記得這一抬眼間，世界向她伸來的手。

陳見夏平靜地離開學校會議室，輕柔地帶上門，很慢很慢地經過行政大樓寬敞明亮、大片大片的窗。

她看見外面湛藍的天幕之上大團大團的積雲，像心情明朗的小朋友用蠟筆認眞塗得滿滿的最好的天氣。今天是週日，每一個小學生的作文裡的星期天都是晴空萬里，晴空之下會發生《記一件難忘的事》。

馬上要過十九歲生日了。夏天要來了。

就在這時候，她摸到口袋裡的手機。今天她決定開機——開機畫面剛過，李燃的電話就打了進來。

「李燃……」

「我爺爺去世了。」他說。

五十五 海桐

李燃從岩石步道走下來的時候，陳見夏正呆呆望著她從沒見過的修剪得圓乎乎的幾叢灌木——或者算是喬木？細長水滴狀的葉子表面有一層蠟質，泛著油潤的光。白色花團小小的，比單瓣丁香還小，藏在葉子裡，她是聞到了一股像茉莉一樣的香氣，循著找了過去，不仔細看就差點錯過了。

她問，這是茉莉嗎？

其實應該問你好嗎？難過吧，想哭就哭吧。

但她不敢看李燃，第一句就結結巴巴問這是什麼花，李燃說，好像叫海桐。

他說，火葬場瞎搞，我們這裡太冷了，種點松樹就好，不應該種這種花，會死的。

「南方才有這種花。」

南方。陳見夏低頭，「你怎麼知道這麼多？」

「我爺爺愛養花，家裡有植物百科圖鑑，」李燃說，「妳去的時候沒看見嗎？」

「我記得。好多，茉莉、君子蘭、文竹、一品紅……陽台都堆滿了。爺爺一個個給我介紹過。」陳見夏點頭。「高一的時候去餐廳，我就問你怎麼什麼都知道，哪裡都去過，你說是因為……」

「因為我爺爺。」

在李燃顫抖的尾音終止前，陳見夏高高地踮起腳摟住了李燃，讓他像個小孩一樣伏在她的頸窩，溫溫熱熱的，是呼吸也是淚水。

她的心皺成一團，被澆得潮濕垮塌。陳見夏越是慶幸自己不必去直視那雙紅通通的眼睛，越是將他抱得更緊，好像這樣就可以突破重重衣物的阻隔，讓兩顆跳動的心赤裸相見，他沉重的悲傷的無暇顧及的心，和她愧疚驚惶竊喜卑劣的心，是不是可以跳出相同的頻率？

「週五爺爺突然清醒了，說不想待在加護病房了，旁邊只有護士，自己的家人一個都見不到，我爸就真的把他轉移出來了，我還以為他這次又能撐過去了，非常高興。後來才知道，大人都說，這叫迴光返照……爺爺把我一個人留下了，說要跟我單獨說話。

「爺爺找了半天，遞給我一個東西，都藏得縐縐巴巴起毛邊了——是個存摺。

「我爺爺身體最弱的時候我還在跟他抱怨，說我自己沒本事，是個廢物，只能靠爸媽，把妳丟在了縣一中，自己卻什麼都做不了，還要靠假裝答應家裡去留學仲介那邊學語言，他們才答應讓我出門。當時爺爺跟我說，知道自己弱小是好事，你還是個小孩，知道了就比不知道強，知道了以後，才是大人了。」

說完這句，李燃上氣不接下氣，陳見夏第一次聽到他帶著奶音和哭腔的顫抖，下意識順著他後腦勺的頭髮。

她從沒覺得自己如此像一個大人。

李燃的爺爺恐怕是剛住院那時就把小金庫帶在身上了，病得糊塗時到處藏，清醒了卻找不到了，在病床底下左摸摸右摸摸，這件衣服那件衣服口袋全翻空，翻不到，急了。李燃也不知道他要找什麼，幾乎把病房裡所有東西都在爺爺眼前晃了一遍，最後才在爺爺住院時穿的羽絨衣內袋裡發現了已經打捲的存摺。

找到的時候，爺爺終於笑了，但因爲肺部擴散，笑聲像風箱。他眼睛已經看不清，摸索著拉過李燃的手臂，用最大的力氣包著他的手，讓他一定要抓緊。爺爺躺的時間太久，已經肌肉萎縮了，手指骨節都凸出來，硌得他疼。

陳見夏想起自己家。媽媽曾經因爲她爺爺去世前單獨找二叔和大輝哥說話，堅信爺爺臨終前一定會有東西交給偏心的孩子，可能是存摺，可能是以前打的金戒指金鐲子；本來是無從證實的事，但因爲二嬸有意跟親戚們透口風說鄭玉清拚了個兒子還是沒被爺爺認可，越發顯得眞實，口水仗打了不知道多少輪，都是陳見夏成長的背景音。

李燃家裡不同。爺爺做了一輩子郵差，私房錢總共能有多少，事業成功的兒子、兒媳定然看不上，傳給唯一的、最愛的孫子，不會有誰計較老人最後的一點任性。

「他疼你，給你零用錢。」見夏像哄小孩一樣，輕輕摸順他後腦勺翹起來的髮絲。

「不是零用錢。」

李燃鬆開手，往後退了半步。陳見夏感覺到他的目光，忽然心跳如鼓，她被某種預感壓住了視線，壓得死死的，黏在海桐花上、鞋子上、步道石上，怎麼都抬不起來。

「他是爲了讓我自己選，」李燃抹了一把臉，淸了淸鼻音，堅定地說，「他說我爸斷我糧逼我出去讀書是耍流氓，存摺裡的錢不多，八萬元，私立大學學費可能貴一點，但學費、生活費往返交通加在一起……怎麼都貴不過八萬元吧？爺爺說，只有當兩條路我都能走，都有人支持，那我的選擇才是自己眞正想選的……見夏，爺爺都知道，爺爺知道我想和妳一起去南京。」

陳見夏宛如被施了咒，小小白白的海桐花裡似乎藏了世間萬象，香得讓人失去神志。

「……見夏？」

無邊的沉默讓李燃有些慌神，他伸出手想拉她。

「我不會再拖累妳了。之前吵架的時候妳罵我，說我反正還能去英國讀書，有家人幫忙，不能理解妳考不好的心情——其實我明白的，雖然只有一點點明白，但我可以作決定了，不光是靠爺爺給的錢，我上大學以後自由了，也能想方設法賺一些的，還有……妳別因爲我說這些有壓力，好像我因爲妳跟家裡鬧翻了妳承擔多大責任似的，沒有的，不會的，我爸也不是不知變通的人，從小到大我跟他叛逆慣了，就這次鬧得大一點而已，沒事的，到時候我都登記入學了，他還能怎樣，說不定以後還會去南京投資一些小產業，不是不能緩和關係的……」

李燃語無倫次，亂刀剖出一顆心，只要陳見夏抬起頭就能看見，血淋淋地冒著熱氣。

就在這時，李燃的手機響起來，他接起來，嗯了幾聲後掛斷。

「中午要請參加葬禮的親戚朋友吃飯，我得回去找我家人了。他們包了兩輛大巴士回市中心，反正來參加葬禮的人好多互相不認識，妳跟我們一起……」

陳見夏按下他指著遠處的手臂，「我坐公車，一趟直接到校門口，換乘就在同一站，都不用走路。你別管我了。」

「可是……」

電話又響起來。葬禮上的家屬往往沒有時間悲傷，最要緊的是張羅好來賓，李燃雖然還是個高中生，忽然跑不見了也不像話。陳見夏把他往前推，李燃沒辦法，一邊舉著電話一邊往告別廳的方向跑。

跑了幾步，他停下來，轉過身，「見夏，謝謝妳過來。」

「不是應該的嗎？」陳見夏沉下語氣嗔怪，「快去忙吧，家人找你呢！」

「妳回學校了告訴我！」

「知道了！」

「爺爺也會高興的，妳能來送他。」

陳見夏咬著嘴唇，「是我應該的。」

李燃的腳步聲漸漸遠去。

陳見夏依稀記得自己爺爺和外公的葬禮流程，家屬從清晨迎接前來祭奠的親友、家門口舉行繁簡不一的儀式、集體出發、等待遺體告別、挑選骨灰罈、等待火化、裝殮骨灰……一切都要在正午十二點前結束，看似短短一上午，也能將人耗得心力交瘁，孝子賢孫們跪了起，起了跪，整個殯儀館許多個告別廳時間表排得滿滿，哀樂不停，上演一場又一場緊鑼密鼓的傷心。

停靈三日，出殯是週三，她理應去上學的，明知道自己不可能有機會進入告別廳瞻仰李燃爺爺的儀容，還是特意請了病假，早上五點半天剛亮就已經站在公車站等首班車，站了近兩個小時才到達江北城郊的市立火葬場。

李燃終於抽身來見她，她已經等了三個多小時。暮春北方的早晨還是很冷，花壇台階濕漉漉的，有露水，坐久了褲子也浸濕了，徹骨地寒。

這些苦是她自己找的。我應該的。她想。

李燃的好，像洶湧的浪頭將她捲進了負罪的海洋，哀樂中靜坐幾小時吃的苦頭不過是海中浮木，她緊緊地抱著，馬上就要堅持不住了。

你別這麼好了，我求求你。

我快要恨你了。

「李燃！」

他回過身，她終於敢隔著遠遠的距離直視他通紅的溫柔的眼睛。

「我答應你一件事吧。」

「什麼事？」

「什麼事都可以！」

眞的，什麼事情都可以。

如果老天爺讓你說，別走，我們一起去南京——如果你說。

李燃迷惑地望著她，「見夏，妳怎麼了？」

陳見夏不說話。良久，李燃終於還是把這句沒頭沒腦的話當作她詞不達意的安慰了，含著眼淚一笑。

「好，我想想。妳別反悔。」

「我……我不會的。」

少年爽朗一笑，像是在笑她傻氣，擦了擦眼睛，轉身跑掉了。

陳見夏握著吊環隨著公車左右搖晃，太陽應該在天空正中間，街上的每個人都被照得無所遁形，影子蓋不住腳，車窗外明亮得讓她眼眶發酸。

她接到了楚天闊的訊息。

「恭喜。妳得開始準備資料了。」

新的一週開始了。

陳見夏將楚天闊轉交的清單資料都小心複印了兩份，花了一整天核對每一項的中英文塡寫，又將戶口名簿、身分證、學生證原件複印件、彩色掃描件放在同一個整理夾中妥貼保存。上週末爸爸到省城，從老舊公文包裡拿出剛在縣裡所印出來的薪資銀行匯款帳目和申請凍結三個月的五萬元固定存款證明，鄭重地彷彿把未來也一起遞到了陳見夏掌心。

「媽怎麼說？」她一邊有條不紊地檢查著銀行證明，一邊輕描淡寫地問。

「沒跟她說那麼細，就說妳提前考上國外的大學了，不用自己家花錢，學校在國際上跟北大、清華地位差不多。」

見夏頓了頓，「沒說我要走多久？」

「先不用說，辦完了再告訴她，不影響。」

爸爸神情非常坦然，並不像是因爲擔憂見夏的媽媽會捨不得孩子而撒了什麼善意的謊言——陳見夏可以免費出去讀大學，這是一件大事，也是好事，就應該這麼辦，這是順應常理和習慣的決定，不需要經過深思熟慮，是爸爸做爲一家之主的決定，無須和家裡見識短淺的另一半商量。

陳見夏完全贊同父親的行爲，她也覺得沒有更好的辦法，媽媽的確是纏雜不清的人，這一年來更是因爲見夏各方面的忤逆而有些恨她——這世界上有不盼著孩子好的母親嗎？或許有。媽媽甚至未必意識得到自己是恨著女兒的，她要的不是她好，是她乖。

但，就眞的一丁點都不商量嗎？

陳見夏愣愣地看著，父親坐在她的書桌前，瞇著眼睛讀她填好的表，浸在陽光下，若不是空氣裡的浮塵飄動，一切彷彿靜止了。

她想起從小到大的飯桌上，爸爸也是這樣讀著報紙，微微瞇著眼睛，大部分時間一言不發，只有媽媽在講話、忙碌、張羅，和孩子吵架。到處都是她的聲音——奶奶家老房子爭奪戰、二叔二嬸究竟有沒有私吞存摺和金鐲子、女兒太早談戀愛不要臉……到處都是她的聲音。

然而她的爸爸，沉默的、偶爾流露出一絲不耐煩和無奈的男人，隱在一切背後的男人，輕描淡寫地說，這事情不用跟妳媽商量。

爸爸放下表格，微笑著說，小夏有出息了，比妳弟弟強。

陳見夏頓了好一會兒才意識到，她剛剛得到了從記事起便嘛著嘴巴哭鬧不休、孜孜以求的那句肯定，輕而易舉的。

在她已經不想要之後。

五十六 我們去南京

星期天的下午，陳見夏按照饒曉婷的訊息指示，在博物館站下了車。

陳見夏很少往北城走。雖然相比旅遊氛圍濃郁的老街，這裡才是省市政府機構所在的最繁華的市中心，車水馬龍，百貨商場林立，還有北方城市因爲冬季寒冷和歷史遺留防空洞而四通八達、蓬勃發展的地下商業街。

饒曉婷的店就在人防國貿地下商業街，陳見夏從博物館對面的過街通道下去，地下城人頭攢動，長得一眼望不見頭。她左右辨認了一下門牌號碼的增減方向，向左轉，很快找到了 372-2 號攤位。

確切應該說是在臨近 344 號舖面的時候，她已經遠遠地聽見了饒曉婷的尖嗓門，前方圍了一群人，將並不寬的地下商業街堵住了。

「這牛仔披肩不是妳去批發市場趙麗芳那裡拿的我他媽跟妳姓！虧我喊妳一聲姐，妳比我大了快兩輪了，當我媽都夠歲數了，賣貨多少年了，妳不知道規矩？妳騙誰呢妳，那麼大歲數不要臉，還他媽說是撞貨？妳那就叫跟貨！我都問過趙麗芳了，她說昨天早上跟她那裡拿貨的那女人燙個雞窩頭短髮，說自己是華聯商廈的，所以她才敢把貨給妳的！……操妳的……」

饒曉婷聲嘶力竭，但當陳見夏跑到身邊去扶她的時候，才發現力竭是假象，她顯然可以一戰、再戰、再再戰。

雞窩頭短髮家的店面比饒曉婷的大兩倍，店員也更多，浩浩蕩蕩圍上來，氣勢相當嚇人。陳見夏不知道應該勸還是應該幫，她人雖到位了，依然和固體空氣沒區別，這陣仗讓她瑟縮。

饒曉婷笑了，從屁股口袋摸出一把小刀，用刀鋒扯掉牛皮封套，朝著對面比劃起來，「人多就厲害啊？帶走一個是一個，看看你們家誰倒楣，留點力氣哭喪啊！來啊！試試！」

陳見夏大腦一片空白，幾乎是本能地伸手去拉饒曉婷的手臂，她真情實意的驚惶讓饒曉婷看上去瘋得更實在了，人群嘩一下散開，一旁似笑非笑抱臂看熱鬧的保全都變了臉色，從後面把饒曉婷攔腰抱起來扯走，小刀也被奪下，饒曉婷依然張牙舞爪對著空氣踢打，還有一腳踹在了陳見夏的手臂上。

還好是腳尖碰到的，並不痛。

最終饒曉婷拿回了雞窩頭短髮家所有的牛仔披肩，以每件三十二元的價格。陳見夏蹲在地上一起數，幫著她將每一套披肩外面套上塑膠蒙塵布，最後饒曉婷將披肩收入麻袋，嚼著泡泡糖問：「妳來幹嘛？」

明明訊息裡都說好了的。陳見夏皺眉，就知道來找饒曉婷一定會受點窩囊氣。

「看看妳，」陳見夏冷淡，「然後就回去念書了。」

「不買東西啊？」饒曉婷火上澆油，「看看吧，全都有妳的尺寸。」

「不用了。」

「別啊，看看吧，」饒曉婷故意將所有塑膠模特兒的身體和臉都踢向她，「妳不是來看漂亮衣服的嗎？女人愛漂亮有什麼不好意思說的啊？愛美兩個字燙嘴啊？」

陳見夏霍然起身，「饒曉婷妳有毛病嗎？」

她正要往外走，被饒曉婷一把拉住，對方反而走在了她前面，朝旁邊店舖的一位胖大嫂喊：「付姐，幫我看一下店，去個廁所！」

饒曉婷拽著陳見夏到了簡陋的洗手間，轉開水龍頭說，洗洗吧，這些貨可他媽髒了，一股汽油味，不趕緊洗就洗不掉了。

陳見夏這才看見灰撲撲的手心，掌紋都成一道道黑線了。

「妳以後去外面買衣服，別以爲是新的就直接穿，最好洗一洗，怕洗壞了也最好曬曬，拍打拍打，專賣店的也一樣，什麼Baleno，拿貨的工廠都一樣。」

男女共用的洗手檯中間有一塊髒不拉嘰的小香皂，大概是這裡店家公用的，陳見夏一邊細細地搓手，一邊忍不住端詳饒曉婷，她熱心解讀服裝業內幕的樣子和剛剛同歸於盡的瘋婆子判若兩人，好像幾分鐘前也並沒譏諷過自己，都是陳見夏的幻覺。

「妳是怎麼想的，怎麼能隨身帶刀，多危險啊。」她忍不住勸。

饒曉婷嗤笑：「批發市場買的藏刀，假的，都沒開刃，刀身還沒有手指頭長，嚇唬人用的。在這兒混，今天你孬一次，明天別人就敢騎你頭上拉屎，還不欺負死你。」

見夏心裡發毛，若是自己來這裡做生意，怕是半天都待不下去的，不光是她，就是于絲絲來了，也一樣哭出來。同一座城市裡潛行著不同的生活軌道。

「生意好嗎？」見夏客套。

饒曉婷翻白眼，「洗完了就趕緊走，少廢話，我還得回店裡呢，別拖拖拉拉！」

店的面積不大，門口有四個塑膠模特兒，三面牆掛滿了饒曉婷自己搭好的成套服裝，只有最裡面用隔板搭出了一個兩平方公尺不到的小庫房，兼作顧客的換衣間，剛才收回來的披肩都堆在裡面。

店裡只有兩個小凳子，見夏坐著看饒曉婷賣貨。她以為兩人講價已經講到翻臉了，顧客拔腿就走，饒曉婷倚在模特兒上看了一會兒，忽然一臉不耐煩地朝著遠處大喊：八十元就八十元，拿走，趕緊拿走！

顧客回來了，一臉不情不願，饒曉婷也一臉吃了大虧的樣子，錢貨兩訖，人剛出門，她呸了一口：「窮酸。」

然後歡天喜地地問陳見夏：「十一點半了，吃午飯吧，妳吃不吃冷麵？」

「妳不生氣了？」

「生什麼氣啊，」饒曉婷詫異，「拿貨價才二十，最低四十我就賣，八十不錯了！」

「我看妳臉色那麼差……」

「我要是臉色好，那女人心情就更差了，一定覺得自己買貴了。哎呀妳念妳的書吧，說再多妳也聽不懂，煩不煩哪！吃不吃冷麵？或者麻辣燙？我要去買飯。」

「妳吃什麼我就吃什麼吧。」

見夏像幫家裡大人看雜貨店的小學生，握著手端坐在小凳子上，偶爾有顧客進來看，她都乖乖說，老闆不在，老闆馬上回來，妳一會兒回來逛吧……要不……那件八十要不要試試？桑蠶絲的，不買別摸！

當然一件都沒賣掉，饒曉婷和她支起小桌板，頭碰頭吃麻辣燙，見夏辣得不斷擤鼻涕，饒曉婷不抬眼，問，妳看好沒有，想試哪件？

見夏忸怩了一下，指著牆，「這件，這件，還有那件……那件裙子現在去南方能穿嗎，冷不冷？」

饒曉婷揶揄：「不是沒興趣嗎？挑得很起勁。」

見夏摸清了她的性子，直來直去方能以不變應萬變，於是大方點頭，「我訊息裡不都跟妳說了嗎，我要出去玩，想打扮得漂亮點，妳幫忙搭幾套衣服，我急著收行李。」

頓了頓，補充道：「妳能不能成本價給我？加價別加得太離譜。」

饒曉婷大笑，被辣油嗆得直咳嗽，鼻涕眼淚齊飛。她一邊扯面紙一邊問：「妳還沒說呢，都快大學入學考了，妳去哪裡玩啊？」陳見夏盯著條紋裙子，說，去南京。「南京？」饒曉婷不解。

李燃在爺爺頭七過後回學校上課了，正經地開始抱佛腳，小心翼翼地問見夏，妳狀況好點了嗎，我們能一起去必勝客讀書嗎？

「一起去必勝客讀書」……陳見夏放學時盯著訊息，讀了好幾遍，不敢相信這是李燃講出來的話，她噗哧笑出來，然後感覺胃裡那塊冰冷的石頭又往下墜了一點，把嘴角也扯了下來。

她回覆：好。

放學後李燃倚坐在欄杆上等她。他瘦了一大圈，稜角更清晰了，有了幾分豪邁的氣質；他原本就高，寬大的外套鬆鬆垮垮的，左袖上別著黑布，上面有一小塊紅。

他突然像個大人了。

陳見夏停步，靜靜看著他的側臉，有風吹過，她驀然發現李燃的頭髮長長了，竟有一瞬間想不起來曾經他是怎麼頂著一腦袋短毛和血糊糊的臉闖進了她的世界。見夏心裡脹滿了溫柔，溢出來，充盈了身體，四肢都軟軟的，好像要跪倒在初夏的風裡。

李燃驚醒一般轉過來看著她，雙手還插在口袋裡，直接跳下來，有點故意耍帥的樣子，朝她笑。

「去讀書啊！」他說。

讀你個頭啊都快第三次模擬考了，陳見夏在心裡喊，喊完了又小聲說，李燃，我喜歡你。

李燃說我們先去老西餐廳吃罐牛、罐羊吧，雖然不好吃但好久沒去了，我第一次好好請妳吃飯就在那裡吧？她說對，走，去。

李燃說妳記不記得說過十年後再來看小天使的翅膀？見夏說記得，十年後再來。

李燃說必勝客店員都快認識我們了吧，妳每次來都點香草鳳尾蝦然後做考卷，服務生會不會以爲這玩意兒補腦啊，這些蝦都是去頭的，補不了的。陳見夏說，你再不做考卷，我把你的頭拔下來。

李燃在宿舍門口說，快回去吧——陳見夏，妳親親我。

陳見夏踮起腳，雙手緊張地抓著他外套的領子，彷彿是第一次吻他，吻不準，親在了嘴角；腳跟落下、人也落下的一瞬間，又被李燃單手攬著腰撈了起來，低頭溫柔地噙住。

「明天還一起讀書嗎？」

見夏說：「好。」

她看到李燃一剎那的詫異和困惑。但他還是說：「明天見。」

第二天也如此，第三天也如此，第四天也如此。

陳見夏發現李燃其實很會讀書，至少很有目的性，他迅速捨棄了自己短時間內無法企及的難題，揀選出分數高又容易上手的類型題單獨練習，並沒如見夏所預料的那樣狗咬刺蝟無從下口。

竟是條獵犬。

李燃皺眉用筆尖點著紙面，點點點，忽然抬頭看她，把正叼著吸管觀察他的陳見夏嚇了一跳。

「嗯？」

「妳不讀書嗎？」李燃問。

陳見夏低頭看了看自己這半邊桌面，考卷明明攤開了啊。

「妳怎麼了？」李燃接著繼續問。

手機這時候響了起來，是爸爸，見夏一慌，沒抓穩，又摔在了地磚上，後蓋和電池滑出去很遠。李燃幫她撿起來，組裝好，重新開機後遞回她手裡，望著她，「妳怎麼了？」他第三次問。

見夏打完電話回來，李燃正在玩她的小兔子筆袋，見夏奪過來，瞪他一眼，忽然意識到了什麼——筆袋的拉鍊。她一個晚上都沒有拉開過筆袋的拉鍊。

從必勝客出來，他們走回宿舍，偷偷牽了一會兒手。見夏小步地跳躍著，蹦進路燈的光裡，不小心掙脫了李燃的手。

李燃站在暖橘色燈光灑下的大傘邊緣，沒有走進來。見夏聽見少年的聲音，不知為什麼，有些羞怯和悲傷。

「妳記不記得說過答應我一件事？」

「我記得。」

她疑惑地回頭，李燃的表情隱沒在黑夜裡。

「要不要去南京玩？」

「為什麼?!」

「……也是，這個時候出去玩，耽誤讀書。而且以後上學了，自然就去了。」

見夏沉默了。李燃輕聲問：「妳怕發揮不好，去不了南京大學嗎？是我不會說話。」

李燃也走進燈光裡，見夏抬眼看見他眉目中滿是溫柔的詢問，那個留平頭的闖入世界的少年形象更模糊了——恣意妄爲、牙尖嘴利不留情面的男孩，從不在乎自己講話傷不傷人的男孩。

「我們去吧！」陳見夏大聲說，「我們老師說了，複習到這個程度，不差這幾天了，心態比做題目更重要，我要是能去……能提前去南京看看，可能會激勵自己！」

無比響亮。聲音越大越眞誠嗎？

「吃完了沒？妳在想什麼？」饒曉婷問，見夏從恍神中醒來。

饒曉婷繫上麻辣燙的塑膠袋放在不礙事的角落，拿了張面紙擤鼻涕，然後準確無誤地將陳見夏剛剛指過的每件衣服都用桿子從牆上勾了下來，全部堆在剛才坐著的小凳子上，朝門簾後的庫房努了努下巴，「中午吃飯逛街的人少，妳趕緊試，別耽誤我下午賣貨！」

見夏穿著牛仔色襯衫出來，疑惑，「是不是長了點？」

饒曉婷撇撇嘴，伸手把她繫上的最後一顆釦子解開了，揪起下襬在腰上打了個結，毫不留情，「妳土不土。」

陳見夏來之前就作好了被饒曉婷煎烤烹炸的心理準備，但還是不免被刺激到了，想起高一剛開學不久，她聽見于絲絲和李眞萍笑話她穿膚色短絲襪配涼鞋，深膚色襪口在腳踝處勒出一個圈，「嘖嘖嘖」。

她回宿舍就丟掉了自己帶來的三雙夏季短襪，穿起秋天的人造皮小皮鞋，做課間操的時候于絲絲眼神朝下瞄了一眼，笑了。這次她又笑什麼，陳見夏直到今天也沒有答案，彷彿丟掉襪子只是去掉了一個錯誤選項，卻還是答不對。

她紅著臉，問饒曉婷：「下午幾點顧客比較多？我還有多長時間？我還能多試幾件嗎？你們幾點關門？晚上妳有別的事嗎？能不能……能不能……能不能陪我去剪個時髦一點的頭髮？不要染顏色，妳這種太過了，就、就剪個瀏海就好，出去玩的時候我想把頭髮散下來，有瀏海會不會好看點？」

饒曉婷聽傻了，彷彿面前是個陌生人。

饒曉婷熱情地幫她打扮，部分是想在自己擅長的領域藉機教訓教訓曾經班上的「高材生」，部分是眞心在促成見夏和男朋友，好讓她離王南昱遠一點。但見夏還是感到了一股熱氣，她們也許在任何一個話題上都永遠說不到一起，做不成朋友，但饒曉婷無論出於何種理由而起的好意、仗義，都讓見夏心裡暖洋洋的。

要是上學的時候更大大方方一點，多好，她十四歲時怎麼就那麼狹隘，覺得手拉手一起逛縣裡的第一百貨商場的都是壞女孩。和饒曉婷一起拉著手臂走在繁華大街上的時候，見夏很快樂。

星期二。外面的天是通透的藍，陳見夏卻只站在宿舍大樓的門廊內，陽光透過大門玻璃四四方方地塗在水泥地面上，她將饒曉婷帶她在地下商業街買的人生中第一只灰色拉桿行李箱靠牆邊立住，踩著陽光跳方格，跳幾下，探頭探腦往門外看一看。

傳達室阿姨窩在椅子上對著角落的小電視輕輕打鼾，等著她愛看的偶像劇重播，而陳見夏在等一個偶像劇般的出場。

童話裡灰姑娘在王公貴族的女兒們都做完了自我介紹、王子感到索然無味的瞬間推門而入，攫取了所有人的目光，是不是也在王宮的大門口計算過最好的時機？或許沒有，她只是剛好碰上，故事裡公主的一切永遠剛剛好。

但陳見夏想，計算著等待也一樣好。她看見李燃背著旅行包出現在街道對面老地方的路燈下，鬆鬆垮垮地一倚，抬手看錶，他以爲她遲到了，絲毫沒有料到，她站在自己輝煌的皇宮門外。

陳見夏深吸一口氣，推開門，風沒有如她所幻想的一樣緩慢撩起她披散的長髮，而是糊了她一臉，半長不短的那一綹黏在了淡粉色透明護唇膏上，她的手不自覺伸到新外套的口袋裡，想把摺疊小梳子拿出來順一順，又怕李燃看見這一幕。

胡亂用手掃開臉上的頭髮，見夏站在街邊，微微左右搖擺著身體。很做作，她知道，但大腦控制不住身體晃來晃去——如果這就是身體最眞實的反應，依然是做作嗎？

行李箱！行李箱忘在大樓裡了！

她身體僵著，思維卻狂奔，直到李燃的目光越過馬路，定在了她臉上。

無比迷茫的目光。

陳見夏心裡轟的一下。

丟臉，眞丟臉，她在家裡因爲一把香格里拉的梳子被媽媽翻來覆去拷問的時候都沒感到如此羞恥。爲取悅別人而刻意打扮，結果還沒打扮好，讓她感到一種奇妙的自我厭惡與愧意。她迅速從手腕上取下髮圈，抬手到腦後收攏長髮，忽然聽到街道對面一聲大喊。

「妳紮起來幹嘛?!」

陳見夏停手，被打薄層次的髮絲悉數從指縫間漏下來。

「好看!」

李燃笑著喊，大步奔過街道，奔向她。

五十七 啟程

雖然振華離火車站不遠，但陳見夏只在坐公車時途經過站前廣場，從沒眞正來過，這裡永遠人潮湧動，讓她有點怯，忍不住想捣住褲子口袋，雖然裡面往往最多二十元零錢。

下了計程車，她拒絕李燃幫忙拉行李箱，「不重。我喜歡自己拖著。」和三年前去振華報到的那幾個手提編織袋不一樣，這可是行李箱，她覺得高級，重一點也沒關係，好像一個角色扮演的大玩具，她是去外地上學的大學生，是出差的白領……李燃卻還是把箱子搶了過去。

他將自己的耐吉運動包放在了箱子上面，一起拖著走，無奈地解釋：「這樣大家都輕一點。」

哦。

陳見夏跟著他在人群中穿梭，廣場上的人像布朗運動的粒子，每個方向都隨時有人衝過來，眼睛只盯著遠處會合的旅伴，無視路線中一切行人，要不是李燃反應快，她好幾次都險些被肩上扛著大包包的男人擊中。

他們過了安檢，循著螢幕和車票上的提示來到二號候車廳。沒有座位，甚至有人鋪幾張報紙、枕著包裹睡在不擋路的角落。

「這是我第二次坐火車。」

「第一次呢？」李燃問。

「小學二年級還是三年級吧，參加姑婆的葬禮，其實兩個縣離得很近，但火車開了一下午，停了好多站，硬座坐得屁股疼，我想給旁邊站著的一個老奶奶讓座，還讓我媽給罵了。其實我是自己坐不住了，天很熱，坐得一屁股汗，想站起來歇歇。有人吃紅燒牛肉麵，非常香，車上就有服務生叫賣，到站的時候窗戶外面也有人拿著籃子賣零食和啤酒、汽水，但我爸媽說那都是宰人的，後來是小偉鬧，也要吃泡麵，我媽最後還是買了，嘮叨了一路，但我記不清她罵什麼了。我和小偉分著吃的，他眼大肚子小，吃了幾口就飽了，後面都我自己一個人吃了，湯都喝光了。」

「那麼好吃？」李燃問。

見夏正要回答，驗票開始了，人潮擠在驗票口外圍，混亂的大廳根本沒有「排隊」可言，見夏注意到有很多人從側面擠去了他倆前面，有點著急，李燃安撫地攬住她肩膀，「沒關係，我們是臥鋪，又不用搶座位，讓他們擠也沒關係的。妳把包包背在前面，小心錢包、手機就好了。」

她點頭，心裡還是急，一種本能的急，從小搶慣了。但她相信李燃，所以面上壓住了，繼續剛才的話題。

「好吃，火車上的泡麵特別好吃，不知道爲什麼。你沒吃過嗎？」

李燃搖搖頭，「我們上車買兩盒吧。」

見夏沒作聲。

她接觸陌生的事物時總是話很少，一路安靜地跟在李燃身後找到他們所在的車廂，瞪大眼睛朝左邊看床鋪、朝右邊看行李架，半晌留意到李燃在煩惱，罪魁禍首是她的行李箱。

「是應該往前面擠的，」他咧咧嘴，盯著已經被各種包包、編織袋擠得滿滿的行李架，「沒地方放了……其實我也沒怎麼坐過火車。」

見夏笑了，急中生智，指著下鋪的床，「塞床底下吧！」

兩個人因爲妥善安置了行李箱這件小事就很高興。旅途中任何小事都開心，所以泡麵也好吃，李燃好像也明白了一些。

他起身去給一個搆不著行李架的阿姨幫忙的時候，見夏乖乖坐在下鋪，好奇地盯著走道上來來往往的旅客和窗外道別的親友，突然一個中年男人拍了她一下，陳見夏一哆嗦。

「我們換個票，」男人把自己的票在她面前晃了晃，「我就旁邊車廂的，上鋪我爬著費勁，伸不開腿。」

陳見夏展現出了對一個長輩的本能馴順，身體先於意願做出了反應，點頭了。她迅速後悔，男人已經伸過手來拿她抓在手心的票。

「你幹嘛?」李燃的聲音出現在男人背後。

男人剛剛滿臉理所當然,大概是誤認為陳見夏獨自出行沒有旅伴,現在忽然冒出這麼高大一個小伙子,傻了,臉上浮現出了討好的笑容,語氣也弱下去,「小女生瘦,而且上鋪乾淨……」

「她瘦不瘦跟你有關係嗎?上下鋪為什麼差幾十元你自己不知道嗎?我們為了舒服特意買下鋪,你提補差價我也不換,何況你提都不提,怎麼了,覺得小女生好說話?上鋪乾淨,下鋪也乾淨,你不坐就都乾淨!」

陳見夏嚇得原地起立,這不是要打架嗎?

然而她做好了準備勸架,男人卻嘟嘟囔囔地邊說邊走,聲音小得聽不清,人是眞的一拐彎就不見了。

她轉頭去看李燃,一八〇的個子,幾乎和上鋪一樣高了,還故意微仰著頭,鼻孔衝人,臉上要是再來點血,好像立刻就能複製他們第一次在醫務室見面的樣子。難怪男人逃了。面對別人的時候,他還是那個李燃。然而這個囂張的李燃下一秒立刻低頭急著跟她解釋:「我這和小時候妳媽不讓妳給老奶奶讓座可是兩回事啊!他那明擺著是找軟柿子捏……」

陳見夏心裡軟得一塌糊塗。她踮腳拍拍他的狗頭,說:「是我沒有社會經驗,拉不下臉。」

他們一起坐在下鋪,李燃把小小的白色枕頭放在她背後當靠墊,陳見夏頻頻看電子錶，等著火車開動。她忽然輕聲說：「我有時候能明白我媽爲什麼想生個男孩。這種時候，我要是個男的，他就不敢過來占便宜。」

李燃坐得直直的，調皮地用腦袋去嘗試撞頭上方的中鋪，隨口回答：「妳怎麼知道生個男孩一定是我這樣的，萬一長大了變成剛才那男的那種，多丟人啊！」

「丟人也比挨欺負好。」

「不會的。我會保護妳的。」李燃說。

「如果你不在了呢？」

李燃愣愣地看她，見夏擺手解釋：「不是死了那個『不在了』！是，是，萬一剛才我的確就是自己坐火車呢？我總有一天會自己坐火車，我……」

他沒說話，眼神裡不知道究竟是什麼情緒。他輕輕把她攬進懷裡，陳見夏不知怎麼感覺到，他也在阻礙她看到他的眼睛，和她曾經做過的一樣。

天漸漸暗下去。李燃要去餐車買泡麵，陳見夏拉住他的手臂，從床底拉出行李箱，把拉鍊拉開一點點，手臂伸進去，費勁地拉出兩盒泡麵和兩根熱狗。她早就準備好了。

每個包廂靠窗的小桌下面都有一只銀色暖瓶，他們用熱水泡了麵，用叉子扎在蓋子邊緣封牢，慢慢地，香味飄出來，李燃嗅了嗅，「好像是比平時聞的還香。以前午休聞到這味道我都想吐。」

見夏吃了幾口，卻說：「沒以前好吃了。」

「是不是換配方變味道了？」

「可能是我變了，」陳見夏笑，「以前我媽不給我買，買了還要跟我弟搶著吃，才覺得特別好吃。」

李燃聽完就把她那盒搶回到自己那邊，「兩盒都給我，妳就覺得好吃了。」

見夏笑，扭頭去看窗戶。包廂內白色燈光太亮，完全看不到外面的樣子，倒是映出了兩個人的臉。她喊他，你不是帶了數位相機嗎？給我，我拍一張！

第一張忘了關閃光，只拍出一片白；第二張總歸拍出了人影，卻和親眼看到的差了許多。李燃說，數位相機就是這樣的，好在輕一點，出去玩帶著方便，以後我給妳用單眼拍，再用電腦PS，聽說會好很多。

「調完更接近人眼睛看見的，有可能比眼睛看到的色調還好看。」他說。

「我用眼睛記住就好了。」她托腮看著外面。

兇歸兇，李燃終究還是看不過他們包廂裡面的一個老奶奶費勁地爬中鋪，把自己的下鋪讓了出去。見夏也見不得他那麼高的個子把自己往中鋪塞，又跟他換了位置。

十點全車熄燈，只有走廊窗下亮著一盞盞橘色小夜燈。見夏躺在中鋪，因爲平日都習慣念書到凌晨再睡，此時還清醒得很。她盯著上鋪的床底板發呆，隨著列車搖晃，暈乎乎的，想起小時候做的數學題，根據單節鐵軌的長度和火車發出振動的頻率計算車速……

人生應該多點這樣強制的黑暗，因爲什麼都做不了，反而感覺到了自己。也感覺到了李燃在玩她從床欄邊垂下去的長髮。癢癢的。

「你也睡不著嗎？」

「捨不得睡覺，」李燃平躺著，手臂高高舉起，用食指纏繞她的頭髮玩，「我以為妳睡了。我吵醒妳了嗎？那我不玩了。」

車廂裡此起彼伏的鼾聲讓她感到安全，「沒。我喜歡。」

「喜歡什麼？」

「我小時候家裡旁邊開了間湖北理髮店，老闆娘自己一個人，只帶個洗頭髮的學徒，什麼工作都是她自己做。有年過年前，她給我剪了短頭髮。」

「後來怎麼還是留長了？」

「頭髮長得太快了，瀏海總擋住眼睛，總去剪，剪一次五元，我媽覺得老闆娘一開始慫恿她給我剪短頭髮就是不安好心，乾脆還是讓我留長了。後來我再也沒去理髮店剪過頭髮，馬尾都往後梳，眼前大放光明，不用瀏海，實在太長了，就自己在家剪剪髮梢。」

李燃問：「離題了吧，我問妳喜歡什麼，妳說的什麼跟什麼啊。」

見夏不好意思，「我一直記得，老闆娘撩我頭髮的時候，頭皮麻酥酥的，很舒服。喜歡這個。」

「那我平時揉妳腦袋妳生什麼氣？」

「要輕輕的！」見夏用氣聲喊，「你跟揉麵似的！我說的是⋯⋯」

「我知道妳說的什麼意思，我也是，往耳朵裡吹氣似的，也很舒服。」

他們忽然一起沉默了，好像意識到，討論身體是危險的，羞恥的，雖然說的不是那個，但好像就是那個。

可是即便不講了，李燃還是沒有停下揪扯她碎髮的手指，像她無意中要求的一樣，動作輕輕的。見夏不自覺將頭往床欄杆那邊靠得更近一些，讓頭髮垂得更長一些，怕他手臂抬久了會累。

搖晃的列車更像一條船，在麻酥酥的快樂裡，睏意如海浪一波一波席捲過來，她迷迷糊糊閉上了眼睛。

好像聽見李燃說，見夏，散著頭髮很好看。

唔。

以後可以經常去剪頭髮，長頭髮也可以經常修的，只要妳喜歡。

唔。

睏了嗎？

陳見夏安然睡去。

她忘了自己作了什麼樣的夢，起床太急，夢境迅速褪色。天才濛濛亮，李燃在下鋪側臥睡得酣熟，無處蜷縮的長手長腳幾乎都沿著床沿垂到地，見夏從藏在枕頭後邊的單肩包包裡偷偷拿出盥洗包，躡手躡腳爬下，李燃這時翻了個身，她嚇一跳，還好沒醒。

一番作賊心虛不過是為了提前去車廂盡頭上廁所、盥洗。新剪的瀏海出油太快，已經有些打結了，她趁著起得早，洗手檯沒人搶，用洗面乳單獨洗了那片瀏海，濕答答，好在只是一小縷，應該很快就能蓬鬆柔順起來。打濕小方巾擦乾淨臉，見夏輕輕轉開小扁盒子，指尖沾了一點點粉底液，點在鼻翼兩側，笨拙地遮蓋有些粗糙的毛孔。

這是饒曉婷萬分捨不得地從她自己的粉底液裡給陳見夏擠的幾滴。陳見夏本來皮膚就白，饒曉婷囑咐她，不會化妝別亂化，臨時抱佛腳學也來不及，就把毛孔黑頭遮遮算了，以後真想變漂亮，去紋個眉，再學學怎麼畫眼線、黏假睫毛。

見夏看著饒曉婷那比遮雨棚還厚實的一大片假睫毛說，算了，太刻意了，弄巧成拙再化成新娘子，笑死人了。

饒曉婷冷笑：新娘子那妝要花錢找人化的，妳作什麼夢呢——我這粉底液蜜絲佛陀的，一百一瓶呢，妳不喜歡妳別用！

見夏急了：再、再擠兩滴，我回來還妳！

饒曉婷斜眼覷她：怎麼還？妳從臉上刮下來還給我？

陳見夏自己回憶起饒曉婷的語氣，忍不住笑了。

起床的人陸陸續續變多了，見夏不敢在狹小的洗手檯前待太久，匆匆照了幾下便跑回包廂，李燃還在睡。她蹲在床邊端詳他的睡顏，躺在床上和趴在必勝客桌上的樣子不一樣。似乎是被盯得太用力，他睫毛顫動，要醒了，見夏趕緊站起來，頭撞到中鋪鐵架，又猛蹲下捂腦袋。

李燃悠悠嘆氣，剛睡醒有些鼻音：「幹嘛，請安啊？」

「撞腦袋了。」

「啊？」他半坐起身，「給妳揉揉……妳頭髮怎麼濕了？妳在火車上洗頭了？」

見夏連忙起身，背對他去爬中鋪，「洗臉時打濕了。」

「洗臉能把頭頂也洗濕？妳拿水管對著臉洗的？」

「閉嘴吧你，再睡會兒吧！」她有點急了，明明就是爲了不讓他看見自己剛睡醒時蓬頭垢面的浮腫樣，但被知道特意去盥洗了，又太做作，她乾脆裝作沒睡醒，又鑽進被窩睡回籠覺。

結果就是再睡醒時，半濕的劉海翹得亂七八糟，到底還是被李燃看見了，笑得驚天動地。

過了幾條不知道叫什麼名字的江，窗外的農田、村落、瓦房都變得溫潤起來，青瓦白牆，隔著玻璃都帶著濕漉漉的暖意，那些只出現在地理書上的、尚未被親眼見過便凝練成概念的一切變化，就這樣在他們眼前滑過，怎麼都看不夠。

離南京越來越近了。

五十八 南京

天氣不是很好。

陳見夏一直討厭這種天氣，看不見雲層濃淡，頭頂只有一望無際淺淺的灰，太陽隱匿，細微的光卻從四面八方照過來，是「刺眼的陰天」，以往定會讓她心裡無端煩躁。

「怎麼是這麼個天氣。」李燃一出站台就抱怨。

她卻笑嘻嘻的，從心底往外冒著興奮，「滿好的呀，不曬！」

站前廣場對面就是玄武湖，見夏呆住了，忍不住去拉李燃的袖子，「行程安排得好細心，你特意的嗎？」

李燃哭笑不得，「對，我特意囑咐市長把火車站建在景點旁邊的。」

她氣笑了，瞪他一眼，很匆忙，因爲更急著看眼前的玄武湖——陰天加水汽讓遠處的亭台景觀隱沒在煙雲中，規整的直角湖岸和岸邊卡通造型的收費腳踏船讓它更像一個放大版的水上遊樂場。

「先去旅館放行李吧，」李燃說，「拖著箱子玩也太累贅了，除了明孝陵離市區有點遠，得單獨去，其他幾個地方都不遠。」

見夏點頭說好，雙手撐在欄杆上看風景，他跑去和路邊等客人的計程車司機交涉，不知道說了什麼，司機哈哈大笑，談妥了，打開後車廂放行李箱。李燃一招手，朝她喊，走啦！

司機問他們是不是來旅遊的大學生，還幫李燃建議景點的順序，熱情得讓見夏深深懷疑李燃是不是被他宰了一道而不自知。李燃坐在副駕駛座，見夏自己坐後座，把下巴搭在他的座位上，他別過手臂，把她的左手拉到前面，十指交錯輕輕握住。

「妳有沒有發現一件事？南京的紅綠燈……」

李燃忽然問，話剛說一半見夏就接上：「紅綠燈讀秒的電子號誌牌……」

兩人異口同聲：「特別大！」

司機愣住了，是嗎？

「對，眞的特別大，我以前從來沒有隔著路口那麼遠，就能看清楚紅燈還有多少秒。」

「是牌子大還是因爲紅綠燈比別的地方矮，離地面近？」

「近大遠小？不是吧，那也不會大這麼多啊……」

兩個人熱烈討論起來，因爲心有靈犀的一瞬而高興得脹紅了臉，司機好長時間沒說話，不知道是否在思考南京的紅綠燈是不是眞的比別的城市大。

最後笑了。

「年輕人談戀愛眞是，」他自言自語，「什麼都覺得有意思，稀奇巴拉的。」

廣播裡正好放著情歌。

車停在旅館門口，司機搬行李時遞給了李燃一張粗糙的名片，手寫的姓氏和一串手機號碼，說要去明孝陵還可以找他。路邊就是一家鴨血粉絲湯，李燃看見夏餓得眼神發飄，問，大哥，這家正宗嗎？

司機很實在地笑，「多大一點事，從火車上下來都是第一頓，好吃歹吃，正不正宗的你們又嚐不出來。」

見夏的確不在乎，吃得鼻尖沁汗，李燃給她抽了兩張面紙遞過去，說，誰讓妳放那麼多紅油的。

「以前不怎麼吃辣，好像就是高一那次，跟你吃學校對面的串串，突然喜歡上了。其實不太能吃，但是喜歡吃。」

她側過身擤鼻涕，又說：「鴨湯好濃啊，你有沒有覺得，有一點點臭臭的？但是好好吃，鴨胗也好吃，這個叫油豆泡吧，吸了湯，好好吃，早知道就多加一份了。」

來來回回的，形容詞都窮盡了，只知道說好好吃。李燃笑了，「又不是就吃這一次，以後……」

他頓了頓，「明天就繼續吃。少吃粉絲，多加幾份油豆腐泡湯吃。」

黃昏採光不好。旅館前廳不大，陳設比省城的鐵路招待所稍微新一點，應該是近兩年翻修過，但因爲離鼓樓近，地理位置好，排隊辦入住的人倒不少。見夏從火車到站就一直滿心輕盈，過了一會兒才發現李燃的窘迫，她四處探頭探腦張望的樣子被他誤會了。

「我上網訂的房，這次用我爺爺給的錢，就沒訂太貴的，但是我打聽過了，這家開了很多年還滿正經乾淨的……」

見夏看著他，「別說了。這就沒意思了，再說我就生氣了，你覺得我會在乎嗎，本來就是你花錢，要是我也能分擔點……」

正說著排到他們了，見夏這才想起來——他們這可是在開房間。她不自覺退步，躲在了李燃高大的身後。

李燃報了預訂訊息。櫃檯小姐重複道：「兩間大床房是嗎？身分證。」

他忽然感覺到見夏一隻手輕輕拉著他的帽衫下襬，等了半天也不知道她要說什麼，還好櫃檯也因爲電腦系統當機而專注於螢幕，沒有催促，就這麼僵持了許久，見夏細細小小的聲音響起在耳邊。

「就開一間吧……省點錢。」

自始至終見夏只拉著他，半低著頭，隱約能透過披散的長髮看見她通紅的耳廓。李燃愣了很久很久，直到櫃檯小姐又提醒：「身分證！」

李燃挪了兩步，盡量和後面排隊的住客拉開距離，聲音壓低，「就、就開一間吧。標準間，雙床！」

櫃檯小姐可能是笑了，也可能沒有，見怪不怪地半垂著眼睛，把檯子上印著派出所規定的塑膠立牌往前一推，「標準間也要身分證。兩個人的都要。」

他忙著掏書包，陳見夏像個早有準備的背後靈，從他抬起的手臂底下伸過去，將她自己的身分證輕輕放在了檯上。

旅館一共就四層樓，把標準間都放在二樓。在電梯廳等候時，見夏將掛著塑膠門牌的兩把鑰匙分了一把遞給李燃，囑咐他，丟了要賠二十元，你別亂放。

李燃手伸慢了，意外沒接住，顯然還沒從開房間的狀態裡緩過來。在擁擠的電梯間掩護下，他利用身高優勢偷偷打量見夏——她從容很多，沒什麼表情，好像眞的只是想省一間的房錢而已。

屋裡有股霉味，李燃打電話給櫃檯想換房，被告知這個季節都是這樣的，把門窗全打開通一會兒風就好了。臨街窗外車水馬龍，吵鬧聲緩解了第一次靑天白日共處一室的尷尬，見夏螞蟻搬家似地將盥洗用品從行李箱轉移到狹小的洗手檯，李燃忍無可忍，小聲道：「能不能先讓我上個廁所？」

「你快去，你去吧，你去！」見夏客氣得像個新招來的服務生。懷裡的小香皂滾到棕色桌子下，兩個人一起蹲下找，她阻攔李燃，「我搆得著，你去上廁所吧！」

「哦。」

完全不隔音，見夏淸晰聽到塑膠馬桶座被掀起來發出的嘎吱聲，還好李燃反應也很快，迅速打開洗臉檯的水龍頭，用更大的水流聲蓋住了。

李燃兩手自動甩乾著走出來，見夏連忙遞出毛巾，「我也怕他們的毛巾不乾淨，自己帶了，面紙我也帶了一大包，有牌的，你別用他們的，電視上播過，好多雜牌衛生紙螢光劑都超標。」

「唔。」李燃接過去，乖巧地擦手。

其實她家裡廁所也不隔音。弟弟在裡面尿尿，她在外面砸門玻璃罵他一定又尿到馬桶座上了，弟弟回吼、不承認，她發現門沒鎖，直接闖進去「抓現行」——看見了那玩意兒又怎樣，小時候兩個人常常被媽媽帶去同一個女澡堂的。最後弟弟跳腳罵陳見夏嚇得他尿不出來了，媽媽進來勸架，一邊埋怨男的都這樣，說這父子倆多少次了都講不聽，就不知道把馬桶座掀起來再尿；一邊又瞪見夏，嗔怪她，「長這麼大了，沒個女孩樣！」

李燃擦完手開始玩帕子，把它抓在手裡試圖像籃球一樣轉起來，隨著見夏東拉西扯：「我初中去過一次日本，他們的廁所——我聽我媽說的，我自己沒注意，可能因為女廁都是隔間，她細心一點吧，總之，他們廁所在放衛生紙的架子旁邊有一個按鈕，妳猜是做什麼的？」

見夏歪頭。

「一按就響，仿真水聲，我媽說更像電波聲，吱吱啦啦的，聲音不小，就是為了掩蓋公共廁所隔音不好這件事，怕跟熟人一起上大號的人尷尬吧，我猜的。」

陳見夏前半段還沉浸在「世界真奇妙」，忽然被「上大號」三個字驚醒了。這次是李燃上小號，萬一輪到她要上大號怎麼辦？

「本來我還想洗澡，」李燃咧嘴笑笑，「坐了一夜火車了，我們男生容易出汗，我沒想到南京這麼熱，還穿多了，」他勾起運動衣領子聞了聞，「老覺得不自在。」

見夏毫無必要地從床沿迅速站起來，更像個服務生了，「你去吧，反正剛吃完飯，晚飯也不著急，快去！」

李燃看著她，「見夏，我是想說，我們眞不用省那一間房錢，現在不是旅遊旺季，房費不貴，我手頭也沒緊到那個份上。這旅館撒氣漏風的，我看出來了，妳也不自在，想換個衣服都沒處躲。我現在就去櫃檯重開一間，然後我直接去新房間洗個澡，半個小時後櫃檯集合，帶妳去看鼓樓看城牆，晚上就近找個有名的館子吃飯，好不好？」

勇氣向來就是一瞬間的事，早就被剛才微妙的尷尬沖淡了，也不知道該怪她有勇無謀，還是該怪太陽遲遲不落下去，屋子太亮了，照得她無所遁形。

李燃臨走前囑咐，他一離開，就立刻把房門反鎖，白天晚上都一樣，別人敲門都不要開。

見夏獨自在平整的單人床上坐了一會兒，也去洗澡，起身時還把床單上的屁股印撫平整，像在自己家一樣。淋浴噴頭堵了一小半，水時冷時燙的，她緊閉雙眼仰頭沖水，手輕輕撫摸著腋下——才一夜過去，還是平滑的。

饒曉婷叮囑了她很多小事。臨行前一天晚上，陳見夏在宿舍大樓的公共浴池用屈臣氏買來的小剃刀給自己刮腋毛，躲在最裡面，生怕別人看見。偏偏宿舍的淋浴房每天只開一個小時，沒有隔間，一共八個水龍頭還有兩個是壞的，不斷有人擠占她旁邊的位置，她做賊般心驚膽戰，一直磨蹭到浴室停水，人都走沒了。旅館的熱水比宿舍澡堂的穩定充沛，她安心地沖了好一會兒。接到李燃的訊息時她剛好吹乾頭髮，差點下意識又紮起馬尾。

李燃已經在電梯口等了，看她走近，愣住了。

見夏靜靜等著他講話。

她穿了一身深藍底嫩黃碎花的A字形及膝洋裝，用據說批發市場一元一條的細編織腰帶紮出了腰身，外面搭白色針織外套，光著腿，穿一雙白色厚底的寬帶厚底涼鞋——街上好多女生穿，正流行。

然而李燃脫口而出：「妳不冷啊？」

見夏羞憤：對，我就是凍死也要臭美！我不要臉！

她面上如常，微微搖頭，輕聲說，不冷。

電梯裡兩人都沒講話，李燃不完全是傻子，他感覺到陳見夏鬧彆扭了，但不確定是爲什麼，想了想，艱難補充道：「晚上跟白天不一樣，怕妳著涼。」

見夏點頭，唔。

一路上奇怪的氣氛還是沒緩解。他們到了售票處，工作人員說，鼓樓公園五點關門，明天再來吧。

「怎麼不早點來，到晚上裡面烏漆抹黑。」阿姨講完，抬頭看見陳見夏拉著臉，以為她因為白跑一趟生氣，怕李燃會掉腦袋，又熱心建議道：「外頭拍拍照好了，給女朋友好好拍，女孩子特意打扮得漂漂亮亮的！」

火上澆油了。

陳見夏說什麼都不肯照相。

兩人步行去看明城牆，朝玄武湖方向走，前後差半步，陳見夏走在前，李燃一追上，她就加快幾步拉開一點距離，但是她的腿長步速如何能與李燃比賽競走，厚底鞋也穿不慣，腳背上的帆布帶一扯一扯的，被他追上一把拉住。

天還亮著，但太陽已經落到建築後，湖邊陣陣涼風，陳見夏孱弱的胳膊隔著一層薄薄的針織外套，在李燃溫熱的手掌中控制不住地抖。

陳見夏知道他想說什麼，搶先發難：「我不冷！」

「我沒問！我還什麼都沒問呢！」

「你那什麼表情，跟問了有什麼區別？你以為我不知道你想問什麼？」

「但我就是沒問啊！」

「等於問了！！！」

為什麼一著急就愛跺腳？是天生如此，還是從電視小說的女主角身上學來的呢？反正陳見夏氣得直跺腳，果然又扭了一下，李燃正好打破僵局強拉她入懷，緊緊抱住——陳見夏整個人已經抖成了振動模式的塑膠殼手機，再晚一點，電池板都要凍碎了。

李燃把垂在胸口的連帽抽繩撥開，防止磨到她的側臉，用雙臂護住見夏的後背，薄薄的針織外套勾勒出裡面碎花裙的痕跡——背後的款式是V領。皮膚的溫度隔著衣服，燙到了李燃的手掌。

「腿我實在是護不住了，風從這邊吹過來的，我們轉個角度，能擋一點是一點。」李燃在她耳畔講，十分懊惱，「早知道多穿件外套了，還能給妳披一下，脫了這件我就光著身子了。走吧，坐車回飯店一趟再出來，聽說晚上的城樓也漂亮。」

過了一會兒，他又說：「妳今天穿得也很漂亮。」

「你別說了。」

陳見夏聲音低低的。她知道是自己活該，雖然情緒過去了，小心思被戳破還是不好受，微弱地點點頭，希望這事快過去。

他們回飯店，見夏換了長袖T恤、牛仔褲和球鞋，雖然也都是新衣服，但粉色T恤胸前有亮閃閃的珠串，見夏自己都覺得有點土，饒曉婷非要她買，她懷疑這件可能是壓在倉庫裡賣不出去的。

這次她在電梯間阻止了李燃開口，反正狗嘴吐不出象牙。

還是穿著普通的衣服更自在，見夏小口吸著紙碗裡的糖芋苗，邊走邊吃也不怕掉在身上，又暖又飽，看李燃的時候也沒那麼大火氣了，他非要給她在城門樓下重新照相，她也不再忸怩，答應了。

拍了幾張，都不怎麼樣，開閃光人慘白雙眼血紅，不開就糊，陳見夏左手捧著紙碗小吃，右手比V，被拍出了傻乎乎的標準遊客照，但也沒像旁邊的女生一樣去嗔怪自己的男朋友。

她安靜得讓李燃愧疚，自己主動提，「都怪我。」

見夏不以爲意，「晚上拍照就會這樣嘛，不是反光就是抖，昨天火車上不也說過。」

「不是，」李燃不知收斂，「是怪我沒早點誇妳漂亮。我早誇，妳早就在鼓樓公園門口照相了。」

陳見夏脾氣又上來了，「你不是早就誇了嗎，你誇我不怕冷啊。不就是嫌我臭美。」

「打扮又不丟臉，我買新球鞋妳沒注意到，我每次都主動伸腳讓妳誇，剛才電梯間妳直接問我不就得了，我們都在一起了這麼長時間了，有什麼話不能直說的。」

其實跟在一起多久沒關係，他們剛認識還沒「在一起」的時候，他就逗她讓她賠一千五的球鞋，每次穿了新衣服換了新髮型都會問她帥不帥，她就不會這樣。可能因爲她是陳見夏，也可能只因爲她是女生，漂亮如凌翔茜在學校裡也不會這麼炫耀自己的穿衣搭配，更不可能在炫耀過後全身而退。

「妳還化妝了，是吧？」李燃捏了捏她的鼻頭，「冒油了。」

「你煩死了！！！」

陳見夏轉身就走，這回沒了厚底鞋的拖累，健步如飛宛如急著去點烽火台，李燃從背後追上來抱住她，把頭埋在她髮絲之間，悶悶地笑。

她憋了一會兒也跟著笑，的確沒什麼不能直說的，所以她背過手臂去揉他毛茸茸的腦袋，問：「那你……高興嗎？」

我特意打扮，你高興嗎？我很重視這次跟你出來玩，很認眞地準備了，你，高興嗎？

「高興啊，」他聲音穿過她耳畔的髮絲，昂揚輕快，「以後上大學了，妳有的是時間慢慢研究怎麼打扮。」

陳見夏的身體微微顫抖，這次不是因為冷；她像中世紀乞憐的罪人，跪在神像前伸出手，想得到一張贖罪劵，卻摸到滾燙的烙鐵。

李燃提議回飯店的時候，見夏意興正濃。她第一次出遠門，還是純粹旅遊，不用幫忙帶弟弟，也不會因為一家人曬太陽在風景區排長隊而煩躁吵架，又逛又吃，根本沒看過一眼手錶。

「明天還要很早起去明孝陵，而且妳晚上不做兩張考卷贖贖罪嗎？我怕妳玩瘋了，回飯店逃不過良心的譴責。」李燃頓了頓，又補充，「不是我掃興，這兩年妳都給我弄出心理陰影了，老怕耽誤妳讀書。」

見夏眉眼低垂，彷彿專心喝著糯米桂花釀，嚥下去了才點點頭，「好，回去吧。」

李燃出了電梯間便率先走了，離開前揉揉她腦袋，說晚安，有事找我就打內線電話，房間之間互打不要錢。他頭也沒回，沒給陳見夏任何尷尬的機會，她鬆了一口氣，也有些失落。

然後她翻來覆去，失眠到凌晨。

這個飯店的床還不如宿舍的舒服，翻身時吱吱作響，凸出來的彈簧圈頂著後背，陳見夏越發清醒，起身，赤腳踩過地毯去看窗外。除了氣候比家鄉溫暖些，這種街景並沒什麼特別，若不是主修城市規劃或對植被格外有研究的人，根本分不清。

或許全中國城市的普通街道都是一樣的，差不多的電線杆，差不多字體的店家招牌，差不多的路墩和盲人磚。梧桐和樺樹都是闊葉樹，不開花的灌木叢都一樣高，南京若有什麼特別的意義，也是他們倆賦予自己的。

陳見夏根本沒帶半張考卷，但她的確有作業沒有做完，更不想像一個沒做完作業的小學生一樣恐懼下去。她轉身轉亮床頭燈，按照室內電話上印著的指示撥通了李燃房間的電話，緊緊握著滑膩的塑膠聽筒。

嘟了幾聲，李燃的聲音傳過來：「陳見夏妳想嚇死我啊！我剛睡著！怎麼了？」

原來他好好地睡著了。見夏不知爲什麼欣喜，彷彿李燃的天眞也等於她自己的無辜。

「你睡你睡。」她匆忙掛了電話。

放下懸著的心，睏意終於襲來，小學生想起來第二天是禮拜天，作業先放著不寫也是可以的。

小學生春遊醒得早，興奮得吃不下早飯，端著餐盤排在隊伍裡東張西望半天也只盛了一碗粥，只是李燃理解錯了，問她是不是這飯店的早餐太簡陋。

每當這種時候，陳見夏都會感到一種奇特的快慰。李燃也有他自己的狹隘和面子，他曾經帶著她「見世面」，說了太多囂張的話，這種境況下，也自然會有此地無銀三百兩的窘迫，明知道她並不會在意，但他就是在乎。

她沒有安慰他。沒必要，李燃會想明白，只是此刻不自在罷了，他們「在一起」了這麼久，他知道什麼都可以直說，她也知道什麼都不必說。

陳見夏勉強吃了一顆雞蛋一小碟熗油菜，把粥喝完，還拿了一盒酸奶放進口袋，說：「走吧！」

還是昨天接送的司機，已經等在旅館門口，路上拉拉雜雜講了許多，還教了他們幾句南京話，只可惜一下車陳見夏半個字都回憶不起來。

雖然李燃已經努力將他自己的意興闌珊掩藏起來，見夏還是發現了。他很早就說過，風景區就是：下車一個大停車場，買門票進去，一塊巨大的石頭上用紅字刻著風景區名專供合影，再往裡面走，爬山，一個亭子，再爬山，一個小水瀑，再爬，又一個亭子……

陳見夏理解，她幾乎沒出過遠門，光在過年的時候看親戚們炫耀的合影都看得出來，石頭、瀑布、台階、亭子、石頭、亭子、石頭、亭子……

風景區都是這種老套。但，知道是一回事，自己走一遍，是另一回事，她要自己走一遍。

人生總要自己走一遍的，「不過如此」也要先明白何爲「如此」，別人誰說的都不算。

一轉彎，看到了湖。

燦爛朝陽碎在了水裡。暮春初夏，山色明媚，李燃也看呆了。見夏得意地問他，剛才看風景區路牌的時候問他往哪邊走，他還說隨便，哪兒都一樣——有沒有後悔？

「這個叫紫霞湖。」

他問：「《大話西遊》那個紫霞？」

「嚴肅風景區怎麼能跟著搞笑電影取名?!」陳見夏糾正，「是愛國華僑民國時期捐款修的人工湖，叫紫霞是因爲附近有個紫霞洞。而且，我更喜歡白晶晶。」

李燃愣住了，「朱茵多漂亮啊。」

「跟漂亮有關係嗎，至尊寶先喜歡的人是白晶晶！」

「五百年前不是先喜歡紫霞的嗎？」

「電影雖然說的是五百年前，但是敍述是線性敍事，做爲觀衆，我先看到的就是五百年後他喜歡白晶晶啊！第一部全是白晶晶，我已經接受白晶晶了，後來再出來一個紫霞，我不接受！」

「妳接不接受有什麼重要，周星馳接受不就好了。」

「你這是抬槓，電影不就是拍給觀衆看的？」

他們聊著完全不相關的事情，見夏抬槓抬得很快樂：你心裡我是白晶晶還是紫霞？你覺得朱茵到底有多漂亮？如果你遇到了比我漂亮的呢？哦不對你以前遇到的都比我漂亮……

他們在一起了那麼久，她從來沒有用無聊問題去煩他：你會不會永遠喜歡我，你會不會愛上別人，你喜歡我什麼，太敷衍了重說！

昨天因爲換新衣服而彆扭，怕是唯一一次接近她初中女同學們談過的經典愛情。

陳見夏看慣了她們找藉口作弄男朋友作弄個沒完，當時只覺得好笑，現在忽然覺得，眞是說不膩啊，越無聊越有趣。

李燃明顯沒睡好，坐在草地上便癱倒了，靠著陳見夏從九點多坐到快十一點，偶爾講兩句，最後沒聲音了。

睡著了。

陳見夏把李燃上半身擁在懷裡，暖洋洋的，和背後升起的旭日不相上下。岸邊青草飄搖，襯著遠處層次錯落的群山與粼粼的平靜水面。湖光山色。只有親眼見到才明白這四個字的涵義，雖然是個人工湖，但湖面眞的反射著陽光，山景眞的有顏色，管它是互文還是別的什麼，古人寫這句的時候，必是眞的走到了一個地方，看到了一處景色，或許懷裡也眞的抱著一個親愛的人。

心中喜悅，什麼都美。

她用李燃的相機拍了好幾張，岸邊總有遊客，她心知怎麼都不會有《中國國家地理》的照片好看。那又怎麼樣，別人拍得再美，按快門的也不是陳見夏。

見夏不是做題目機器人，她爲了寫作文多練習排比句，也讀過許多世界名著的簡介。包法利夫人飛蛾撲火，于連處心積慮，基督山伯爵念念不忘的初戀情人其實一個長得差不多的年輕希臘公主就可以替代……

不過完整讀過或許也是白搭。名著的愛恨是大江大湖，自己的感情稀釋在廣袤湖水中不過滄海一杯罷了，但於她，是墨水滴進人生裡，濃烈鮮豔，人一輩子的眼淚也只能集成這麼一杯。

湖邊遊客漸漸多起來，小孩跑跳、老人呼喊，李燃終於被吵醒了。

「幾點了？累壞了吧？」他幫見夏捏肩膀，「是不是給妳枕麻了？站得起來嗎？」

「你昨天不是睡得很早嗎，怎麼睏成這樣？」見夏疑惑。

李燃沒吭聲。

「要不然回旅館補眠吧。」她問。

「怎麼可能啊，」李燃伸懶腰，「這風景區太大了，還有好多地方要去呢，附近有桃花塢，還有顏眞卿碑林，來都來了。妳沒聽人說嗎，旅遊這種事能堅持下來，就要靠這種心態──來都來了。」

明孝陵連著好多個風景區，實在遼闊得過分，兩個精力旺盛的高中生起初抱著「來都來了」的心態卯足了勁要把導覽地圖上知名景點逛個遍，生生被耗得坐在僻靜小徑靠著城牆上的爬山虎藤雙雙發呆。見夏笑話李燃你怎麼回事，不是踢球的嗎，體力那麼差。

李燃有氣無力，「陳見夏，是妳不讓我吃午飯。」

見夏羞赧，「不是吃了夾心餅乾嗎？我那不是怕風景區的飯店宰人，而且還有好多景點沒逛，節省一下時間……」

「我不要餅乾。我要吃肉。」

「好好好，」她揉著李燃毛茸茸的腦袋，「但你體力還是很差。」

「差不差妳試試不就知道了。」

一陣靜默。

李燃艱難解釋：「就隨口一說，平時跟哥們胡鬧習慣了，妳別……」

見夏忽然站起身，望著小徑盡頭，夕陽被樹林切割成螢火，她說你看，多美啊，李燃，可惜留不住，拍進相機也留不住。

他沒像往常一樣說她肉麻。大片螢火降落，世界沉靜下來，他們的目光跟著層染的天色從夕陽一直望到頭頂曖昧的藍紫，鳥群恰好飛過。

坐在回程的車上，見夏珍惜著相機電量，一張張翻看著這一天拍的照片。果然，雖然沒有眼睛看到的那樣美麗，景色還是不錯的，唯獨拍人物時格外忠實，李燃幾乎抓住了陳見夏每一次將笑不笑的尷尬、做作的姿勢和僵硬的比V，太真實了，讓她無比想要用相機的金屬角砸他熟睡的狗頭。

但她還是被一張照片逗笑了。在顏真卿碑林，見夏看到一塊石碑上刻著「眞劍」，說什麼都要讓李燃站在旁邊合張影。他大大方方站過去，輕鬆地側身倚著碑，扭頭朝鏡頭露出燦爛不設防的、賤兮兮的笑容。

陳見夏將那張照片放大再放大，直到顯示螢幕像素的極限。他頭髮已經長得像刺蝟，雖然通身依然鋒利，但眼裡再沒有初遇時的涼薄、譏諷和調侃，滿是坦蕩溫柔。一個他正睡在她肩頭，另一個他在照片裡注視著她。

車到了，李燃睡眼惺忪望著窗外，「這是……這也不是南京大學啊，不是要去南京大學嗎？」

陳見夏道：「太累了，不去了，你不是要吃肉嗎？我們去吃飯。司機大哥給我們推薦了一家館子，走吧。」

李燃一愣，他不知所措地直起身子看向見夏，見夏安然回望他，沒有半點慌張。他不必知道這一路見夏數著一棵棵梧桐樹，作了怎樣的決定。

晚上還是各回各屋。吹風機掛在鏡子旁，焊得牢牢的，彷彿預設了住客都是小偷，也不知道這種只咆哮不出風的吹風機有什麼好偷的。陳見夏蹲在地上，把蜷曲的連接繩都拉直了，終於將長髮烘到半乾，抹了一把鏡子上的水汽，她望見自己蒼白的臉。

見夏撥通了李燃房間的電話，「你來一下好嗎？我好像扭到腳了。」

五十九・飛

門向內開，李燃走進來的時候陳見夏順勢躲在了門後，抱住了他。

手臂環著他的腰，摟得太緊了，李燃鮮活的心跳共振了陳見夏的脈搏，不知道究竟是誰在抖。用來做睡裙的長T恤裡面沒穿內衣，柔軟地緊貼他的後背，說不清的情緒和燥熱席捲了陳見夏，她第一次清晰地感覺到自己身體的變化——胸口有什麼正在萌芽，李燃的背脊不安地收緊，像睡在了兩顆豌豆上的公主。

老舊水龍頭關不緊，有一搭沒一搭在滴水，竟也滴得滿室曖昧氤氳，年輕的情慾濕漉漉的，浸了滿身。

然後呢，然後要做什麼？見夏大腦空白，身體離他遠了一些，胸口若有若無地撩蹭反而讓李燃僵得更厲害，就在她退縮的當口，李燃扯開見夏的手臂一轉身將她抵在了門上，低頭吻上去，再沒了學校時候的溫柔小心，毫無章法，比初吻時候還笨。陳見夏也笨拙生澀地回應，抬手去摟他的脖子，無意從旁邊的鏡子看到李燃爲了屈就她的身高，弓著背，羞紅得像隻煮彎的大蝦。

她想笑，只是一瞬，李燃沒給她繼續胡思亂想的機會，單手撈起陳見夏，一邊吻著一邊朝床的方向走。

見夏腦子裡忽然冒出一個念頭：他會將她丟在床上嗎？像電影裡演的那樣？會嗎？丟吧，她想。她希望他丟一次。然而李燃還是將她輕輕地放在了床上，一隻手扶著她的後腦勺，另一隻手撐著床墊。

溫柔是致命的。見夏鼻子發酸，愛漲滿眼簾，必須克制著才不會湧出來。曾經校外吻別，李燃親的時間越來越長，越來越黏她，常常耍賴皮不放她走。有一次抱得太緊，她感覺他身體起了變化，就貼在她小腹。見夏一愣，推開了他。

李燃也慌了，那是她第一次看見他張口結舌、羞恥無狀。他們很有默契地沒有提，第二天像什麼都沒發生過。

見夏不是白癡。振華的男生聚在一起聊天時常常忽然冒出一個日本名字，大家一起笑，她猜得出是那種片子的女優。「好學生」尚且悄悄地交流，李燃這樣和混社會的許會他們交過朋友的男生怎麼可能是一張白紙，沒吃過豬肉也看過豬跑——或許看過很多很多。

一定看過很多很多。她只需要配合就好了，女生不就應該這樣嗎，被捕獵，被引導，順流而下。

但李燃一直只是吻著，溫柔地，深情地，從生澀到逗弄，手卻始終不敢往她脖子以下挪動，乖乖地捧著她的臉。見夏不知什麼時候慢慢擺脫了「走流程」的恐慌，情慾的潮水一波波沖刷著她，耐心帶走了岸上混亂的思緒。她只能聽到心跳。

廉價彈簧床墊吱呀作響，見夏想揪住李燃T恤的前襟保持平衡，不料李燃單手撐床沒撐住，一滑就被她拽倒了——順理成章地壓在了她身上。

倒像是她急了，別有用心似的。

她的確別有用心。

陳見夏說，關上燈，好嗎？

她終於敢睜開眼，摸索著抓住了李燃的手，輕輕放在了自己胸前。

路燈燈光從窗簾縫隙漏進來，窗外偶有腳步聲和碎語，間或一兩聲樹震蟲鳴，反而更靜謐，襯著年輕的喘息。赤裸相擁時，見夏感覺自己抱著一顆熄滅的太陽，無可救藥地被引過去。

她想起入學的那天，想起自己那雙破了洞的襪子，她從小鎮孤獨地來到大世界，蜷縮成一團，把自己裹在破綻百出的鎧甲中，是李燃頭破血流地闖進了醫務室，隨手撕開了她的破綻。

她才終於舒展開自己，擁抱了新世界。

不必關燈的。李燃很早就見過她最赤裸的模樣。

打開自己，陳見夏，打開自己，她對自己說，再打開一點點。她壓在黑暗裡說不出口的秘密，就讓身體告訴他，也只有身體能告訴他，她是眞誠的，她是愛他的，她想付出點什麼，證明她愛他。

李燃聽到見夏喑啞的鼻息。

「妳哭了？」

見夏沉默。她不敢出聲，甚至不敢呼吸。哭腔會暴露她。

「陳見夏。」

不是詢問的語氣。李燃用手指輕輕擦過她的眼角，在她額頭吻了一下。

「陳見夏。妳不用這樣的。」

見夏還愣著，李燃已經起身用被子將她遮好，藉著外面一點點路燈燈光迅速套上了T恤和睡褲。

「明天不用起太早，我們逛逛商場和市區，去夫子廟、秦淮河，妳快睡覺！」

「李燃！我……」

「陳見夏。」他又一次連名帶姓地叫她，「睡吧。」

好像有什麼卡住了陳見夏的喉嚨。她半個字都講不出來。

「我愛妳。」李燃說。

門被輕輕帶上。

很久之後，見夏摸索著轉亮了床頭燈，被光照得無所遁形，瞇著眼睛適應了很久。

她掀開被子下床，一開始本能地駝背縮脖，手護著胸和腿間，好像空屋裡也有誰會看她似的，慢慢地，見夏強迫自己放下了手，走向洗手間。

她坦然地看著蒼白燈光下的鏡中人，用手一點一點地撫摸著身體，從凌亂的髮絲到平直但略窄的肩膀，年輕稚嫩的胸部……

彷彿此生第一次眞正地看見了自己。這個身體會有情動的時刻，會沉迷於親吻，會長出碰疼人的豌豆，會有暖流流過，不只是硬著頭皮想要咬牙「獻出寶貴的東西」，在李燃緊急中止的時刻，她聽見道德在歡呼，身體在嘆息。

終究還是無法打開自己，所以她依然是個「完整」的好女孩。

什麼都沒有失去。

什麼都沒有失去。

那麼爲什麼會哭呢？見夏打開水龍頭，藉著水流放聲哭泣，劫後餘生的慶幸，陌生的慾望，慾望帶來的深深羞恥……

像個赤裸的嬰兒，她再次出生。

早上在餐廳排隊盛粥的時候，見夏給李燃也裝了一碗，她都喝一半了，李燃才出現在門口，看見她。

他走過來的幾秒鐘對陳見夏來說無比漫長。

沒等見夏開口，李燃像什麼都沒發生一樣爽朗一笑，向後一靠，還是平時懶懶散散的樣子，「少吃點，今天不上山歷練，一路走一路吃，都是市區內。我們一會兒先退房，把行李存放在櫃檯。」

見夏點點頭。

李燃又說：「衣服好看。妳之前是不是跟我說是妳一個在服裝城做生意的初中同學帶妳去買的？她太喜歡帶花邊的衣服了，不是袖子就是領子，看著囉哩叭嗦的。其實妳穿簡簡單單的就很好看。」

「意思就是我前兩套土吧？」見夏也放鬆了。

「有一點。」他直來直往，有那麼幾分高一的樣子了，「以後有機會讓凌翔茜帶妳買吧，妳上次不是還替你們班長去看她了嗎，關係應該不錯了吧？她品味還可以。」

「李燃你是不是活膩了?!」

陳見夏沉著臉放下筷子。

李燃大笑，忽然趴在桌上湊近她，「我故意的。好了，這樣……我們就扯平沒事了。」

扯平什麼？見夏臉一紅，轉而有點惱，夾起一只小饅頭頂在了他鼻尖上。旁邊那桌有住客看著他們笑。

的確很輕鬆。幾個景點離得都近，天有點悶，見夏在大總統府買了把摺扇，一面寫著「博愛」一面寫著「天下爲公」，她學著小時候看的清宮劇裡的文人，一甩就展開，搧著小風耍帥，用眼睛覷著李燃，意思是，既然衣服也好看人也放鬆，還不快拍？

李燃只要做錯事，目光一定會游離，真的很像見夏小時候在農村親戚家見到的大黃狗——那隻狗預感到要挨罵，就會偏過頭，裝看不見人。

「我忘了帶相機了。」他看著天。

陳見夏收起扇子轉身就走。來了三天一張漂亮照片都沒拍成。

「我用眼睛幫妳拍了。」他在背後喊。

「你少給我來這套，你那狗腦子能記住什麼?!」

「記住妳啊。」

見夏一愣，停步去看他。李燃笑嘻嘻的樣子忽然有種陌生感，她已經分不清他是挑釁，還是在裝作輕佻掩蓋什麼。

「走吧，打車去夫子廟，」他追上來牽住見夏的手，「那裡是商業街，人很多，妳可別再翻臉自己就跑了，我們會走散的。」

陳見夏低著頭，輕聲說，不會的，不會的。

出門玩拌嘴是常事，好一會兒吵一會兒，因爲臭豆腐拌兩句嘴，看見糖芋苗又好了；因爲想買油紙傘卻不下雨拌兩句嘴，因爲買了又好了；因爲在剛落成的石壁前學歷史人物浮雕造型被路人拍照開心，又因爲想起沒帶相機拌嘴，最後因爲李燃扮得太像了，又把見夏逗得笑出聲……

陳見夏不知道自己在做什麼，前所未有地、胡攪蠻纏地做，惡人先告狀或許也是不捨的表現，她忽然覺得時間走得太快了，還沒來得及將戀愛中一切的俗氣煙火體驗夠，來不及了。

坐在秦淮河的搖櫓船上，她還在氣鼓鼓紅眼圈，故意背對著李燃和船夫坐著，不管李燃在背後講了多少笑話——即使很好笑——也不肯回頭。

李燃忽然說，我給妳唱首歌吧？
陳見夏沒吭聲。
他自顧自唱了起來。
張國榮的〈路過蜻蜓〉，他們在冬天最冷的時候縮著脖子邊走邊聽，共享一副耳機，見夏問他，我聽不懂粵語，唱的是什麼呀？
李燃說，我也不知道，好像就是歌名的那個意思吧，告訴愛人，盡興就好，我無所謂，盡情揮霍我，沒關係，安定不下來你就繼續走，就當路過了我。
當時陳見夏斜眼看他，「我看你滿有感慨的，說不知道還講了這麼多，你早準備好跟我炫耀了吧？」
李燃嘿嘿一笑，得意地湊近親她冰涼的臉頰。
陳見夏愕然回頭，少年旁若無人地磊落唱著，清清朗朗的身影站在她朦朦朧朧將落未落的淚水中，鏡花水月。
「陳見夏，妳要去新加坡了吧？」他問。
見夏眼淚傾盆。
那隻隱形的手再一次扼住見夏的喉嚨。她半個字也講不出來。
「我聽凌翔茜說了，這種內部消息，學校會優先遞給一些家裡有關係的人，她想自己考大學入學考，就沒有去，學校跟她說，是妳被選上了。

「我一開始不相信的，妳的性格藏不住事，妳一定會告訴我，一定會跟我商量。

「我一直在等妳跟我說。妳不做考卷了，也不複習了，還問我如果我再也不能守護妳怎麼辦這種怪話，大學入學考前居然還敢來南京玩，也不肯去南京大學參觀……見夏，我又不是傻子。妳全露餡了。」

他甚至還輕輕笑著，好像只是在調侃，見夏腦海中卻浮現出自己每一次拙劣的演出中李燃眼裡的悲傷。原來他早就知道了。

「但就算這樣，妳還是什麼都沒說。」

「李燃，我……」

「見夏，妳不信我，對吧？」

李燃半跪在板凳上，用額頭貼著見夏的額頭，輕輕閉上了眼睛。

「昨天晚上……我明白的。我差點就沒忍住，陳見夏妳是白癡嗎，那種事是能用來還人情的嗎?!」

「不是的……」

「其實妳跟我說也沒關係的。雖然我爺爺給我錢是讓我去南京，那也是因爲我會追著妳跑，東京西京南京北京都是一樣的，大不了把南京改成新加坡嘛，妳能去的學校更好了，是好事啊，我會爲妳高興的。而且，我爸媽要把我塞到英國去也要花錢，新加坡是不是還更便宜點？我就低個頭，回家要點錢，總比去南京混個什麼把他們氣死的野雞大學強啊，眞的，妳跟我說就好了……妳爲什麼不告訴我呢？」

見夏乞求那雙手鬆開她的喉嚨，可命運就是扼住了她，不肯讓騙子再講半句話。

「所以我知道了。妳不信我。」

李燃紅著眼眶，還是笑著的。

「我在妳最痛苦的時候什麼都沒做，一個靠家裡的廢物而已，妳是靠自己回振華的，也靠自己爭得了更好的機會。去吧，見夏，妳會飛得很遠很遠的。」

李燃輕輕地親吻她。

「妳就當路過了我這隻蜻蜓吧。」

他們回程沒有坐火車。

李燃說，爺爺的錢沒必要省了，我帶妳坐飛機。

「這樣等妳去新加坡的時候，就不是第一次坐飛機了，自己去機場辦票也不會慌。好不好？」

李燃說，陳見夏，妳走的時候，我不去送妳了。

他的確沒有去。

——中冊完

國家圖書館出版品預行編目資料

這麼多年（中）／八月長安 著.
--初版.--臺北市：平裝本. 2022.05
面；公分（平裝本叢書；第0538種）
（☆小說；14）
ISBN 978-626-95638-7-6（平裝）

857.7 111005571

平裝本叢書第 0538 種
☆小說 14

這麼多年（中）

作　　者—八月長安
發 行 人—平　雲
出版發行—平裝本出版有限公司
台北市敦化北路120巷50號
電話◎02-27168888
郵撥帳號◎18999606號
皇冠出版社(香港)有限公司
香港銅鑼灣道180號百樂商業中心
19字樓1903室
電話◎2529-1778　傳真◎2527-0904
總 編 輯—許婷婷
執行主編—平　靜
責任編輯—張懿祥
美術設計—單　宇
著作完成日期—2021年
初版一刷日期—2022年5月

法律顧問—王惠光律師

讀者服務傳真專線◎02-27150507
電腦編號◎541014
ISBN◎978-626-95638-7-6
Printed in Taiwan
本書特價◎新台幣299元/港幣100元